またもや片想い探偵　追掛日菜子

辻堂ゆめ

幻冬舎文庫

またもや片想い探偵

追掛日菜子

「推《お》し」とは——

自分が支持、愛好している対象。

アイドルグループのファンが自分の好きなメンバーを表すのに使用する「推しメンバー（イチ推しメンバー）」をさらに短縮した言葉。

目次

ある休日の午後。

追掛《おいかけ》家のキッチンで、翔平《しょうへい》は冷蔵庫の扉を開き、中を凝視したまま思案していた。

――さて、これは果たして。

目の前には、丁寧にラップがかけられた、可愛らしいホールケーキがあった。

平皿にそのまま載せられていて、使いかけのイチゴのパックが隣に置いてあるところを見るに、手作りのようだ。一人で食べきるのは難しいが、家族四人で分けようとすると物足りないくらいの――そう、まさに恋人同士が二人きりで楽しむのにちょうどいい大きさ。

円形に並べられたイチゴの真ん中には、丁寧に文字が書かれたチョコレートプレートが鎮座していた。

『HAPPY　BIRTHDAY　みつるさん』

ううむ、と思わず唸《うな》る。この細かい文字を一つ一つ仕上げたなんて、ケーキ屋の店員並みに器用だ。いや、パティシエ並みか。技術はともかく、注ぎ込まれた愛情の量が凄まじいからこそ、この完成度が実現したのだろう。

クラス一可愛い女子から、こんな手作りショートケーキをもらったら、と想像してみる。

自分なら、まず間違いなく鼻血を出すだろう。教室から駆け出して、嬉《うれ》しさのあまりグラウンドを一周するかもしれない。もしくはその場で卒倒する。大変遺憾なことに、翔平はすでに大学二年生だから、そんな青春のひとときを味わうことはこの先一生ないのだが。

とにもかくにも、目の前にあるのは、そんな妄想を喚起させるほど美しい手作りケーキだった。

——が、しかし。

「ねえお母さん」

「はい？」

翔平が呼びかけると、ダイニングテーブルで缶入りのクッキーをつまみながらテレビを見ていた母が、仰《の》け反《ぞ》るようにしてこちらを振り向いた。

「このケーキって、日菜《ひな》が作ったのか？　それともお母さん？」

「もちろん日菜よ。お母さんのわけないじゃないの、お菓子は食べるほう専門なんだから」

「あのさ、念のため訊《き》くけど……この、『みつるさん』ってのは」

「日菜の新しい想《おも》い人でしょうねえ」

「お、想い人ってのは……実在の？」

「まあ、実在はしてるでしょうねえ」

「あ、いやごめん、そうじゃなくて。日菜にとって身近な、というか……親密にしてる男の人なのかな？」

「日菜自身はそう思ってるんじゃない？」

「だから、そういう意味じゃなくてさ！　ほら、年上の彼氏にあげる誕生日ケーキ——とかだったらいいなと期待したんだけど」

回りくどい言い方はやめ、単刀直入に尋ねる。母は「あはは！」と可笑《おか》しそうに天を仰ぎ、クッキーをまた一つつまんだ。

「そんなはずないでしょう。日菜を何だと思ってるの」

「まあ……そうだよな」

期待するだけ時間の無駄だ。追掛家の平和で平凡な日常を蝕《むしば》むあのエ、エ、エキセントリック、モ、モ、モンスターが、そう簡単に心を入れ替え、真人間になるはずがない。

と、そのとき、階段を駆け下りてくる足音が聞こえてきた。

噂《うわさ》をすれば、モンスターこと追掛日菜子の襲来だ。

「あっ、お兄ちゃん！　冷蔵庫なんて開けて、さてはケーキを狙ってたでしょ！」

「いやいや、違うって。俺は買っておいたプリンでも食べようかと——」

「ダメだからね！　ケーキの写真、まだ撮ってないんだから。朝方から午前いっぱいまでかかった力作なんだよ。お兄ちゃんは爆睡してたけどねぇ」

まったくこちらの話を聞く気がないのは、いつものことだ。

呆《あき》れ顔で冷蔵庫の前を離れようとして、ふと日菜子が両手いっぱいにおもちゃを抱えていることに気づいた。

赤、青、緑、黒、白。色とりどりの人型フィギュアが、腕の間から覗《のぞ》いている。

「それ、何だ？……フィギュアか？」

「ふふふ。写真撮影ターイム！」

日菜子はまともに質問に答えず、ダイニングテーブルの一角に大量のフィギュアを並べ始めた。それから冷蔵庫へと走り、皿に載せたイチゴのショートケーキを慎重に運んでくる。フィギュアの輪の中にケーキを設置すると、ラップを外し、今度は入念に全体の構図を調整し始めた。

「おや、今日のおやつは日菜の手作りケーキか。おこぼれにあずかるのは何回目になるかなあ」

トイレにでも行っていたのか、部屋着姿の父がリビングへと入ってきた。数年前までは日菜子の奇行にいちいち困惑していた父も、ちょっとやそっとのことでは動じなくなっている。

家族全員が見守る中で、日菜子は買い替えたばかりのスマートフォンを取り出し、フィギュアに囲まれた手作りケーキの撮影を始めた。

じっくりと時間をかけ、上下左右、あらゆるアングルから写真を撮っていく。日菜子がようやく満足した様子で顔を上げた頃には、母が用意した紅茶は冷めかけ、父と翔平は待ちくたびれてテーブルに頬杖をついていた。

「はーい、お待たせ！　みんなで食べよ！　私一人じゃ食べきれないからねぇ。さ、どうぞどうぞっ」

日菜子がナイフを手に取り、小さなホールケーキを四等分に切り分けていく。チョコレートプレートが載っている部分に手を伸ばそうとすると、「そこはダメ！　みつるさんへの大事なメッセージなんだからぁ」と手の甲をはたかれた。

追掛家では、誰の誕生日というわけでもないのに、少なくとも三か月に一度は、日菜子手作りの美味《おい》しいホールケーキが振る舞われる。

もはや慣れっこになりすぎて、父も母も、兄の翔平でさえも、『みつるさん』が誰なのかということにはツッコミを入れない。

手先が器用で、女子力が高くて、ほんのり化粧をしただけでこちらの心臓が跳び上がるほど可愛くなる、身長百五十センチの妹。

そんな彼女は、自分が作ったケーキを食べながら、熱心にスマートフォンを操作している。先ほど撮った大量の写真からお気に入りのものを選び出し、『#みつるさん誕生祭』などとハッシュタグをつけて、SNSに投稿するつもりなのだろう。

——ああ、つくづく残念な女子高生だ。

日菜子が朝からウキウキでケーキを焼き、全身全霊で誕生日を祝う相手は、家族でもなければ、彼氏でもない。

いつだって、妹の頭の中は、「推し」でいっぱいなのである——。

やっぱり、家族四人で分けるには物足りない大きさだった。

日菜子作のショートケーキをぺろりと食べ終え、さらにお目当てのプリンと母がつまんでいた缶入りのクッキーまでも食した翔平は、昨夜遅くまで取り組んでいたRPGゲームの続きでもやろうかと二階の自室に向かった。

自室といっても、妹との共有部屋だ。入って右手が翔平、左手が日菜子のスペースで、それぞれベッドと学習机が置いてある。その間はアコーディオンカーテンで仕切れるようになっているのだが、日菜子が着替えるときと寝るとき以外は、彼女の意向で、基本的に開け放たれている。

その理由は——。

「なんだこの部屋、暗いな」

共有部屋に入り、翔平は顔をしかめた。よく晴れた休日の昼間だというのに、なぜかカーテンが閉め切られている。

「おっかしいな。さっき起きたとき、ちゃんと開けたはずなのに」

ぶつぶつ言いながら、カーテンを開ける。太陽の光が燦々《さんさん》と降り注ぎ、翔平は気持ちよく目を細めた。

しばらく外の景色を眺めてから、くるりと回れ右をする。その瞬間、明るくなった部屋の光景が目に入り、ぎょっとして動きを止めた。

壁にも、顔。

床にも、顔。

天井にも、顔。

本棚の側面にも、ベッドの脇にも、クローゼットのドアや衣装ケースの引き出しにまで、顔、顔、顔。

見慣れているはずなのに、ふと気を緩めた瞬間に驚いてしまう。そのたびに、やはりこの共有部屋の惨状は異常なのだ、俺の感覚は間違っていないんだ、と自分に言い聞かせる。

日菜子のスペースのみならず、翔平側のスペースまでも埋め尽くしている写真やポスターは、すべて一人の男性を写したものだった。

写真の中には、星型やハート型に切り抜かれているものもある。こんなところで器用さを発揮されても、不本意ながら同じ部屋で暮らしている翔平と、たまに掃除に入る母くらいしか、それを目にすることはないのだが——。

階段を上がってくる足音がした。次の瞬間、妹の怒声が飛ぶ。

「あっ、お兄ちゃん！　やめてよ！」

部屋に飛び込んでくるや否や、日菜子は部屋の左右にある窓に駆け寄り、カーテンを元通りに閉め始めた。「お、おい、何すんだよ！」と声をかけると、彼女は両手を腰に当て、形の整った眉を吊り上げた。

「カーテンなんか開けたら、日焼けしちゃうでしょ？」

「はあ？」

翔平はぱちくりと目を瞬《またた》いた。

「もう十月も下旬なのに、今さら日焼けって。お前、突然美容に目覚めたのか？」

「違うもん。そういうんじゃないから」

「まったく。そんなに気になるなら、自分のスペースだけ暗くすればいいだろ？」

翔平は呆れて抗議した。写真やポスターがこちらのスペースにはみ出しまくっていて、間仕切りのアコーディオンカーテンを閉めようものなら『見えない！』と怒られるだけでも相当迷惑しているのに、これ以上わがままに付き合わされてはたまらない。

しかし、日菜子はきょとんとした目でこちらを見た。

「何言ってるの？　日差しを遮断しなきゃいけないのは、どちらかというと、お兄ちゃんのスペースだよ？」

「へ？　俺が色白すぎるってか？　日本人としては至って普通の肌色だと思うぞ」

「もう、勘違いしないでよね」

両手を腰に当てた日菜子が、大きくため息をつく。

「日焼けさせたくないのは、私やお兄ちゃんの肌じゃなくて、みつるさんの限定ポスターだよ？」

「……んん？」

妹の視線を追い、翔平は自分のベッド脇の壁を振り返った。

そこに貼《は》られていたのは、筋骨隆々《きんこつりゅうりゅう》の男性の全身が写った超特大ポスターだった。ぴったりとしたTシャツに黒いレザーパンツという服装で、肉体美を余すところなく見せつけている。

「おいおいおい、ポスターが日焼けって……。お前はたかが紙一枚のために、太陽光の恵みを享受《きょうじゅ》せずに生きるつもりなのか」

「だって、限定三十枚しか作られてない、非売品のポスターなんだよ？　最近一番頑張って手に入れた戦利品なんだから！」

「そんなに大事なポスターなら、せめて日菜のスペースに貼れよ」

「えー、だってサイズが大きいんだもん。お兄ちゃんのベッドの上に貼れば、ちょっと遠くから眺められるでしょ？　このくらい距離をおかないと、さすがに照れちゃって照れちゃって、日常生活がまともに送れないっ！　キュン死、キュン死！」

顔を赤らめてお尻を振っている妹を前に、翔平はがっくりと肩を落とした。

そしてもう一度、壁の特大ポスターを見上げた。

――こいつか。

先ほど日菜子が愛《いと》おしそうに写真を撮っていた、小ぶりの誕生日ケーキが頭の中に浮かぶ。

――今回、俺の健康で文化的な最低限度の生活を営む権利を侵害しようとしている、『みつるさん』ってのは……。

第一話

特撮俳優に恋をした。

人気特撮ドラマ『魔炎《まえん》戦隊カエンジャー』に出演する俳優二名が自宅に押し入られ、現金五十万円を奪われた事件で、警視庁は二十七日、同作品に出演する俳優の越谷《こしたに》充《みつる》容疑者（30）を強盗致傷容疑で逮捕した。

現場から逃走しようとしていた越谷容疑者を、近隣住人からの一一〇番で駆けつけた警察官が確保したところ、現金五十万円の入った封筒を所持していた。取り調べでは「犯人は別にいる」などと話し、容疑を否認しているという。

＊

「日菜ちゃんの、裏切り者ぉ！」

昼休みが始まるや否や、西戸《にしど》鞠花《まりか》が腕をぶんぶん振り回しながら、日菜子の席に突進してきた。

「うわっ、なっ、何？」

思わず仰け反り、椅子ごとひっくり返りそうになる。ポカポカと日菜子を殴る真似《まね》をする鞠花の後ろから、石渡沙紀《いしわたりさき》が顔を出した。こちらも、冷ややかな視線を日菜子に向けている。

「噂、聞いたよぉ。日菜ちゃん、どうして私たちに教えてくれなかったのぉ」

「な、何のこと？」

まったく身に覚えがなく、日菜子は二人の親友を交互に見た。

心なしか、他のクラスメートの視線も集中している気がする。日菜子が極度の上がり症で、注目されるのが苦手だということは二人ともよく知っているはずなのに、どうして大声を上げながらこちらに寄ってくるのだろうか。

「ひどいよ、日菜ちゃん！　クラス投票の『可愛い人ランキング』は一位だったけど、『すぐに彼氏ができそうな女子ランキング』は安心安定の圏外だったじゃん！」

「親友の私たちに何の報告もなく抜け駆けするとは、日菜ちゃんも隅に置けないねぇ」

恨めしそうに詰め寄ってくる鞠花と沙紀の勢いに押され、日菜子は椅子から転げ落ちるようにして後ずさった。

「ちょ、ちょっと、何の話？」

「日菜ちゃんさ、先週、四組の吉本《よしもと》くんに告白されたんでしょ？」

仁王立ちになっている鞠花が、両手を腰に当てて尋ねてきた。

周りの目を気にしつつ、日菜子はこくりと頷《うなず》いた。

「そうだけど……私、ちゃんと断ったよ？」

「『彼氏がいるから付き合えません』って？」

「……へ？」

「そういう噂が回ってきたんだよ」と、沙紀が日菜子の机に両手をつく。「吉本くんがいくらデートに誘っても、『土曜も日曜も祝日も、全部彼氏との予定で埋まってる』って言われて玉砕《ぎょくさい》したって」

「そんなわけないじゃん！　誤解、誤解！」

「火のない所に煙は立たないでしょ！」

「根も葉もあるから噂になるんだよぉ」

攻勢をかけてくる二人を、日菜子は必死に押しとどめた。

「吉本くんには確かにデートに誘われたし、告白もされたよ。でも、彼氏がいるなんて一言も言ってない！」

「じゃあ、何て返事したの？」

「『大好きな人と会う予定が入りそうだから土日祝日は全部ダメ』って」

「……それって」

「……まさか」

二人がきょとんとして、顔を見合わせる。ややあって、鞠花が恐る恐る口を開いた。

「……推し、のこと？」

「当たり前でしょ！」

今度は日菜子が仁王立ちになる番だ。両手を腰に当て、親友二人を見上げる。

「勘違いも甚《はなは》だしいよ。私を見くびらないでよねっ！」

「でもさ、土日祝日が全部予定ありってどういうこと？　今の推しって、野菜ジュースのCMに出てるモデルさんでしょ。モデルが出るイベントなんて、そう毎週あるもんじゃないない？」

「違う違うっ！　今の私の推しは、越谷充さんだよ！」

「えーと……誰？」

「『魔炎戦隊カエンジャー』に出てる俳優さん！　土日祝日は、毎日ヒーローショーに出てるの。だから私は、チケットが取れたら聖地に赴いて、すべての公演を見て、握手会に万全の状態で臨まなくちゃいけないんだよ？　他の予定なんて入れられるわけないでしょ？　公演は同じでも、推しは毎回違う姿を見せてくれるんだから！　それに、日曜日の朝は、SH《エスエイチ》T《ティー》に合わせてテレビの前に正座待機してリアタイ視聴しなきゃいけないし――」

日菜子が前のめりになって語り出すと、一瞬の間をおいて、二人は腹を抱えて笑い出した。

「えー、日菜ちゃん、もう推《お》し変《へん》しちゃったの？　変わり身の早さ、やば！」

「それでこそ日菜ちゃんだ、追掛日菜子だ！」

ひとしきり笑った後、鞠花が、「あ、ところで」と顎《あご》に手を当てる。

「……SHTって、何？」

「スーパーヒーロータイム《S H T》。ニチアサ九時から十時までの至福の時。昔は七時半からだったけどね」

「え、日曜朝の特撮ヒーロー番組って、そういうふうに略すわけ？」

どうやら、漫画やアニメに詳しい鞠花も、特撮ドラマは守備範囲外のようだ。目を瞬いている鞠花の横で、オタク趣味を持たない一般人の沙紀が、納得したように頷いた。

「確かに、特撮出身のイケメン俳優って、けっこういるもんね。『あの人気俳優さんもそうなんだ！』ってびっくりすることが多いし。日菜ちゃんは、その原石に目をつけたってことだよね。慧眼《けいがん》、慧眼」

「ううん、違うよ。越谷充さんは、いわゆるイケメン俳優枠じゃないの。スーツアクターだよ」

「スーツアクター？」

聞き慣れない言葉に、沙紀が首を傾《かし》げた。日菜子はここぞとばかりに胸を張り、説明を始める。

「特撮ヒーローものって、生身の人間が変身して、スーツ姿になって戦うでしょ？　人間のシーンを演じる俳優と、変身後の戦闘シーンを担当する俳優は、大抵別なの。私が溺愛する越谷充さんは、後者なんだぁ」

「へえ！　スタントマンってこと？」

「そんな簡単な言葉でひっくるめてほしくはないけどね。スーツアクターは、れっきとした専門職！　スーツを着て、素顔を見せずに、肉体美と軽やかな身のこなしだけを武器に与えられた役柄を演じ切る、高度な技術を持った俳優なんだよっ！」

「そうは言っても……顔を出さないんでしょ？　戦隊ヒーローものって、赤とか青とか緑とか、戦士が何人も出てくるよね。『中の人』の見分けなんかつかないと思うんだけど」

「とんでもない！」

日菜子は大声を出し、沙紀の両肩をがっしりとつかんだ。

「充さんは、オーラが違うの。どんな格好をしてたって、画面に登場すればすぐ分かる。色気だだ漏れの、暴力的なまでに形のいいお尻。神が与えたもうた、尊すぎる腹筋。鍛え上げられた太ももがアップになっただけで心臓が撃ち抜かれるし、こちらに向かって親指を立てようものなら、その瞬間に意識が飛んで床に倒れ伏しちゃう。そのせいで床が鼻血だらけになったらどうしてくれるんですかって感じだよね！　真っ赤になったカーペット代を請求するどころか、さらに貢ぎたくなっちゃうよね！　ああああああ、訴訟、訴訟！」

「あの、日菜ちゃ――」

「最近は毎日、想像するの。もし学校に怪人が現れたら、って。放課後、私が教室に一人きりのときに、突然怪人が入ってくる。じわじわと窓際に追い詰められて、もうダメだって目をつむった瞬間、ふと温もりを感じる。見ると、充さん演じるカエンレッドが私を抱き寄せて、怪人の攻撃を防いでくれてる！　私が『充さんありがとう、愛してるよ』って囁《ささや》くと、カエンレッドは黙って頷いて、その大きく魅力的な足で力強く床を蹴り、怪人に向かってキックを――」

「ストップ、ストップ！」

鞠花に空手チョップをお見舞いされ、日菜子はようやく沙紀の肩を放した。

「まったく、重症だね。推しが自分の恋人って設定で妄想を繰り広げるとは。だから日菜ちゃん、授業中に窓のほうを見ながらぼーっとしてたのか」

「あ、バレてた？」

「あと、筆箱やら財布やら、ありとあらゆる小物を赤で統一し始めたのも」

「もちろん、それが『推《お》し色《いろ》』だから！」

「ま、その気持ちは分かるけどね。私もオタクの端くれだし」

さすが、オタク趣味を持つ鞠花は日菜子のよき理解者だ。推しがいると、アクセサリー、ポーチ、スマホケースなど、何を買うにもイメージカラーを意識しがちになる。現場に足を運ぶときのネイルやグロスの色も、今は真っ赤だ。

「へえ、『推し色』かぁ。だから日菜ちゃんも鞠花も、頻繁に筆箱を買い替えるんだね」

沙紀が感心したように頷いた。「それくらいは初歩の初歩だよぉ」と日菜子は胸の前で腕を組む。

「推しへの愛が高まると、世の中の何もかもが、推しと繋《つな》がって見えてくるからねぇ。最近は、ミツルって名前の男子を見つけると思わず握手を求めそうになるし、ここは横浜だというのに埼玉県越谷市《こしがやし》にやたらと遊びにいきたくなるし」

「越谷市？……あっ、越谷《こしたに》さんだからか！　って、読み方も違うし、全然関係ないじゃん」

「えへへ。でも、せっかくだから、越谷駅に写真くらいは撮りにいきたいなぁ。ショッピングモールに意味もなくお金を落として、地域活性化に貢献するのもいいかも」

「日菜ちゃんのフットワークの軽さ、ホント真似できないわぁ」

鞠花はあははと声を上げて笑うと、「じゃ、私が責任を持って、日菜ちゃんの熱愛ゴシップは否定しといてあげる」と親指を立てた。

つくづく、いい友人たちだ。

けれど、そんな彼女たちも、追掛日菜子という女子高生のことを、何から何まで知っているわけではない——。


日菜子の放課後は忙しい。

学校に怪人が現れる妄想の続きをしながら、帰路につく。想像力が豊かなあまり、自然とにやけたり、身悶《みもだ》えたりしてしまうため、通行人の視線には要注意だ。

駅や家の近所で、『魔炎戦隊カエンジャー』のトレーナーを着た男児とすれ違ったときなどは、危うくスマートフォンを取り出してその姿を激写しそうになる。もちろん日菜子もグッズの一つとして同じものを購入済みだけれど、公共の場で堂々と着用できるのはこの上なく羨ましい。

家に帰りつくと、「ただいま」とリビングに顔を出し、お茶菓子をつまみながら母と談笑する。ここ数日の話題は専ら、越谷充の肉体美についてだ。口うるさい兄と違って、母は非常に懐が深く、日菜子の追っかけ趣味に理解がある。

束の間のお茶タイムが終わると、二階に上がり、兄との共有部屋に足を踏み入れる。

カーテンを閉め切ることに決めたのは、つい最近のことだ。フリマアプリで発掘した、越谷充の素顔が写った超限定ポスターをみすみす日焼けさせてはならないと、慎重に対策を講じた結果だった。

電気をつけ、四方――いや、天井と床にも写真を貼っているから六方か――から押し寄せる推しの視線を浴びる瞬間は、控えめに言って最高だ。この世に生を享けたことに感謝し、五体投地したくなる。感情が昂《たかぶ》り、そのまま部屋中をスキップすることもしばしば。

さて、気持ちが落ち着いたところで、今度は学習机に向かう。

ここからは、日課のお仕事――ならぬ『推《お》し事《ごと》』の始まりだ。

まずは、ノートパソコンで、ツイッターを開く。ＳＮＳほど情報収集が捗《はかど》るツールは他にない。タイムラインを巡回警備し、新しい情報を次々と拾っていく。

特撮専用アカウントでフォローしているのは、カエンジャー公式や越谷充本人のアカウントはもちろん、主には特撮ファンや、特撮好きの子どもを持つお母様方の個人アカウントだ。

中でも、お母様方の情報網は侮れない。品薄状態の変身アイテムがどこそこのおもちゃ屋さんに入荷された、あの家電量販店では発売日の朝に整理券を配るらしい、ファストフード店のキッズセットについてくるコラボグッズの在庫が一部残っていた――などなど、大変有益なローカル情報を、日々ママ友同士で交換しているのだ。

「あっ、変身ブレス、週末に再入荷あるんだ！　買いにいかなきゃ」

ワクワクしながら手帳を開き、土曜日の欄に『♡変身ブレス、ゲット♡』と記入した。ツイッターの怖いところは、他のファンのグッズ購入報告がひっきりなしに流れてくるため、物欲が高まってしまいがちなところだ。

残念ながら、越谷充のツイッターアカウントは、更新頻度がそれほど高くない。推しが若手俳優やアイドルなどの場合は、月額三百円程度で直《ちょく》メを受け取れる仕組みもあったりするのだけれど、三十歳の遅咲きスーツアクターは、そういったサービスを行っていないようだ。

「ファンクラブくらい作ってくれてもいいのになぁ。公演チケットやグッズは当然買うけど、もっと直接充さんに課金したいよ……」

そんな愚痴をこぼしつつ、情報収集の後は自己研鑽《けんさん》へと移る。

自己研鑽とはすなわち、スーパー戦隊シリーズをはじめとした特撮ドラマに関する勉強だ。特撮ファンには心優しい人が多いとはいえ、「にわか」「新規」とバカにされないためには自主学習が欠かせない。

歴代の作品タイトルや、登場する戦士たちの名前。

各作品で使用される変身アイテムや武器の種類。

素顔の戦士とスーツアクターの双方を含めたキャスト。

それらをノートにまとめ、毎日欠かさず暗誦《あんしょう》している。この頃はその努力が実り、過去の放送回に登場した怪人の名前をすべて、空で言えるようになっていた。

お節介な兄には、「その熱意を学校の勉強に注げないものかねえ」としょっちゅう嫌味を言われる。でも、興味がわかないものは仕方ない。『推し事』にかかりっきりのため、日菜子の成績は常に低空飛行中だ。

知識をひとと おり頭に詰め込み終わると、日菜子は手帳とノートパソコンを見比べながら思案した。

どちらから取り掛かろう。今週末のスケジュールを組み立てるか、『魔炎戦隊カエンジャー』の動画を鑑賞するか。

迷った末、先に前者を片づけてしまうことにした。動画は、一度見始めると無限ループに突入し、時間が溶けてなくなってしまう。

この半年ちょっとで使い古したピンク色の手帳を引き寄せ、メモ用のページを開く。そして、今週末にやらなければならないことをリストアップしていく。

二日連続でのヒーローショー観覧、再入荷された変身ブレスレットの購入、ファストフード店のキッズセットの特典ゲット、ガチャガチャへの投資。もちろん、日曜朝のスーパーヒーロータイムは在宅必須だ。

公演に行くたびに真新しい服を着ることにしているから、そろそろショッピングにも出かけなければならない。ショー直前にヘアセットをしてもらう美容院の予約は、すでに済ませてある。

箇条書きにしただけでも、目が回るような忙しさだ。公演は両日とも午後の枠に申し込んだから、自由になる時間は午前と夜。土曜午前をグッズ集め、日曜午前をテレビ視聴に費やし、日曜の公演終了後にファッションビルに駆け込んで来週分の服を買うのがよさそうだ。

となると、計画の〝グレーゾーン〟を実行するタイミングは、土曜の公演終了後ということになる。

「よしっ、これでスケジュールは完璧！　充さんのご自宅訪問は、土曜日の夜、っと――」

「土曜夜に誰のご自宅訪問だって？」

背後から話しかけられ、ハートマーク記入用の赤ペンに持ち替えようとしていた日菜子は思い切り跳び上がった。

「おっ、おっ、お兄ちゃん！」

「お前なぁ、頼むから、法に触れるようなことはするなよ。ストーカー規制法って知ってるか？　捕まったら、二年以下の懲役または二百万円以下の罰金だぞ」

「それは、一度警告されたにもかかわらず従わなかった場合の罰則だよ。初回でいきなりストーカー行為罪に問われる場合は、一年以下の懲役か百万円以下の罰金。しかも私は未成年だから、この法律でそのまま裁かれるわけじゃない。お兄ちゃん、私に忠告するくらいならちゃんと勉強してよね」

「細かいことはどうでもいいんだよ。そこまで分かってるなら、どうして危ない橋を渡ろうとするかなぁ」

兄は日菜子を白い目で見ると、ノートパソコンの周りを埋め尽くしている大量のフィギュアやおもちゃに目を向けた。

「それにしても、戦隊ヒーローか。とてもじゃないけど、華のセブンティーンを謳歌《おうか》する女子高生の机には見えないな」

「見えなくてけっこうですぅ」

「ん？　このフィギュア、同じのが二つあるぞ。間違って買ったのか？」

「分かってないなぁ。ファンたるもの、持ち歩き用と保存用を買うのは基本中の基本だよ？本当は布教用に三つ目もほしかったんだけど、さすがにお金が足りなくって」

「何が基本中の基本だ。まったく理解不能だよ」

「特撮沼って、ハマって初めて分かったけど本当にやばいの！　とにかく、グッズの数が半端ないんだぁ。フィギュア、変身アイテム、武器、乗り物。写真がプリントされた子ども用のトレーナーやTシャツ、下着、リュック。あとは、過去作品のDVDや児童雑誌も買わなきゃいけないし、スーパーには食玩がたくさん――」

「今、下着って言ったか？　お前、男児用のパンツまで買ってんのか？」

「そう！　だからとにかく金欠で！　単発バイトで貯めたお金が底を尽きそうなの……」

肩を落とした直後、素晴らしいアイディアを思いつき、ぱっと顔を上げる。兄が不審者を見るような目をしているけれど、いちいち気にしてはいられない。

「あっ、ねえねえお兄ちゃん、確か世の中には学生用のクレジットカードってものがあるんだよね？　もしかして、成人してる大学生なら簡単に作れたりする？」

「今、心に誓ったよ。お前と同じ部屋で暮らしてる限りは絶対に作らない」

「ケチだなぁ。可愛い妹に軍資金を恵んでくれたっていいのに」

「やっぱり俺のカードで豪遊《ごうゆう》する気満々じゃないか」

兄は大げさなため息をつき、写真やポスターが貼られている四方の壁を見回した。

「スーツアクター、って言ったっけか。マニアックなハマり方をしたもんだよな。素顔はまあ渋い系で整ってるけど、超絶イケメンってわけじゃないし、若くもないし。そもそも、戦隊ヒーローのスーツをかぶってるのは別の俳優だなんて、子どもが知ったら興ざめだよ」

「そんなこと言わないで！　充さんは、スーツアクターの中でも突出した人材なんだよ？

三年くらい前から『中の人』として注目され始めて、『魔炎戦隊カエンジャー』のカエンレッド役で、今年本格的に人気に火がついたの。あまりの人気ぶりにスタッフもひっくり返る勢いで、もしかしたら来年からはウフフでアハハでヤッターかも、なんて噂も流れてる」

「日本語で喋《しゃべ》れ、日本語で」

「どのくらいファンが多いかっていうとね、戦闘シーンが映るたびに、ツイッターの『#ニチアサ』ハッシュタグが『充さーん！』って絶叫ツイートで埋め尽くされて、トレンド入りするくらい！　スーツの上からでも分かる肉体美、ハイレベルでしなやかな身のこなし、そして一番のチャームポイントはセクシーなお尻――」

「はいはいはいはい、分かった分かった。正義のヒーローを推すなら、日菜自身も法律やマナーを守って行動してもらいたいものだけどな」

「大丈夫、大丈夫。もうヒーローショーも映画も十回以上観にいったけど、一番いい席はちゃんと子どもたちに譲ってるから」

「それは素晴らしい心がけだけど、そういうことじゃなくて――」

「あ、そろそろ動画を見始めなくっちゃ。今日は『カエンジャー』を一話から見返したいんだよねぇ」

日菜子がノートパソコンを操作し始めると、兄が「ん？」と怪訝《けげん》そうな声を発した。

「パソコンで見るのか？　リビングのテレビでも録画してあるのに」

「ここ最近の放送回だけでしょ。それじゃストーリーの流れが把握できないから、現在放送中の特撮ドラマを一話から最新話まで見られる動画配信サービスに加入したの。月額九百六十円だけど、何度でも繰り返し視聴できるから一回あたりの料金は実質タダなんだよねぇ」

「それなら、食事中にテレビを占拠するのはやめろよ。瀬川萌恵《せがわもえ》主演のドラマを家族で見ようと思って録ってあるのに、いつまで経っても録画を消化できないじゃないか」

「えー、でも、せっかくなら大きな画面で見たいもん」

「じゃあせめて、晩飯の間だけでも、セガモエのドラマを一緒に見ようぜ。な？　日菜が二か月前に追っかけてた、子役の千枝航《ちえだこう》も出演してるんだぞ。あ、半年前にゾッコンだった若手俳優の須田優也《すだゆうや》も」

「ごめんねぇ。過去の推しに、未練はないんだぁ」

ひらひらと手を振り、しつこい兄を追い払う。

日菜子は椅子の上で正座の姿勢を取り、『魔炎戦隊カエンジャー』の第一話を、変身後の戦闘シーンから再生し始めた。キャーキャーと一人で黄色い歓声を上げながら、越谷充演じるカエンレッドを応援する。

「ああ……越谷充め、絶対に許さないからな……」

すべてを諦めたような兄の独り言が、後ろで聞こえた。

*

「ご注文がお決まりでしたら、こちらで伺います」

店員に声をかけられ、日菜子は左手にスマートフォンを握りしめたままレジへと進んだ。まだ昼食には早すぎる時間帯のため、カウンターの向こうにいる店員たちは暇そうだ。ポテトが揚がったことを知らせる電子音が、客の少ない店内に響いている。

「チーズバーガーを一つと——」

そう言いながら、手元のスマートフォンに視線を落とす。

開いているのは、メッセージアプリのトーク画面だ。数十分前の兄とのやりとりが表示されているけれど、その話題が注文内容とまったく関係ないことに、店員が気づくことはまずないだろう。

「——あ、ショウちゃんだけじゃなくて、ヒナちゃんの分も頼まれちゃった……キッズセットを二つ、お願いします！」

「付録のおもちゃは、どれがよろしいですか？」

「ええっと……キッズセットとしか言われてないから、よく分からないんですよねぇ。主人公って、この赤い人ですか？」

「はい」

「じゃあ、これで大丈夫です！」

「承知いたしました。Ａセットの『カエンレッド』を二つですね」

無事に注文を終え、ルンルン気分で支払いをする。トレーを受け取り、二階の席を取っていた兄のところへと運んでいくと、不満げな声が飛んできた。

「おいおい、俺までキッズセットかよ。これじゃ足りないって」

「私のおごりなんだから、いいでしょ？　出血大サービスで、チーズバーガーもつけてあげたんだから」

「恩着せがましく言うなよ。付き合ってやってるのはこっちだろ」

兄はチーズバーガーの紙包みを開けると、獲物を狩るライオンのように勢いよく食らいついた。例のごとく寝坊して朝ご飯を食べ損ねたため、お腹がペコペコだったようだ。

「女子高生がキッズセットを二つも買って、店員に変な目で見られただろ」

兄が意地悪く、嘲笑しながら尋ねてきた。日菜子はニッコリと微笑《ほほえ》み返し、「それはばっちり対策済み」と親指を立てる。

「親戚の子どもの分を頼まれたふうに装ったから、平気平気。カエンレッドを二つ注文したって、なーんも恥ずかしくない」

「何だ、そのテクニックは。……あ、もしや、さっきのおもちゃ屋で、なぜか変身ブレスをプレゼント包装してもらってたのも！」

「同じだよ。『いとこの息子ちゃんへの誕生日プレゼントなんですよぉ』って話したら、ニコニコしながら包んでもらえた」

「くそぉ、ずるいぞ！　俺はレジのおばさんに冷たい目で見られたのに。『大の大人が子どものおもちゃなんか買って、迷惑ねえ』とでも言いたげに、乱暴にレジ袋を押しつけられたというのに」

「残念でした。ほら、ポテトでも食べて、元気出して」

キッズセットの箱の中から袋を取り出すと、兄は恨めしそうにこちらを睨《にら》みながら、ポテトを一本口にくわえた。

「あー、土曜だってのに、朝から付き合わされたから、眠い眠い。まさか開店一時間前から並ぶとは思わなかったよ。後からやってきた親御さんたちからの視線は痛いし、こんなことなら二つ返事で引き受けるんじゃなかった」

「文句は禁止！　前金代わりのカスタードエクレア、昨日食べたでしょ？」

「百円かそこらのコンビニスイーツだろ？　実働時間に見合わなすぎるって。『一人一個限定のおもちゃを予備と併せて二つ買いたいから、ちょっと付き合って』というお前の言葉をそのまま信じた俺がバカだった。しかも購入後も、長々とガチャガチャを回してるしさぁ」

「だって、なかなか推しが出ないんだもん。カエンブルーとカエンピンクばっかり連続で五回も出て、どうしようかと思っちゃった」

「そういうことをするから金がなくなるんだろ。それに、お前……あの変換ミスはないよ」

「変換ミス？」

「日菜がガチャガチャを回し終えるまで、俺、隣の書店で待ってただろ。夢中になってた日菜は、『書店にいるから』っていう俺のメッセージをなかなか読まなかった。で、ようやく戻ってきた返事がこれだ」

　兄が水戸黄門の印籠のようにスマートフォンを突きつけてくる。見ると、そこには日菜子が慌てて送った『変身遅れてごめん！』という一文が表示されていた。

「……あ」

「この短期間で、どんだけ特撮に入れ込んでるんだよ。呆れるのを通り越して、もはや怖いわ。あーもう、目まぐるしく変わる妹の趣味に付き合わされて、朝から叩《たた》き起こされるこっちの身にもなってくれよ」

流れるように愚痴を吐く兄に向かって、日菜子はむくれてみせた。所要時間を伝えなかったのは事実だけれど、おもちゃ屋さんは十時オープンだ。こんなの全然、早起きの部類には入らないではないか。

とはいえ、本日再入荷されたばかりの変身ブレスレットを無事手に入れられたのは、コンビニのエクレアにまんまと釣られてくれた兄のおかげに他ならない。これに関しては、感謝しなくてはならなかった。

——面と向かってお礼を言うのは癪《しゃく》だから、心の中だけにしておくけど。

「でもねぇ、お兄ちゃん。私なんて、朝五時に起きたんだよ？　シャワーを浴びて、髪を乾かして、新品の服を着て、超念入りにメイクをして、仕上げに鏡の前でファッションチェックをして——」

「知ってるさ。お前、着替えの最中に、『ファイヤーチェンジ！』とか叫びながら変身シーンの真似してただろ。俺が睡眠不足なのはそのせいもある」

「えっ？　お兄ちゃん、私の着替え見てたの？　最悪！」

「んなわけないだろ。アコーディオンカーテンが閉まってたんだから。声で起こされたんだよ」

あれこれと言い合っているうちに、購入したハンバーガーとポテトはどんどんなくなっていった。すべて食べ終わると、日菜子は意気揚々と席を立ち、椅子の背にかけていたリュックを背負った。

「じゃ、私はこれから聖地に行ってくるから」

「聖地？　どこだよそれは」

「後楽園。東京ドーム」

「ああ、ヒーローたちと握手しにいくわけか」

「そう！　だからお兄ちゃん、荷物はよろしくね。私のベッドの上に置いといてくればいいから」

おもちゃ屋さんの袋にキッズセットの特典を入れ、押しつける。兄はしぶしぶといった様子で袋を受け取り、首を傾げながらこちらを見た。

「そういえば、ずいぶんと大きなリュックをしょってきたんだな。それ、何が入ってるんだ？　おもちゃ屋で、変身ブレス以外にも何か買ったのか？」

「え？　ううん、別に何も！」

兄の勘の鋭さにドキリとしながら、日菜子は「じゃあね！」と席を離れた。

計画の〝グレーゾーン〟のことは——高校の親友たちはもちろん、心配性の兄にも、話すわけにはいかない。

『そう、俺たちは！　魔炎戦隊、カエンジャー！』

場内にカエンレッドの声が響き渡った。

赤、青、緑、黄色、ピンク。ステージの上で、スーツ姿の戦士五人が、決めポーズをして静止する。

『はい、皆さん、カエンジャーに拍手！』

ＭＣの女性の掛け声とともに、会場は万雷の拍手に包まれた。日菜子は、潤んだ目でまっすぐにカエンレッドを見つめながら、誰よりも強く手を叩いた。

このショーを見るのは、すでに五回目だ。明日には六回目を迎える。課金額、合計九千六百円。けれど、ショーを見終わったときの感動は、未だ薄れゆく気配がない。

最近リニューアルされたというこの『カエンジャー』ショーの売りの一つが、テレビと同じスーツアクターがカエンレッドを演じている、というものだった。つまり、真っ赤な戦隊スーツを着て中央でポーズを決めているあの人は、日菜子の愛してやまない越谷充なのだ。

キックをするときの脚を上げる角度。怪人の攻撃を受けたときの転がり方。体操選手と見まがうほどの美しい側転。仲間とアイコンタクトをするときや、頷くときに見せる、細かい動きの癖。何もかもがテレビと同じで、いちいち心臓が射貫かれる。

——充さん！　充さん！

黄色い声で叫びたくなるのを、すんでのところでこらえる。客のほとんどは、小さい子どものいる家族連れだ。いくら特撮ファンの間で『中の人』人気が高まっているとはいえ、本来のターゲット層である未就学児たちの夢を壊してはいけない。

最前列に陣取って戦士たちの目線をもらいたがるコスプレイヤーなども、いるにはいる。ただ、日菜子は、そういうなりふり構わない大人にはなりたくなかった。

そもそも、主役である子どもたちを差し置いて騒ぎ立てるファンを、演者である越谷充がよく思うはずがない。爆発的な愛を理性で抑えるのは大変だけれど、前列や通路脇の席を諦めるのも、『中の人』の名前をあえて叫ばないのもすべて、『推しに迷惑をかけない』という日菜子のモットーに繋がるのだった。

本当は、越谷充の眼差しを浴びたい。いや、推しは別世界の人間だから、視界に入るのは恐れ多い。けれど、子どもたちのように、せめて座席から立ち上がるくらいはしたい。日菜子の身長は百五十センチだ。腰骨の一本や二本折ってしまえば、一緒に連れてこられた小学生の姉に見えなくもないのではないか。いやいや、メイクとヘアセットをばっちりしてきているから、さすがに無理があるか——などとあまりのもどかしさに内心悶絶《もんぜつ》しながら、なんとか行儀よく拍手を続けた。

そのうちに、公演終了後は自由席になる旨のアナウンスがされ、カエンジャー五人がステージ上で横一列に並び始めた。

ここからは、さらなる課金タイムだ。五百円で握手会、千円で撮影会のチケットを追加で買うことができる。本当はどちらも数枚ずつほしいところではあるけれど、ギリギリまで迷った末に握手会のチケットのみ二枚購入した。衝立《ついたて》すらない場所で、多くの家族連れの視線を浴びながら推しと写真を撮ったとして、ステージ上から無事に生還する自信がないからだ。一度握手をして、もう一度だけこっそり列に並び直すのが、極度の上がり症である日菜子が公衆の面前で行うことのできる精一杯の『推し事』だった。

――充さん、充さん。

ドキドキしながら、握手会の列に並ぶ。両手で握手をしてもらうか、右手で握手しながら左手でその様子を激写するか悩んだ挙げ句、今日は両手でいこうと決めた。

順番が回ってきた。まずはカエンピンク、それからカエンブルー。中央に立っているカエンレッドがだんだんと近づいてくる。心臓の鼓動が限界まで速くなる。

カエンレッドがくいっと顎を引き、こちらを見た。赤いマスクの下で、越谷充が微笑んでいるように錯覚する。

筋肉質な腕が伸びてきた。がっしりとした大きな手を、日菜子は震える両手で挟み込んだ。

越谷充の優しい握力を右手に感じた瞬間、視界がふわりと明るくなった。

そして日菜子は、この世のものとは思えぬ幸福感に包み込まれた。


それから三時間後。

目黒区内のとある住宅街を、日菜子は歩いていた。

握手会からはだいぶ時間が経《た》ち、すでに辺りは暗くなっているというのに、まだ足がふらふらとしている。お出迎えのハイタッチと合わせて計三回も推しの御手《みて》に触れてしまった後遺症は、しばらく治りそうにない。

ただ、思考力や瞬発力まで失うわけにはいかなかった。今夜の計画には、多大なリスクが伴う。本人や通行人に見つかったら最後、一年以下の懲役または百万円以下の罰金とまではいかずとも、二度と越谷充に近づくことはできなくなるだろう。

『推しに迷惑をかけない』というポリシーを崩すつもりは、毛頭ない。

だからこそ、道端の電信柱の陰を有効活用しつつ、慎重に行動しなければならない。

日菜子の前方、およそ二十メートル先に、黒いロングコートを着た男性が歩いていた。

身長百七十二センチの彼は、ぴったりとした戦隊スーツを脱いで上着を羽織ると、一般人に紛れがちになる。ただ、帽子やサングラスで顔を隠しているわけではないから、見間違える心配はなかった。

そういう意味で、スーツアクターは、普通の俳優より尾行しやすい。

「やっぱ、この駅だったんだぁ。いいところに住んでるなぁ」

口の中でそっと呟《つぶや》きながら、日菜子は越谷充の後ろ姿を追いかけた。

彼の住居の大まかな位置については、過去三年ほどのツイート内容を徹底的に分析することにより、ほぼ特定していた。例えば、『撮影に遅刻しそうになり、階段を駆け下りてホームへ』とあれば、高架線上にある駅は排除できる。『近所で人気のベーカリー』『駅前のドラッグストア』などという何気ないキーワードも、大きなヒントになる。

決定打となったのは、越谷充が投稿した、ある日の夕焼けの写真だった。自宅のベランダから撮影したのか、下のほうに住宅街が写り込んでいたのだ。その片隅に、黄色と青に光る看板のようなものがぼんやりと見えた。各SNSでありとあらゆる検索ワードを試し、少しでも気になる情報があればマップアプリのストリートビュー機能で検証するなどして、その正体が都内に十数店舗を展開するクリーニング店だと執念で探り当ててからは、駅の候補はわずか二つに絞り込まれていた。

ヒーローショーでは、出待ちが明確に禁じられている。会場から離れたところで待ち受けるにしても、東京ドームには最寄り駅が複数あるため、越谷充がどのルートで帰宅するかは分からない。だから今日は、二つの候補のうち、より可能性が高いと思われる駅の改札前で待ち受けることにしたのだった。

見事、大正解。

生活のほとんどを推しに捧げている日菜子にとって、これくらいは朝飯前のことだ。

「あっ、あのマンションかぁ！」

前方を歩く越谷充が、五階建てのマンションへと入っていった。築浅なのか、外装は綺麗《きれい》だ。自動ドアの向こうに、間接照明の点《つ》いた上品なロビーが見える。豪華すぎず、庶民的すぎず、イメージどおりの住まいだ。

自宅特定完了の記念に写真でも撮っておこうと、日菜子はスマートフォンを構えた。

別に、悪用するつもりはない。待ち受け画面にでもして、個人的に楽しむだけだ。兄にはまた怒られるだろうけれど、プリントして自室の壁に貼るのもいいかもしれない。

と、想像してニヤニヤしかけたとき、自動ドアの向こうから越谷充が引き返してくるのが視界の端に映った。慌てて電信柱の陰に飛び込み、様子を窺《うかが》う。

「ああ、もう準備ができたのか？　じゃあ、今から向かうよ。……いや、徒歩で。せいぜい十五分やそこらだしな」

マンションから出てきた越谷充は、スマートフォンを耳に当てていた。誰かと電話をしているようだ。

「……何かこちらで用意していくものは？……そうか、分かった。じゃ、十五分後に」

電話を切ると、越谷充はそのまま向こうへと歩き出した。

——どこに行くのかな？

会話の内容から推測するに、近所の知り合いの家だろうか。コンビニでお酒やおつまみでも買って、今から飲み会をするのかもしれない。

——わあ、三十歳独身男性の夜、って感じ！

些細《ささい》なことにときめき、胸を押さえる。

推しのプライベートを覗くということは、他のファンが誰も知らない一面を見ることができるということだ。

これだから、尾行はやめられない。

越谷充は、住宅街の中を速足で進んでいった。半ば小走りになりながら、日菜子も懸命に追いかける。もちろん、一定の距離を取るのは忘れない。

十五分後、越谷充は、小ぎれいなアパートに辿《たど》りついた。鉄製の階段を上り、二階の部屋へと消えていく。鍵がもともと開いていたのか、インターホンを押すことなく、そのまま中に入ったようだった。

――もしかして、ここなら。

日菜子は、アパートの周りを素早く観察した。住人くらいしか利用しない道なのか、人通りはほとんどない。駐車場や隣家のブロック塀など、隠れるところもいくらでもある。街灯の位置も離れていて、辺りは比較的暗い。

日菜子は重いリュックを急いで下ろし、中からおもちゃ屋の袋を取り出した。誰にも見られていないことを確かめてから、袋の中身を空ける。

そして、適切な場所に、適切に設置した。

現場からそそくさと離れ、アパートの駐車場に身を隠す。ふと二階の部屋を見上げ、窓が少しだけ開いていることに気がついた。

十月下旬にしては暖かい夜だけれど、室内が暑くなるほどとは思えない。となると、換気でもしているのだろうか。

――やったぁ、チャンス！

これ幸いと、日菜子はリュックから高性能ボイスレコーダーを取り出し、背伸びをして二階の窓へと向けた。先端を向けた方向の音を集めてくれる優れものだ。運がよければ、越谷充のプライベートの会話内容が録音できるかもしれない。もちろんこれも、個人的に鑑賞するためのものだ。

──もし成功したら、通学中に、毎日電車の中で聞こうっと。

日菜子がウキウキしながらボイスレコーダーの録音ボタンを押した、次の瞬間だった。

「危ない！」

「何するんだ！」

複数の男性の声が、突如として住宅街に響き渡った。

「強盗だ！」

「こっちに来るな！」

──強盗？

日菜子は硬直し、天を仰いだ。ただ事ではなさそうな叫び声は、アパートの二階から聞こえている。

「うわ、やめてくれ！」

「逃げろ！」

「くそ！」

人と人とが争うような物音が聞こえてくる。

直後、二階の部屋のドアが、勢いよく開いた。

黒い影が、疾風のごとく鉄製の階段を駆け下りてくる。よほど急いでいるのか、ふわりと宙に跳び、最後の数段を飛ばして地面に着地した。すぐに身を立て直し、あっという間に住宅街を逃げていく。

――あの動きは……充、さん？

日菜子は思わず駐車場から飛び出し、男が消えていった方向を眺めた。暗いから、見間違えたのかもしれない。けれど、一瞬目に映った男は、黒いロングコートを着ていたような気がした。

「大丈夫ですか」

「ああ、危なかった」

男性たちが互いの安否を確認する声がかすかに聞こえ、日菜子はアパートの二階を見上げた。中から男の手が伸びてきて、半開きになっていたドアが閉まる。

敬語で尋ねたほうの男の声にどこか聞き覚えがあるような気がして、日菜子は首を傾げた。越谷充ではない。とすれば、いったい――。

思い出そうと顎に手を当てた瞬間、今度は一階のドアが開いた。顔を出したのは、片手に赤ちゃんを抱えた若い女性だった。驚いた表情をして、二階を見上げている。

「今の、聞きました？」

目が合うや否や、女性は人差し指の先を上に向けながら尋ねてきた。

――わ、見つかっちゃった！

焦ったのも束の間、今の自分は騒ぎを聞きつけて足を止めた通行人にしか見えないことに気づく。日菜子は慌てて姿勢を正し、部屋から出てきた女性と向き合った。

「あっ、はい！　ご、強盗って……」

「警察に通報したほうがいいよね」

「そ、そうですね！」

「巻き込まれたら大変だから、いったんこっちにおいで」

女性が手招きする。警察が来るまで部屋の中で待機しよう、ということのようだ。先ほど逃げていった黒い影の正体が気になりながらも、この状況では女性の親切心に甘えるほかなかった。

日菜子が部屋に逃げ込むと、女性がスマートフォンで一一〇番に電話をかけた。

赤色灯をともした警察車両が到着するまでは、十分もかからなかった。

「通報してくださった方ですね。現場はあちらの部屋ですか」

「はい。男の人たちが争うような声が……」

赤ちゃんを連れている住人の女性に代わって、駆けつけた警官をアパートの二階へと案内する。

警官がドアノブをつかみ、くるりと回した。鍵はかかっていないようだ。ノックをしても、返事はない。

入りますよ、と大きな声で呼びかけ、警官がドアを開ける。

どさくさに紛れて、日菜子もドアの隙間から中を覗き込んだ。

二足の靴が脱ぎ捨てられた、狭い三和土《たたき》。その先にはキッチンを兼ねた短い廊下があり、突き当たりに八畳ほどの部屋がある。その真ん中に、両手両足首を縛られ、猿ぐつわを噛《か》まされている男性二人が転がっていた。

一人は若い。もう一人は四十代くらいだろうか。怪我《けが》でもしているのか、痛そうに顔をしかめている。

被害に遭った二人が、ほっとした様子でこちらを向いた。

一瞬の間ののち、日菜子はひゅっと息を呑《の》んだ。

「シューメイくんと……福田《ふくだ》さん！」

「お知り合いですか？」

警官の一人が振り返る。日菜子はぶんぶんと首を左右に振った。

「そ、そうじゃなくて、この人たち——」

どうしてこんなことに、と愕然《がくぜん》とする。

若いほうの男は、素顔の戦士としてカエンレッド役を演じている若手イケメン俳優、畑《はた》秀明《しゅうめい》。

中年の男は、カエンブルーの『中の人』を担当する、知る人ぞ知るベテランスーツアクターの福田康孝《やすたか》。

そして、先ほど確かにこの部屋に入っていったはずの越谷充の姿は、やはり、どこにもない——。

立ちすくんだ日菜子の耳に、警官が腰につけている無線機の音が飛び込んできた。

『えー、男を確保。現場から逃走したとみられる男を確保。服装は黒いコートにジーンズ。ポケットに現金五十万円の入った封筒を所持しており……』

警官にしなだれかかるようにして、日菜子はその場に崩れ落ちた。

＊

日曜の昼、翔平があくびをしながら階下に降りていくと、放心状態の日菜子がダイニングの椅子に座っていた。

「おーい、日菜。大丈夫か」

声をかけても、答えはない。瞬きすらせずに、大物芸人がMCを務めるワイドショーを眺めている。

ちょうど、黒コートの男が夜の住宅街を疾走する防犯カメラの映像が流れているところだった。『人気スーツアクター、強盗致傷容疑で逮捕』という文字が、画面右上に表示されている。

「朝九時過ぎから、ずっとその状態なのよねえ」

キッチンで昼食の準備をしている母が、のんびりと振り返り、日菜子に目をやった。

「は？　九時過ぎからって……三時間も？」

「そうよ。大好きなサトルさんが逮捕されたせいで、朝の番組放送も、後楽園のヒーローショーも中止になっちゃったでしょう。それでショックを受けてるの。……あれ、サトルさんじゃなくて、ワタルさんだったかしら。それともヒカルさん？」

「ミツルだろ」

マイペースな母にツッコミを入れると、日菜子がピクリと肩を震わせた。どんなに頭が回っていないときでも、大好きな推しの名前にはカクテルパーティー効果が発動するらしい。

「ややあ、ご愁傷様。好きになった推しが事件に巻き込まれる体質は相変わらずのようだな。舞台俳優には殺人容疑がかかり、子役はあわや爆殺されかけ、総理大臣は娘を誘拐され

――今度は強盗か」

からかってみたが、日菜子の反応はない。じっとテレビを見つめている。

「昨夜は一巻の終わりかと思ったよ。東京の警察から電話がかかってきたってことは、てっきり日菜子のストーカー癖がバレて補導されたんだとばかり。お前、推しが強盗事件を起こす現場を目撃して、卒倒したんだってな。その場にいたことをどう説明したんだ？」

「……ドラマのロケ地巡りをしてる途中に道に迷った、って」

――なるほど。それなら警察も裏が取れない。

妹の頭の回転の速さに感心する。推しが関係するときだけ、日菜子のＩＱは爆上がりするのだ。

しかし、やっと答えたその声は、ひどく弱々しかった。

さすがに少々かわいそうになってくる。日菜子の向かいに腰かけながら、翔平はテレビを見やった。

「この防犯カメラの映像、ずいぶんと不明瞭だな。これじゃ、誰だかよく分からないだろ。何かの間違いだったらいいのにな」

「何言ってるの？　この走り方はどう見ても充さんだよ。『カエンジャー』の動画を何百回と見返した私が見誤るはずないでしょ」

慰めたつもりだったのに、逆に説教を食らってしまった。

――前言撤回。やっぱり、全然かわいそうじゃない。

事件の第一報が流れたのは、昨日の深夜だった。その時点で日菜子はすでに帰宅していたから、事件の概要は把握していたものの、初めて知る情報もあった。

強盗被害に遭ったのは、畑秀明という売り出し中の若手俳優と、福田康孝という芸歴二十年のスーツアクター。どちらも、現在放送中のスーパー戦隊シリーズ『魔炎戦隊カエンジャー』の出演者だ。

昨夜、二人は福田の自宅で飲み会をしていたらしい。コンビニで酒を買って帰ってきて、ドアの鍵を開けた瞬間、覆面をした二人組に押し入られた。その直後に、主犯格とみられるマスク姿の男――のちに越谷充と判明――が入ってきて、タンスに入っていた現金五十万円を奪われた。

畑と福田が大声を出すと、越谷は現金を持ったまますぐに逃走した。共犯者の二人組も、畑と福田の身体を拘束したのちに部屋を出ていった。今のところ、警察に捕まったのは現金を所持していた越谷充のみで、共犯者の素性については明らかになっていない。

「で、何か続報はあったか?」

「充さんは、『犯人は別にいる』って取り調べで話してて、容疑を否認してるって。でも、共演者の証言によると、充さんには浪費癖があったみたいで、常にお金に困ってたらしいの。それが動機じゃないかって言われてる」

「ほう。にしても、ずさんな犯行だな。なんで共演者の家を狙うんだよ。被害者の福田ってスーツアクターが、タンス預金のことでもペラペラ喋ってたのか？　それとも、家が近くて電車やタクシーに乗る必要がないから、防犯カメラに写らないだろうと過信したとか？」

「うーん……たぶん、そうじゃなくて……」

日菜子は口をつぐんだ。キッチンに立つ母が野菜を炒《いた》め始めたのを横目で確認し、テーブルの上に身を乗り出してくる。そして、翔平の耳元で囁いた。

「ねえお兄ちゃん、一つ相談したいんだけど」

「何だ、改まって」

「もしも、だよ。一通行人として事件現場に居合わせた私が、誰も知らない真相に気づいていたとして――」

「えっ？　まさか、お前」

「――それを警察に伝えて、充さんの容疑が晴れたとして……そしたら、充さんは喜んでくれるかな？　うわー、気持ち悪いファンがプライベートに首を突っ込んできたよーって、ドン引きしたりしないかな？」

「いや、泣いて喜ぶに決まってるだろ。解決したのがファンであろうがなかろうが、それはもうめちゃくちゃに感謝されるさ。――って、冤罪《えんざい》なのか？　警察に現行犯逮捕されてるのに？」

翔平の答えに、日菜子は満足したようだった。覚悟を決めたように目をつむり、大きく深呼吸をしてから、真剣な目でこちらを見上げる。

「私ね――充さんは、犯人じゃないと思う」

そう言いながら、高性能ボイスレコーダーをテーブルの上に置いた。外国人の先生の発音を録音して英語のリスニング力を高めたいからという大嘘《おおうそ》をついて、日菜子が両親に買ってもらったものだ。

妹の真剣な顔を、翔平は穴が開くほど見つめ返した。

「日菜、お前もしかして……事件の一部始終を録音したのか？」

「しっ、静かに」

「すごいじゃないか！　音声データをテレビ局に提供すれば、謝礼がたんまりもらえるかもしれないぞ」

「はあ？　何言ってるの？　充さんをこれ以上追い詰めるような真似、私がするわけないでしょ？」

日菜子は頰を膨らませ、ボイスレコーダーの黒いボディをコツコツと爪の先でつついた。

「事件現場で録《と》った音声をね、昨夜から、何百回となく聞き返してみたの」

「な、何百回？」

「それ以上に、昨日目撃したことを何千回となく思い返してみたんだけど」

「何千回⁉」

「確かに、報道の内容と辻褄《つじつま》は合ってるんだよねぇ。でも……やっぱり、なんかおかしい」

「……何が？」

翔平が恐る恐る問いかけた瞬間、日菜子が突然テーブルをバンと両手で叩いた。

「私――刑事さんに、推理を話してみる！」

椅子を蹴倒さんばかりの勢いで立ち上がり、気合いを入れるように胸の前でこぶしを握る。

慌てふためいた翔平も、つられて腰を浮かした。

「す、推理を話すって……また目黒の警察署に行く気か？」

「うん、今から！」

「今からぁ？」

素っ頓狂な声を上げる。うどんの袋を開けていた母が、ゆっくりとこちらを振り返った。

「あら日菜、どこかに出かけるの？」

「うん。昨日の刑事さんのところに！　充さんの無実の罪を晴らしてくる！」

「そうなの。頼もしいわねえ。結果がどうなったか、お母さんにも聞かせてね」

「止めないのかよ！」

母の呑気《のんき》すぎる反応に、ずっこけそうになる。麺をフライパンに空けた母が、愉快そうな口調で言った。

「心配なら、翔平もついていってあげたら？　あ、でも、もうすぐ焼きうどんができちゃうから、食べてからにしてね」

蛙《かえる》の子は蛙。日菜子の神経の図太さは、どう考えても母譲りだ。


狭い縦長の部屋の真ん中に、机が一つ。テレビドラマで見るよりずっと年季の入った警察署の取調室で、翔平と日菜子は刑事と向き合っていた。

――なんだか、容疑者になった気分だな。

ただの事情聴取だと分かっていても、圧迫感は拭えない。しかし日菜子は、兄の緊張などどこ吹く風といった様子で、中年刑事をまっすぐに見据えていた。

「越谷充さんは、犯人じゃありません。はめられたんです！」

「いやいや、それを調べるのは我々警察の仕事だけど……」

ゴマ塩頭の刑事が苦笑した。職業柄、こういう〝困った人〟に接するのは慣れているようだ。

「……まあ、せっかく横浜からお越しいただいたわけだし、一応聞こうか。越谷充が、誰にはめられたって？」

「それはもちろん、被害者の二人に、です」

「畑さんと福田さんに？　どうしてそう思ったのかな」

「昨日聞いた叫び声を、何度も頭の中で再生してみたんです。そしたら……やっぱりちょっと、不自然だなって」

実際には、頭の中ではなく、ボイスレコーダーで物理的に再生している。だが、ストーカー行為の揺るぎない証拠となるその音声データを、刑事に提出するわけにはいかない。

「なぜ不自然だと？　越谷充やその仲間が押し入った直後に、襲われている畑さんと福田さんの悲鳴が聞こえてきたんだろう。そのことは、君だけでなく、付近の住人がみんな証言しているんだよ」

「確かに声の主は、シューメイくんと福田さんで間違いないと思います。だけど、充さんが二人を襲ったわけではありません」

日菜子の目は、使命感で燃えていた。

「昨日、私が聞いた叫び声は、複数ありました。具体的には、『危ない！』『何するんだ！』『強盗だ！』『こっちに来るな！』『うわ、やめてくれ！』『逃げろ！』『くそ！』の七つです」

「いやあ、ずいぶんと記憶力がいいんだね」

刑事が首を傾げる。翔平は思わずドキリとしたが、日菜子は平然と言葉を続けた。

「被害者の二人は――役割分担をしていたんです」

「……役割分担？」

「アパートの部屋は、短い廊下の先に部屋が一つある、1Kの間取りになっていました。玄関先は狭いので、そこに人が立っていたら、奥はよく見えません。充さんが訪ねてきたとき、シューメイくんは部屋、福田さんは玄関先にいたんだと思います。――そして二人は、それぞれこう叫びました」

部屋の奥にいた畑秀明が、『何するんだ！』『うわ、やめてくれ！』『くそ！』の三つ。

玄関先に立った福田康孝が、『危ない！』『強盗だ！』『こっちに来るな！』『逃げろ！』の四つ。

「こう考えると、福田さんが充さんに危険を知らせて追い出したように聞こえませんか？『部屋の奥に強盗がいて危ないから、こっちに来るな。お前はこの封筒を持って逃げろ』――と」

我が妹ながら、よく気づいたものだ、と思う。

ここに来る電車の中で、翔平も音声データを聞かせてもらった。切羽詰まった叫び声は、ひどく掠《かす》れていて、誰がどの台詞《せりふ》を発したかなど、聞き分けられたものではなかった。日菜子がこの推理に辿りついたのは、推しを信じたいという願望の強さと、生来の執念深さのおかげだろう。

「ええと、つまり君はこう言いたいのかな？　越谷充は強盗犯ではなく、ただの訪問者だった。彼がやってきたときには、すでに二人組の強盗が押し入っていて、畑さんに暴力を働いていた。部屋の主である福田さんは、越谷充が巻き込まれないようにと警告し、まだ強盗に見つかっていなかった現金五十万円を彼に託して逃がした。我々警察は、そんな彼を強盗犯と勘違いして誤認逮捕してしまった」

「充さんからすれば、そうとしか思えなかったはずです」

日菜子が机に身を乗り出して断言する。中年刑事は腕組みをし、笑いながら首を左右に振った。

「だとしたら、畑さんと福田さんが揃《そろ》って嘘をついていることになる。どうして彼らがそんなことをしなければならないんだ」

「だから、二人して充さんを陥れようとしたからです。付近の住人に聞かせて、充さんに襲われたと誤解させるために……わざわざ窓を開けて、事前に考えておいた紛らわしい台詞を大声で叫んで」

「うーん、ちょっとばかり都合がよすぎるな。仮に畑さんと福田さんに越谷充を陥れたい動機があったとしても、彼を家に呼んだ日にたまたま強盗が入るなんてことがあるはずがないだろう」

「そうじゃないんですよ！」

日菜子は机の上に身を乗り出し、真剣に問いかけた。

「シューメイくんと福田さんは、充さんが部屋を出てまもなく、共犯者の二人組も去っていったと話しているんですよね？」

「ああ。畑さんと福田さんを拘束した後にな。ちょうど君が一階の住人にかくまわれているときに、逃げ出したんだろう」

「そんな二人組は……いなかったんですよ」

「二人組が、いなかった？」

刑事がぴくりと片方の眉を上げた。「どういうことかな」と訝《いぶか》しげに尋ねてくる。

「シューメイくんも福田さんも、特撮俳優です。演技が本職なんです。自宅で飲み会をしようとでも言って充さんを呼び出しておいて、いざ充さんが訪ねてきたときに、ちょうど奥の部屋に強盗が入ったかのように見せかけることは、簡単にできたはずです」

「……何だって？」

「充さんが逃げ出した直後に、『大丈夫ですか』『ああ、危なかった』という会話が聞こえました。あれは、お互いの安否を尋ねてたんじゃなくて、充さんを騙《だま》す演技が上手《うま》くいったかどうかを確認してたんですよ。だって、共犯の二人組がまだ中にいたのなら、そんな言葉を交わす余裕があったとは思えませんから」

「いやはや、何を言い出すかと思えば……」

刑事はこれ見よがしにため息をついた。

「あれがすべて演技のはずがないだろう。畑さんと福田さんは、手首と足首を縛られてたんだぞ」

「外すのは無理でも、縛るだけならできますよね？　結び目を先に作っておいたり、二人で協力して結び合ったりして」

「根拠もないのに、屁理屈《へりくつ》をこねて、うがった見方をするのはやめなさい。君は妙に越谷容疑者に肩入れするんだね。もしかして、ファンだったのかな？」

心臓が口から飛び出しそうになる。

――おいおいおい、大丈夫か？

翔平はそわそわしながら妹を横目で見た。ここは警察署の取調室だ。こんなところでストーカー行為がバレたら、飛んで火に入る夏の虫ではないか。

しかし、日菜子は相変わらず動じていなかった。普段は上がり症のくせに、こういうときだけ心臓が鋼鉄化するらしい。

「根拠は、あります。ドアと、靴です」

「……ほう？」

「充さんが逃走した後、半開きになっていたドアが、内から閉められました。それって、変じゃないですか？　共犯者がすぐに充さんの後を追おうとしていたのなら、いったんドアを閉める必要なんてありません」

「音を漏らすまいとしたのかもしれないだろう」

「窓が開いていたのに、ドアだけですか？」

鋭い指摘に、刑事は眉を寄せ、答えに詰まった。その隙に、日菜子がさらに攻勢をかける。

「あとは、靴です。私たちが部屋に入ったとき、手足を拘束されて床に転がされていたシューメイくんと福田さんは、どちらも靴を履いていませんでした。二足とも、玄関に脱ぎ捨てられていましたよね。コンビニからの帰宅時に突然押し入られたという話なのに、おかしくないですか？」

「そのとき、二人はすでに靴を脱ぎかけていたのかもしれない」

「鍵を開けようとしたときに襲われたって、報道で見ました」

「君ねえ」

劣勢になった刑事が、気を取り直したように背筋を伸ばし、呆れた顔をした。

「想像力が豊かなのはいいことだけど、ドアだとか靴だとか、そんな些細なことは証拠にならないんだよ。せっかく来てもらったのに申し訳ないけど、捜査の方針を変えることはできない」

「……ひどい」

日菜子は下唇を噛み、中年刑事に非難の目を向けた。

「刑事さんだって、ずるいよっ！　屁理屈をこねて、うがった見方を――」

「わわわわわわ、日菜！」

翔平は慌てふためいて立ち上がり、両手で妹の口を塞いだ。

「ふぃつるさんは、なにふぉやってふぁせん！　ふゅざいです！　だふぁされただけなんです！」

「もういい、退散するぞ！」

無理やり妹の頭を押して頭を下げさせ、「失礼しました！」と謝る。

廊下を案内され、一階の正面玄関前で別れるまでの間、中年刑事は終始不機嫌そうな顔をしていた。

日菜子一人で来させていたら、どうなっていたか分からない。常識人である自分が付き添って本当によかった、と胸を撫《な》で下ろす。

正面玄関を出た後、日菜子は後ろを振り返った。未練がありそうな顔で、警察署の建物を眺めている。

「日菜、もう諦めろって。お前の推理は筋が通ってる。おそらく正しいんじゃないかと、俺も思う。だけど、決定的な証拠がないのは事実だ。越谷充がすでに逮捕されている以上、可能性があるというだけで警察の方針をひっくり返すことはできない」

妹の心中を思うと、こちらまでつらくなってくる。真相に辿りついていながら、推しを留置所から救い出せないやりきれなさは、いかほどのものだろう。

しかし、諦めさせなければならない。世の中は広く、時に理不尽で、女子高生一人の力でどうにもならないことが多々あると教えるのも、兄の仕事だ。

「残念だけど、ここまでだ。お前は推しのために、精一杯頑張ったよ」

さ、帰ろう——と、妹を促し、駅の方向に歩き始める。

しかし、日菜子はついてこようとしなかった。リュックの肩紐《かたひも》を握りしめたまま、なぜかもじもじとしている。

　ふと、そのリュックの大きさが気になった。

　確か昨日も、同じものを背負ってはいなかっただろうか？

「おい日菜、そのリュックは何だ？」

　問いかけると、日菜子がびくりと全身を震わせた。悪戯《いたずら》が見つかった幼児のように、上目遣いでこちらを窺ってくる。

　嫌な予感がして、翔平は妹のリュックに手をかけた。

「ちょっと、中身を見せてみろ」

「いや……えっと……これは別に……念のため持ってきただけで……」

「早く！」

　有無を言わさず急《せ》かすと、日菜子は観念したようにリュックを下ろし、ジッパーを開けた。

　中から出てきたのは、おもちゃ屋の袋だった。その袋から、妙に慎重な手つきで、Ａ４サイズほどの白い物体を取り出す。

「何だこれ？……紙粘土、か？」

　触ろうとして手を伸ばすと、「ダメ！」と身をかわされた。

「気をつけてよね。まだ完全には乾いてないんだから！」

そう言って、板状になった紙粘土を大事そうに抱え込む。粘土板の上に、二センチほどの厚みを持たせて白い紙粘土を伸ばした、用途がよく分からない代物だ。

その表面が特徴的な形に凹《へこ》んでいるのに気づき、翔平は顔を近づけた。

「……足跡、か？　二ついてるけど……こっちは、ずいぶん大きい靴だな」

「そうだよ。永久保存版！」

「ん？」

嫌な予感がさらに膨らんだ。まさか、と息を呑む。

「これ……越谷充の靴跡か？」

「大正解！　昨日、おもちゃ屋さんで、紙粘土と粘土板を仕入れておいたんだぁ。それで、このお手製の『足形保存シート』を、アパートの階段下に仕掛けておいたの」

「……はあ？」

「充さんの足はね、スーツアクターの中でもすごく大きくて、魅力的なの！　ご自宅訪問のついでにね、魚拓みたいな感じで、その形だけでも記念に持って帰れたら最高だなって。回収が遅れちゃったから、充さんのだけじゃなく、警察の人の足跡までついちゃったんだけどね」

「はああ？」

翔平は身体を仰け反らせた。

「お前、変身ブレスだけじゃなく、こんなものまでおもちゃ屋で買ってたのかよ！　ガチャガチャを回すだけにしてはずいぶんと時間がかかってたのも、最初から大きなリュックを用意してたのも、全部このためか！」

「でも、ちゃんと役立ったんだよ？　私がこれを階段下に仕掛けたのは、充さんがアパートの部屋に入ったのを見届けてすぐ。で、こっそり回収したのが、警察の人を二階に案内するとき。警察の人を先に行かせたから、ギリギリ私の足跡はつけずに済んだんだよねぇ」

「ちょっと待てよ。最初に逃走した越谷充と、一一〇番で駆けつけてきた警官の足跡しかついてないってことは――」

「そう。『後から逃走した共犯者の二人組』なんて、やっぱり存在しなかったんだよ。シュ－メイくんと福田さんは、嘘をついてるの」

「なるほど！」

手を打って喜んだのも束の間、思わず拍子抜けしそうになる。

「お前さぁ、最初からこの紙粘土が最重要証拠で、ドアが閉まったとか靴を脱いでたとかは後付けだったろ！」

「だって、この『足形保存シート』を刑事さんに見せるわけにはいかないでしょ？　まるでストーカーみたいじゃない。だから何百回も音声データを聞き返して、昨日のことを隅から隅まで思い出そうとベッドの上を転げ回って、筋が通る上に充さんの耳に入ってもドン引きされない推理をようやく捻《ひね》りだして——」

「みたいじゃなくて、ストーカーなんだよお前は！」

「えー、私には『絶対に推しに迷惑をかけない』って美学があるんだよ？　変な人たちと一緒にしないでよぉ」

「ああもう、これも人助けのためだ……こうなったら俺が全面協力して、越谷充の冤罪を晴らしてやる！　今回だけだからな、今回だけ！」

「なになに、いいアイディアがあるのぉ？」

途端に、妹の大きな黒い瞳が、ダイヤモンドのように輝き始めた。


「——というわけで、すべては僕の研究のためなんです。まさか妹がここまでやってくれるとは思わなかったんですが」

本日二回目の取調室で、深々と頭を下げる。隣に座る日菜子も、ちゃっかり翔平の動作を真似ている。

ゴマ塩頭の中年刑事は、太い眉をハの字にして腕組みをした。

「日本独自に発展を遂げたサブカルチャーの研究、ねえ。俺は高卒の叩き上げだからピンとこないけど、近頃の大学生ってのはそんなへんてこな研究もしてるんだな」

「はい。学問とは自由で、多種多様なものですから。映画だろうと、特撮ドラマだろうと、何でも研究対象になるんです」

「しかし、特撮ファンの妹さんに頼んで、俳優本人に接触を試みるというのは、さすがにやりすぎじゃないか？　研究の一環として行うなら、芸能事務所を通すとかして、正規の方法で依頼しないと。大事な妹さんがストーカーと間違えられたら大変だろう」

「すみません。反省してます」

間違えられるまでもなくストーカーだよ――と心の中で叫びながら、しおらしく頭《こうべ》を垂れる。

「ふうん……それにしても、俳優の声はともかく、足形まで必要とはねえ。サブカルチャーの研究ってのはよく分からんな」

「まあ、必須というわけじゃないんですけどね。研究材料は多いほうがいいんです。大は小を兼ねるというか」

冷や汗が脇を伝う。翔平は文学部で社会学を専攻しているが、まだ二年生だから専門の研究など始めてすらいない。そもそも、俳優の足形を取って分析する研究などこの世に存在していいはずがない。

しかし、学問に疎い様子の刑事は、翔平の説明を鵜呑《うの》みにしたようだった。日菜子が提出した高性能ボイスレコーダーと『足形保存シート』を引き寄せ、吟味するように眺める。

「今の段階では何とも言えないが、畑秀明と福田康孝の二人を揺さぶってみるとしよう。もしかしたらボロを出すかもしれない。これらは証拠品として、しばらく預からせてもらうよ」

「ありがとうございます！」と、日菜子がぱっと表情を明るくする。

「ただ、君の推理が合っていたとして、二人が越谷充を陥れようとした動機が不明のままだな。特撮ドラマの共演者同士、いったい何があったのか……」

証拠品を見つめながら考え込んだ刑事に向かって、日菜子が「はいはい！」と入学したての小学生のように挙手をした。

「それは、充さんが完璧すぎたからじゃないでしょうか」

「……完璧すぎた？」

「充さんは、スーツアクター界に舞い降りた天使なんです。古参・新規問わず、多くの特撮ファンがカエンレッドの軽やかな身のこなしに毎週萌《も》え死んでいます。充さんがあまりにスター街道爆走中のため、来年は充さんを主役に据える、しかも素顔の戦士とスーツアクターの二役をこなすという方向で製作側が動いている、なんて噂がネット上ではまことしやかに囁かれています。あっ、二役じゃなくて一役か！」

――あまりの人気ぶりにスタッフもひっくり返る勢いで、もしかしたら来年からはウフフでアハハでヤッターかも、なんて噂も流れてる。

先日、日菜子が越谷充の魅力について力説していたときの、日本語が崩壊しまくった台詞を思い出す。

妹の言わんとしていることが読め、翔平は「ああ」と声を漏らして頷いた。一方、特撮ドラマに詳しくなさそうな中年刑事は、いまいち要領を得ない表情をしている。

「ええと……要するに？」

「シューメイくんと福田さんは、どちらも面目が丸つぶれってことですよ。シューメイくんは、イケメン俳優の登竜門である『素顔の戦士』として『カエンジャー』で主演を務めたにもかかわらず、本来裏方であるはずのスーツアクターのほうが人気になってしまった。福田さんは、これまでのスーパー戦隊シリーズで主役ばかり何作も務めてきたベテランスーツアクターなのに、ぽっと出の充さんにあっさり引導を渡されそうになっている。その上、来年は充さんが素顔の戦士としてもスーツアクターとしても主役を務めるとなれば、二人のプライドはズタズタのボロボロ。つまり――」

「――越谷充さえいなければ、畑秀明も福田康孝も、芸能界での地位を失わずに済む、と?」

「そういうことです!」

「よし、その方向で捜査を進めてみよう。その道に詳しい人間の意見は、参考になるね」

刑事は日菜子ににっこりと笑いかけた。日菜子が愛想よく微笑み返すと、相手の顔がとろける。

これで一件落着――と安堵《あんど》していると、刑事がこちらに厳しい目を向けた。

「君はもう二度と、妹さんに危ない真似をさせちゃダメだぞ。分かったね」

――くそぉ、どうして俺ばっかり!

世のおっさんは、可愛くて若い女子に弱い。弱すぎる。

頭を掻《か》きむしりたくなる衝動をこらえ、帰りに追加のエクレアを要求することを胸に誓いながら、翔平は頭を下げ続けた。

*

風呂から出て、リビングに向かう。牛乳でも飲みながらテレビドラマの録画を見る計画は、早くも崩れ去った。

「ああっ！　お前、またテレビを占拠して！」

日菜子はこちらを振り返ろうともしない。ダイニングテーブルに頬杖をつき、口元をだらしなく緩ませたまま、今や無期限放送中止になってしまった『魔炎戦隊カエンジャー』の貴重な録画に見入っている。

翔平は呆れ果て、日菜子の隣の席で缶チューハイを飲んでいる父に視線を送った。父は困ったように笑いながらも、「いいんだ、いいんだ」と口パクで伝えてきた。仕事で疲れた平日夜なのだから、本当はゆっくりグルメ番組でも見たいだろうに、つくづく子どもに優しい父親だ。

「あら翔平、もう出たのね。お母さん、入ってこようかしら。ううん、もうちょっと後にしようかな。迷うわぁ」

皿洗いを終えた母が、エプロンで手を拭きながらキッチンを歩き回っている。どこかそわそわしているように見えるのはなぜだろう。

冷蔵庫から牛乳パックを取り出してグラスに注ぎ、日菜子の向かいに腰かける。翔平より先に風呂に入ったはずなのに、パジャマ姿の妹の髪はまだ濡《ぬ》れていた。首の周りに、身体を拭くのに使ったバスタオルをかけている。

「お前ってホント、お洒落《しゃれ》なのか、ずぼらなのか、よく分かんないよな」

「本気を出すのは、推しの視界に自分が入る可能性があるとき、もしくはファンという立場で公共の場に出ていくときだけ。家にいるときは、なるべく推しとの時間を作らなくちゃ。ドライヤーをゆっくりかけてる暇なんてあるわけないでしょ」

「その基準が、一般人には理解できないんだよ。ああもう、お前のせいで、またセガモエのドラマが見られない……」

「お兄ちゃんも動画配信サービスに加入すればいいのに」

「動画配信サービスに加入してるお前がテレビを譲ればいいのに」

この数日間で幾度となく繰り返した会話だ。日菜子が折れる様子は、未だまったくない。

冷たい牛乳を飲みながら、テレビを眺めた。ちょうどカエンレッドが変身するシーンが映し出されている。素顔の戦士を務める畑秀明から、日菜子が愛してやまない越谷充へ。よく見ないと分からないが、確かに身体の鍛え方が全然違う。

「無事に容疑が晴れて、よかったな」

事件の顚末《てんまつ》を思い出し、そっと呟く。供述の矛盾点や動機について警察に指摘されると、畑秀明と福田康孝はすぐにでっちあげを認めたのだった。

「日菜がいなかったら、越谷充は確実に刑務所行きだっただろうな。といっても、ストーカーチックでグレーな行動を正当化するのはやめてほしいけど」

「うん！　これで来年も思う存分楽しめるよ。なんてったって、充さんが素顔の戦士も務めるんだもんねっ！」

ルンルン気分で答える妹を見やり、こっそり肩をすくめる。

――さあ、どうだか。

翔平の知る限り、日菜子の〝恋〟は長続きしたことがない。平均して二、三週間といったところだろうか。飽きっぽいというわけではないと思うのだが、結果的にはいつもそうなっている。

と、そのとき、間延びしたドアチャイムの音が、家族の集うリビングに響き渡った。

壁の時計を見る。午後八時を回っていた。こんな時間に誰だろう。

母がいそいそと食器棚の整理を始めながら、日菜子に呼びかけた。

「ねえ、日菜、出てくれない？」

「えー、なんで私？」

「お母さん、手が離せないんだもの。いいでしょう。きっと宅配便か何かよ」

不服そうにしつつも、日菜子は素直に立ち上がった。リモコンの一時停止ボタンを押し、玄関へと出ていく。

すると、母がこそこそと近寄ってきた。父と翔平の肩をつつき、「さ、行くわよ」と立ち上がるよう促す。

「え？　俺らも？」

「いいから、いいから」

表情を見る限り、どうやら父は事情を承知しているようだった。柔和な笑みをたたえ、移動を始める。

翔平は首を捻りながら、両親とともに日菜子の後を追った。

リビングのドアから顔を出し、玄関の様子を窺った。日菜子がサンダルをつっかけ、「はーい」と訪問者に呼びかけながらドアを開けている。

その瞬間だった。

「君が正義のスーパーヒロイン、追掛日菜子さんだねっ！」

爽やかな声とともに、真っ赤な人型の何かが、疾風のように飛び込んできた。

カエンレッドだ。

ついさっきまで録画を見ていたため、テレビ画面からそのまま出てきたかのように錯覚する。

いや。

もしやこの真っ赤な戦士は、本当に——。

「み、み、み、みつ、みつ」

硬直している日菜子が言い終わらないうちに、カエンレッドが目にも止まらぬ速さで彼女の背中に手を当てた。直後、日菜子の身体がひょいと宙に浮く。

「きゃあ！」

これほどスムーズなお姫様抱っこを、翔平は生まれて初めて見た。

カエンレッドと日菜子が、至近距離で見つめ合う。戦士がゆっくりと頷き、つるりとした赤いマスクに覆われた口元が動く。

「ようやく見つけたぜ。悪の世界に呑み込まれた敵を倒し、俺を救ってくれた恩人をな。君のおかげで、地球の平和は守られたっ！」

番組のカエンレッドとは声が違う。しかし、言い回しといい仕草といい、雰囲気の演出は完璧に近い。

追掛家の玄関先で突然始まったヒーローショーに、翔平は目を奪われた。

お姫様抱っこをされた日菜子の顔は、戦士のスーツの色と見まがうほどに赤くなっている。

「あ、あ、あ、あのっ、みつ、充さん……？」

「そのとおり。驚かせてごめんよ」

カエンレッドが日菜子を三和土に降ろし、片手で頭部のマスクを剝いだ。共有部屋の翔平側スペースに日焼け厳禁の特大ポスターが貼ってある、あの渋く整った顔が現れる。

その瞬間、玄関のドアが再び開き、テレビカメラを抱えた黒いウィンドブレーカー姿の男性たちが入ってきた。そのうち一人が、越谷充に白いプラカードを手渡す。

ジャーン、という擬音語つきで越谷充が掲げてみせたプラカードには、『ドッキリ大成功！』というポップな文字が書かれていた。

三和土に棒立ちになっている日菜子の肩に、首から下だけカエンレッドの格好をしている越谷充がそっと手を置く。

「先日は、警察を説得してくれたようで、本当にありがとう。どうしてもお礼を言いたくて、俺のほうからテレビ局のドッキリ番組に持ちかけたんだ。無実の罪を晴らしてくれたファンの少女に、恩返しのサプライズ訪問をしたいって」

「さ、サプライズ……」

「テレビ局側にも、日菜子さんのご両親にも、打診するなり一発ＯＫをいただけてね。無事に実現してよかった。喜んでもらえたかな？」

越谷充が、白い歯を見せて笑う。翔平は驚いて、両親を振り返った。

「お父さんもお母さんも、最初から知ってたのか？」

「そうだよ。テレビ局から、ご丁寧に依頼をいただいてね」

「それはもうぜひぜひお願いします、って即答したの。私たちも、日菜の喜ぶ顔を見たくって。ね、お父さん」

「ああ。どうだ日菜、まるで夢みたいだろう？」

あちゃあ、と額に手を当てる。

テレビ局から連絡が来た時点で、せめて兄の自分に相談してくれたなら、事前に手を打てたかもしれなかったのに――。

日菜子が、越谷充にくるりと背を向ける。我に返ったように両手で顔を覆うと、サンダルを脱ぎ捨て、勢いよく階段を駆け上がっていった。

「おい、日菜？」

「どうしたの、日菜！」

「日菜子さん！」

両親と越谷充が、それぞれ呼びかける。翔平は「ちょっと失礼します」と言い置き、脇目も振らずに逃げていった妹を追いかけた。

共有部屋に入る。ちょうど、日菜子がベッドにダイブしたところだった。うつ伏せになり、両脚をばたつかせている。

「もうやだ！　本当にやだ！　よりによって、どうしてこの時間なの！　私、パジャマだった。髪も乾いてなかった。化粧どころか、眉毛さえ整えてなかった！　『推しに会うときは完璧な状態でいなければならない』っていうのが私の主義なのに。はしたない姿を見られてもう限界！」

「いやいや、まだ高校生なんだから、すっぴんのままで十分だぞ。何より、推しにお姫様抱っこしてもらえるなんて、ものすごいことじゃないか」

「バカじゃないの？　推しは神様なんだよ？　崇《あが》め奉《たてまつ》る存在なんだよ？　神様にお姫様抱っこされたいファンがどこにいるっていうの？　しかもパジャマで！」

「うーん、いっぱいいると思うけど」

「それにね！　神様が特定の信者をお姫様抱っこするなんて許されるわけないよ！　破廉恥！　信仰が成り立たなくなる！　全部台無し！」

「はあ……」

はちゃめちゃな論理だ。しかし、経験上、こうなった妹は手がつけられない。

主役不在となり、ドッキリ番組の収録はそこまでとなった。

すっかり冷めてしまった日菜子の許可が出ず、越谷充のサプライズ訪問企画がお蔵入りになってしまったのは、もはや言うまでもない――。

第二話

お巡りさんに
恋をした。

十日午後五時半ごろ、横浜市内の交番に勤務する村上恭一《むらかみきょういち》巡査（25）が、意識不明の状態で同交番裏に倒れているのを通行人が発見した。巡査は病院に搬送中に意識を取り戻したが、頭部打撲などの軽傷を負った。

交番裏で大きな音がしたため様子を見にいったところ、突然後ろから殴られたという。加害者の顔は見ていない。神奈川県警は、警官を狙った傷害事件として、犯人の行方を追っている。

＊

アコーディオンカーテンが開く音で、目が覚めた。

土曜の朝くらい、もっと静かに、そして遠慮がちに開け閉めしてくれないものだろうか。休日前夜は翔平が深夜までゲームに没頭していることは、妹も承知しているはずだ。このタイミングでいったん眠りを妨げられるから、結果的に睡眠時間が延び、毎度午前中が消失するのだと、翔平は思っている。

薄目を開けると、ずかずかとこちらのスペースに踏み込んでくる日菜子の姿が見えた。

茶色のベレー帽に白いふわふわのニットセーター、赤いチェック柄の膝丈スカートに薄手の黒タイツという、初めて目にする服装をしている。肩から下げているのは、同じく見たことのない、スエード生地のミニショルダーバッグ。メイクも気合いが入っていて、そのままファッション誌に登場できそうなほど。――ということは、今から推しに会いに出かけるつもりなのだろう。

秋色コーディネートに身を包んだ日菜子は、手に持っている大量の四角い紙を、ペタペタと壁に貼り始めた。

――ああ、また〝模様替え〟か。

今度の推しは誰なのだろう。歌手か。アイドルか。俳優か。今日からまた、何百という新しい男の顔面に囲まれながら過ごさなければならないと思うと、うっすらとした吐き気に襲われる。

妹には構わず、二度寝をしようと目をつむった。

だが――妙に、落ち着かない。

身体中《からだじゅう》がムズムズとする。心なしか、胸の鼓動が速まっている。

なぜだろう。監視されているような、まるで自分が犯罪者にでもなったかのような、おかしな心地がするのだ。

枕元に手を伸ばし、眼鏡を探り当てる。

視界がクリアになった瞬間、奇妙な緊張感の原因が判明した。

写真だ。

日菜子がそばの壁に隙間なく貼りつけている四角い紙には、どれもこれも、紺色の制服を着た爽やかな風貌の男性が写っている。その頭にかぶった制帽には、燦然と金色に輝く〝桜の代紋〟が――。

「おいおいおいおいおいおいおいおい！」

一気に眠気が吹っ飛んだ。布団をはね上げ、転がり落ちるようにしてベッドから飛び出す。

「あ、お兄ちゃん、おっはよーう」

日菜子がのんびりと言い、こちらを振り返った。事の重大さを認識していない様子の妹に、翔平は口から唾を飛ばしながら説教する。

「お前、これは――この写真はダメだろ！」

「えー、なんで？　日光浴より、推しの視線浴のほうが百倍元気出るよ？　温泉よりサウナよりマッサージより、リラックス効果高いと思うけどなぁ。世の中の大人たちは、そんなものにお金かけて、どうかしてるよねぇ」

「どうかしてねーよ」

「ほら、お兄ちゃんも好きな女の子の写真貼れば？」

「貼らねーよ！」

妹のペースに乗せられそうになるのを必死にこらえ、翔平は壁の写真を指差した。

「これ、警察官じゃないか。しかもどの写真も、明らかな隠し撮りアングル！」

「えー、そんなことないよぉ。全部……許可を得て撮影したんだよぉ」

「なわけないだろ！　どこの警視庁がそんな申請を受理するんだ」

「あ、お兄ちゃん、分かってないなぁ」

日菜子は「ちっちっち」と舌を鳴らしながら人差し指を左右に振った。

「警視庁っていうのは、言うならば『東京都警察』のことだよ。ここは横浜だから、神奈川県警の管轄でしょ。間違えないでよねぇ」

「そんなことはどうでもいいんだよ。お前、とんでもないところに足を踏み入れたな。警官をストーキングとか、隠し撮りとか、絶対にやめとけ。一瞬で捕まるぞ。超スピード現行犯逮捕だぞ」

「大丈夫。見つからなければセーフだから。『推しに迷惑をかけない』が私のモットーだから」

「セーフかどうかは、お前じゃなくて法律が決めることだ」

兄らしく、両手を腰に当てて妹を叱りつける。しかし、日菜子はというと、馬耳東風《ばじとうふう》だ。今しがた壁に貼ったばかりの写真を、潤んだ目で見つめている。

「あああぁ、かっこよすぎるよねぇ、恭一さん！　制服も制帽も防刃ベストも、左胸の階級章も、肩に着けた無線機も、警棒を差した帯革も、何もかもがあまりにお似合いで、もはや胎内にいた頃からこのお姿だったんじゃないかってレベル！」

「はあ……で、この人はいったいどこの刑事なんだ？　神奈川県警ってことは、このあたりで殺人犯や窃盗犯を捕まえてるのか？」

「だから違うってば、お兄ちゃん。警察組織のこと、全然分かってないんだから。刑事がこんな制服を着てるわけないでしょ。恭一さんは、地域課だよ！」

「地域課って……白バイに乗ってる人か？　もしくは覆面パトカー？」

「それは交通課！」

「じゃああれだ。要人警護のＳＰ」

「それは公安！」

「ってことは……あっ、分かった。交番にいるお巡りさん？」

「そう！　そうそうそう！」

日菜子は得意げに胸を反らした。

「村上恭一さんはねぇ、通学路の途中にある交番に勤務してるお巡りさんだよ！　年齢は二十五歳、身長は推定百八十二センチ。逗子《ずし》市出身で、高校まで地元で通った後、都内の大学を卒業し、晴れて神奈川県警の採用試験に合格。地理案内や遺失・拾得物の届け出受理のときに、白手袋をはめたままペンを握る姿がたまらなく絵になるんだよねぇ。朝、交番の前で目が合って『おはようございます』なんて声をかけてもらえた日には、心が浄化されて目から大量の汗が出てきちゃう！」

「挨拶しただけで女子高生を泣かすお巡りさんか……警察のくせに罪な男だな……」

「それでね、見た目も爽やかだけど、中身もそのまんまなの。優しく酔っ払いの介抱をしてる姿に一目惚《ひとめぼ》れしたんだぁ！　誰にでも等しく公平で、まさしく正義を体現してるって感じで！」

「正義か……それなら、戦隊ヒーローを推してたほうがまだ健全だったような……」

「あとは、特技は剣道で、なんと五段！　大学でも剣道部に所属してたみたいだよ。あー、私も剣道を始めよっかな？　面をつけた恭一さんと、一戦を交えたい！　で、人の好さそうな笑みを向けられながら、それはもう容赦なく竹刀《しない》でぶっ叩かれたい！　メーン！　コテ！

ツキ！　ドウッ！」

「ん？　ちょっと待てよ」

ようやく妹の発言内容の違和感に気づき、翔平は首を捻った。

「お前……なんで交番のお巡りさんのことをそんなに詳しく知ってるんだ？　フルネームも、年齢も、出身地も……剣道の段位や、大学の部活まで」

「それはねぇ、まあ、いろいろとやりようはあるよねぇ」

お茶を濁して歩き去ろうとした妹の腕を、翔平はがっちりと捕まえた。

「……どんな手段を使ったんだ。言ってみろ」

低い声で迫る。こちらを振り向いた日菜子が、開き直ったようにぺろりと舌を出した。

「うーんとね、まずは街中にいる職務質問をされそうな感じの人に依頼して、わざと交番の前をうろついてもらって、警察手帳に書いてあった名前を聞き出して」

「……はあ？」

「で、いったんフルネームが分かったら、片っ端からネットやSNSで検索をかけて、アカウントを特定。特にフェイスブックなんかは、警察官でも本名で登録してたりするから見つけやすいんだよね。そこまで分かれば、あとは常套《じょうとう》手段で潜り込むだけ」

日菜子の常套手段というのは、友達一覧から適当な人をピックアップして酷似したアカウントを作り、ＳＮＳに登録し直したように装って友達申請を許可させるというものだ。

「ツイッターやインスタはさすがに本名ではやってなかったけど、フェイスブックの友達の名前から辿っていったら、簡単に見つかったよ。自分のアカウントは匿名かつ非公開にしてても、繋がってる友達のセキュリティ意識がガバガバだと、結局意味ないんだよねぇ」

「……お前なぁ、危ない橋を渡りすぎだろ！」

ゴミでも投げ捨てるようにして、妹の腕を放す。日菜子は頬を膨らませ、「勝負服なんだから、乱暴にしないでよね！」と文句を言った。

「しょうがないでしょ？　俳優やアイドルみたいに、公式のＳＮＳや直メのサービスがあるわけじゃないんだもん。情報は自分から積極的に取りにいかないと」

「いかないでくれ。お願いだから」

「あ、でもね！　私みたいな熱烈なファンのことを配慮してか、運営側が公式ホームページに写真とメッセージを載せてくれてるんだぁ！」

日菜子はいったん自分の学習机へと駆け寄り、開きっぱなしになっていたノートパソコンを持ってきた。「これこれ！」と日菜子が生き生きとした表情で指差した画面には、確かに壁の写真と同じ男性警察官が映っていた。

個人情報保護の観点からか、氏名はなく、所属警察署と配属課のみが記載されている。

『志望理由』『採用試験の勉強方法』『仕事で嬉しかったこと』『警察官を希望する方へのメッセージ』などの項目があり、それぞれに回答が書かれていた。

「このインタビュー記事、もう何百回読んだかなぁ？　一言一句、すっかり暗記しちゃったよ。『素行が悪かった自分を助けてくれたのは、地域のお巡りさんでした。そのお巡りさんにはひどく迷惑をかけてしまいましたが、その出会いがきっかけで警察官を志すようになりました』だって。この志望理由、めっちゃイケメンじゃない？　補導されかけてた子どもが改心して、今では地域の安全を守る警察官だなんて、控えめに言って最高すぎる展開！」

「他人の人生を少年漫画みたいに言うなって。『志望理由がイケメン』って日本語も意味不明だぞ」

「お兄ちゃんは細かいなぁ。爽やかスポーツマンにしか見えない恭一さんが元不良ってとこが、イケメンポイントなの。ギャップに萌えるの」

「というか、これ、単なる県警の採用ページだろ。神奈川県警を運営や公式呼ばわりするんじゃない」

小さくため息をつき、ノートパソコンを押し返した。日菜子はノートパソコンを大事そうに胸に抱え込み、もどかしそうに下唇を噛んだ。

「でもね、警察ってやっぱり秘密主義なところがあって。せっかく恭一さんのＳＮＳを覗けるようになったのに、お仕事の出没情報を全然書いてくれないんだよねぇ。『今日は十三時から商店街をパトロールします！』とか『二十二時からはあの交差点で街頭監視！』とか書いてくれれば、私も現場に急行できるのに」

「当たり前だ。ストリートミュージシャンじゃないんだから」

「あーもう。どうやったら接触できるのかな。いっそのこと、私も恭一さんに職質されたい！」

「……は？」

妹の思考回路がまったく理解できず、翔平はきょとんとして日菜子を見つめた。

「ちなみに、お兄ちゃんは、警察官に職質されたことある？」

「ああ……一回だけな。深夜に自転車でコンビニに行ったときに」

「うわあ、うらやましい！　どうやったらされるの？　コツは？」

「コツって、おい」

「ネットで調べたんだけど、職質を受けやすくなる方法があるみたいなんだよね。『やせ型』『目が鋭い』『夏でも長袖を着てる』『俯《うつむ》く』『目を逸《そ》らす』『ヤバい、という顔をする』『鞄《かばん》を抱え込む』『身を翻して路地に入る』――などなど」

「こら、やめろ。それは薬物中毒者の特徴だ」

「じゃあ、やっぱり自転車がいいかな？　お巡りさんって、検挙件数のノルマがあるっていうもんね。点数稼ぎに貢献するのがすなわちお布施になるわけだし、一石二鳥！　ライトをつけ忘れるか、赤信号を無視するか、イヤホンをつけたまま走るか……雨の日なら傘を差してもいいし、わざと車体をボロボロにして盗難自転車を装うのもありかも！」

「なし、なし！　いったいお前はどこに向かおうとしてるんだ」

翔平が強い口調で止めると、妹は急に涙目になり、不服そうに口を尖《とが》らせた。

「だって、ずるいよ。どうして善良な人は、お巡りさんと親密になれないの？　どうして、公式の接触イベントに参戦できるのは悪い人だけなの？」

「職質や取り締まりを接触イベントと称するな」

「お父さーん！　お母さーん！　どうやったら警察の人と仲良くなれるかなー？」

日菜子はくるりと回れ右すると、ノートパソコンを床に置き、大声を出しながら部屋を飛び出していった。破天荒すぎる妹を、翔平は慌てて追いかける。

日菜子が向かったのは、両親の寝室だった。

「え、なあに？　日菜は今、お巡りさんに恋してるの？」

ベッドから起き上がった母が、眠い目をこすりながら問いかけた。

「うん！　ほら見て。これ、ピーガルくんとリリポちゃん！」

日菜子がショルダーバッグから、黄色とピンクの小さな人形を取り出す。いちいちツッコミを入れるのにも疲れたので何も言わないが、おそらく神奈川県警のマスコットキャラクターだろう。

母の反応は、「楽しそうでいいわねぇ」というものだった。父はというと、少々動揺したような表情をしつつも、愛娘のために一生懸命考え込んでいる。

土曜の早朝から叩き起こされたというのに、なんとも優しすぎる両親だ。こんな二人のもとで育てられたからこそ、追掛日菜子というモンスターが生まれたともいえるのだが。

「警察の人と仲良くなる方法、か……たまに、巡回連絡に来ることがあるよな？」

「えっ、本当？　うちにも来たことあるの？」

「そりゃあな。家族構成や緊急連絡先を、カードに書くんだ。何かあったら、その情報をもとに対応してもらえる」

「いいなあ！　私も恭一さんに巡回連絡されたいぃ」

日菜子は駄々をこねる幼児のように、バタバタと手足を動かした。

「可愛い格好ね。もうどこかに出かけるの？　朝ご飯は？」

「パンだけ食べていくから、大丈夫！　昼ご飯まではいったん帰ってくるね」

「はーい、じゃあ、気をつけてね」

母が何の心配もせずに娘を送り出そうとするのを見て、翔平は妹の前に立ちはだかった。

「ちょっと待て。俺もついていく」

「え、なんで？　お兄ちゃんも恭一さんに惚《ほ》れちゃったの？　ま、同担拒否《どうたん》するつもりはないし、大歓迎だけど」

「何を言ってるんだ。お前を見張るためだよ。変なことをしないようにな」

「ふーん、そっか。じゃ、お兄ちゃんの分のパンも焼いとくね！」

日菜子はひらひらと手を振りながら、両親の寝室を出ていった。

まったく、とんでもない女子高生だ。こんな早朝から、全身フル装備で、どこに向かうつもりなのだろう。

——ああ、親の顔が見たい。


午前六時四十分。

早朝の冷たい空気が肌を撫でる。昨夜ゲームを終えて就寝してからわずか三時間しか経たないうちに、翔平は日菜子とともに、市内のとある住宅街の片隅に身を潜めていた。

目の前には、三階建ての古びた白いマンションがあった。いや、団地と表現したほうが近いだろうか。エレベーターも自動ドアもない、そこはかとなく昭和の香りが漂う建物だ。

「ええっと」

すでにベランダに干されている洗濯物を見上げ、翔平は思案した。気のせいかもしれないが、男物のTシャツや下着ばかりが目に留まる。

「……俺らは今、どこで、何をしてるんだ？」

「出待ちだよ！　独身の警察官たちが住む宿舎の前で」

「ほう」

「あとちょっとで、各交番勤務のお巡りさんたちが出てくるから。恭一さんは、昨日が休みだったから、今日は出勤のはず」

やけに詳しい。ということは、これが初犯ではないのだろう。

「あっ、出てきた！　恭一さんだ。しかも羽染《はぞめ》さんと一緒！」

「……羽染？　誰だそれは」

フェンスの隙間から、敷地内を覗く。建物から出てきたのは、二十代とみられる二人の男性だった。

一人はスーツ姿で、背が高い。もう一人は、白いTシャツにハーフパンツという季節外れの格好をしている。遠目だから顔ははっきりと見えないが、推定百八十二センチという日菜子の発言からすると、前者が日菜子の今の推し——村上恭一だろう。

「羽染さんはね、恭一さんの同期。元陸上部だから、走るのが趣味みたい。出勤日もそうでない日も、毎日きちんと運動するなんて、偉いよねぇ」

「お前、その情報も、まさか」

「大丈夫、安心して。名前も部活も、警察学校の同期だってことも、ここで二人の会話を聞いて知っただけだから」

ああよかった、と口に出そうとして、思いとどまる。なりすましによるSNS閲覧よりはましかもしれないが、待ち伏せと盗み聞きも褒められたものではない。

日菜子はいつの間にか、ショルダーバッグから高性能ボイスレコーダーを取り出していた。例によって、推しと周りの人間との会話を録音し、家でニマニマしながら鑑賞するつもりなのだろう。

村上恭一と羽染は、門へと歩きながら、仲良さそうに喋っている。翔平のまぶたは今にもくっつきそうだというのに、二人とも朝から清々《すがすが》しい笑みを浮かべているのは、さすがは警察官といったところか。

「あ、そういえば、県警の採用ページ、見たぜ。かっこよく写ってたな。実物以上に」

羽染が村上恭一を肘《ひじ》でつついている。村上は長身の身体をよじり、「からかわないでくれよ」と苦笑した。

「志望理由もよかったな。まさか、警察学校で成績上位の優等生だった村上に、素行不良の時代があったとは思わなかった。へえ、警察官との出会いを機に、心を入れ替えるとはねえ。美談とはこのことか」

「やめろって。志望理由なんて、みんなそんなもんだろ。そう言う羽染はどうなんだよ？」

「えー、いやいや、恥ずかしい。バカにされそうだからやめとくよ」

「バカになんかしないさ」

「人に話すようなことでもないし」

「俺はホームページに掲載されたのに？　ずるいぞ。俺も詳しく話すから、お前のも教えろよぉ」

　今度は村上が羽染の脇腹をつつく。宿舎の敷地内だからと安心しているのか、小学生男子かと思うほど無邪気にじゃれ合っている二人を、日菜子はうっとりとした目で見つめていた。

「恭一さんの単推しもいいけど、今回ばかりはカプ推しも捨てがたいなぁ……」

「カプ、推し？」

「ああやってイチャイチャしてるお姿が神々しすぎて……ギリシャ神話でいうとオリンポス山の頂上でゼウスとアポロンが戯れてる感じというか……いやポセイドンかな……ああ尊い……綺麗……全私《ぜんわたし》が泣く……二人と同じ時代を生きられる幸せ……」

——ああ、『カップル推し』ってことか。

妹の喋る言葉は、時に理解できない。三歳しか離れていないのだから、単なるジェネレーションギャップではないと思うのだが。

「推しのオフショット、最高！」

そう囁きながらスマートフォンのカメラを向けようとする日菜子を、「それは許さん」と引き戻す。自分たちの部屋に貼られている写真は、このようにして撮影されたのだろう。

その間に、村上と羽染は敷地の門を出て、別々の方向へと去っていった。

「もう用事は済んだか？　まさか尾行をするなんて言わないよな。閑静な住宅街で目立つ上、出勤する警察官が後からぞろぞろ出てくるんだぞ」

「うん！　尾行はしないよ」

「ならいい。さ、帰ろう」

「えっ、まだだよ？」

日菜子はぱちくりと目を瞬いた。こちらもぱちくりと目を瞬き返す。

「今、尾行はしないって言ったじゃないか」

「そうだよ。だって、この後のスケジュールはばっちり把握してるもん。近くの警察署に徒歩で出勤して、前日の事件の書類を各々確認した後、番号順に拳銃の受け取り。八時半頃に全体朝礼を行って、九時の交替に間に合うように、スクーターで交番に向かう。つまり——次に張り込むべきは、警察署前！」

「尾行をしないんじゃなくて、必要ないってだけか……」

期待して損した。いや、最初から期待してはいけなかった。

村上恭一の姿が見えなくなるのを待って、日菜子は悠々と足を踏み出した。翔平も、長丁場を覚悟しながら妹の隣を歩く。

警察署に向かう間も、日菜子は立て板に水のごとく喋り続けた。

「出勤時のスーツ姿も、着替えた後の制服姿も、どっちも素敵なんだよねぇ。でもやっぱり、制服のほうが希少っていうか、街のサラリーマンとは一線を画するというか……あああ、一度でいいから覗きたい。スーツから制服に変身する瞬間を見たい！」

「やめなさい」——戦隊ヒーロー推しを引きずってないか？

「私も、制服がほしいなぁ。公式グッズがあればいいのに！　街で売ってるコスプレグッズだとハロウィンみたいになっちゃうし、さすがに本物の制服はオークションサイトやフリマサイトでも出回らないし……あ、いっそのこと、自分で作っちゃおうかな？　ついでに警察手帳も偽造しちゃったりして。いろいろ調べてみたんだけど、ホログラムの再現が難しそうなんだよねぇ。あと、有印公文書偽造罪に当たるのもきついなぁ」

「やめなさい」——お願いだから、拳銃の入手を試みたりするなよ？

断言する。追掛日菜子は、世界一信用のおけない妹だ。

リアボックスの側面に『ＰＯＬＩＣＥ』と印字されたスクーターに乗り、颯爽《さっそう》と去っていく村上恭一を警察署前で見送った後、日菜子の通う高校の最寄り駅へと移動した。彼の勤務する交番は、駅から徒歩五分ほどの距離にあった。

車も人もそこそこ多い、大通り沿い。平日の通勤・通学時間帯には、さらに通行人が増えるのだろう。

日菜子が張り込み場所に選んだのは、道を挟んで斜め向かい側にある、個人経営のカフェだった。なんとも都合のいい——妹の危険な行動を止めたい翔平にとっては都合の悪い——場所に、大きなガラス窓を完備した店があったものだ。

意気揚々と窓際のテーブル席を確保すると、日菜子は運ばれてきたコーヒーには目もくれずに、一心不乱に交番を監視し始めた。

自分の意思で妹についてきたとはいえ、非常に暇だ。眠気も限界に近づきつつあり、カフェインくらいではどうにもならない。しかし、翔平が舟を漕ぎだすと、タイミングを見計ったように日菜子が話しかけてくるのだった。

「見て見て！　恭一さんったら、ニコニコしながらおばあさんに道案内してる！　これぞエンジェルスマイル！　私も道に迷ったふりをして地理案内をお願いしようかなぁ……学校の制服姿じゃないし、警察署前で張り込むまでの間に美容院でヘアセットもしたし、変装用のサングラスも持ってきてるから、そこの高校の生徒とはバレないよね」

「ねえねえねえねえお兄ちゃん、歩道に落ちてるの、一円玉じゃない？　拾って届けてこようかな？　あーでも緊張する！　恭一さんの優しい眼差しを浴びながら、一円玉を拾った場所や日時について喋るなんてむりむりむり！　やっぱり推しのお姿は遠くから拝むに限るかなぁ」

幸いなことに、生来の上がり症が障壁となり、いずれの計画も実行段階には至らないようだった。管内で大きな事故や事件が起こらず、村上恭一が交番にとどまっている限り、日菜子がただひたすらカフェの席で悶えているだけで時間が過ぎていく。

——ああ、よかった。

警察官は、地域の安全を守ることに集中すべきだ。日菜子のような異常な人間に煩わされてはならない。

十一時半を回った頃、翔平は伝票を持って立ち上がった。

「そろそろ帰るぞ。ほら、コーヒーを飲むなら飲んで」

「えーっ、もう？　あと三十分か一時間もすれば恭一さんがお昼休憩に入るのに」

「これ以上見てたって、同じことの繰り返しだろ？　道案内をして、落とし物の届け出を受け付けて、分厚いファイルを開いて、小難しそうな書類を作成して」

「違うの。休憩に入ると、近くのコンビニにお弁当を買いにいくんだよ。この間は唐揚げ弁当で、その前はハンバーグ弁当だったけど、今日は何を食べるのかなぁ？　恭一さんが食べたのと同じものを、今日の夕飯にリクエストしたいんだよねぇ」

　ここのところ、夕飯のメニューに唐揚げとハンバーグが頻出していたことを思い出す。どちらも翔平の好物だから、母が気を利かせてくれたとばかり思っていたのだが――こんな裏事情、知りたくなかった。

「コンビニまで後をつけていって、休憩中のお巡りさんの買い物カゴを覗き込むってか？　この俺がそばにいながら、そんな変態行為、許すわけないだろ」

「えええええ、お兄ちゃんのケチ！」

「ケチでけっこう」

　文句を垂れ流す妹を引きずるようにカフェを後にし、駅へと向かった。日菜子と違って、都内の大学に通っている翔平はこの路線の定期を持たない。交通費を自己負担してまで妹の安全を守ろうとしているのだから、感謝されこそすれ、責められる筋合いはないはずだ。

横浜駅で電車を乗り換え、およそ四十分後には家に着いた。

母が用意していた昼食は、なんと唐揚げマヨネーズ丼だった。どうやら、日菜子の中で盛大な唐揚げブームが来ていると勘違いしたらしい。普段だったら諸手《もろて》を挙げて大歓迎するところだが、今日はちっとも喜べなかった。

昼食を終えると、日菜子はすぐに二階に引っ込んだ。おおかた、写真をプリントして壁に貼る作業の続きか、警察組織についてのリサーチでもするのだろう。まったく、懲りないものだ。

デザートのフローズンヨーグルトまでゆっくり味わい尽くしてから、翔平は二階の共有部屋へと上がった。案の定、日菜子はノートパソコンに向かっていた。検索ワードを打ち込んだり、画面をスクロールしたりしながら、何やらぶつぶつと呟いている。

「珍しいから、引っかかるかなぁ」

「あっ、これ！」

「ん、十一年前……」

「嘘っ、そんな設定あり？　二次元じゃないんだからぁ！」

期待、歓喜、困惑、驚愕。妹の言葉ににじみ出る感情はコロコロと変わる。

そう独り言を垂れ流されると、何を見ているのか気になってくる。背後から忍び足で近寄って、画面をちらと覗いた。

ＨＴＭＬ初心者がホームページ作成ソフトで作ったような、お世辞にも洗練されているとは言えないデザインのホームページが表示されている。先ほど見せられた神奈川県警のサイトかと思ったが、そうではないようだった。ページ上部のバナーには、『神奈川県逗子警察署』という文字がある。

――そういえば、村上恭一が逗子出身とか言ってたっけか。

でも勤務地は横浜なのにな――などと考えながら、問いかける。

「設定って何だよ？　二次元って？」

翔平が背後に立っていることに気づいていなかったらしく、日菜子は「ひゃあ！」と間の抜けた声を上げて跳び上がった。「まったくもう、近づくなら人間らしく足音を立ててよねぇ」と恨めしげな目を向けてくる。

「こっちの話。お兄ちゃんには関係ないよん」

日菜子はにべもなく言い、ノートパソコンを閉じてしまった。「さーて、恭一さんの写真を貼り巡らさないと！」と、明らかに間違った日本語を口に出し、父の所有するプリンターが設置されている両親の寝室へと消えていく。

その後、いそいそと部屋の〝模様替え〟を進める日菜子を横目に、翔平はベッドに寝転がってゲームに没頭した。

夕方になって、部屋の電気でもつけようかと顔を上げたときには、共有部屋に日菜子の姿はなかった。

一階に降りていって、リビングを覗く。父の姿はなく、母がソファに腰かけて洗濯物を畳んでいた。

「お母さん、日菜は？」

「三時間くらい前に出かけちゃったわよ。『午前中の続きをするんだ』って」

「あいつ……俺に何も言わずに……」

「もうすぐお父さんが買い物から帰ってくるんだけど、日菜はちゃんと夕飯までに帰ってきてくれるかしらねえ。あの子、追っかけに夢中になると、すぐ時間を忘れちゃうから。スマホにメッセージは送ったんだけど、返事がないのよ」

「……迎えにいってくるよ」

「あら、どこにいるか分かるの？」

「見当はつく」

――午前中の続きということなら、あそこしかないだろう。

かくして翔平は、村上恭一の勤務する交番へと再び足を向けることになった。

十一月にもなると、日が落ちるのが早い。電車で移動する間に、空はどんどん暗くなっていく。

帰宅する日菜子と途中で行き違うのではないかと心配したが、出かける前に送ったメッセージに既読さえつかないあたり、雑念という雑念を捨て去って『推し事』に集中しているのだろう。翔平は確信を持って、交番の斜め向かいにある個人経営のカフェへと歩を進めた。

街灯のついた大通りを歩いていると、いくつか気になることがあった。

このあたりは、よくよく観察すると、意外と居酒屋が多い。何時から飲んでいたのか知らないが、すでに赤ら顔で二軒目を探している男たち数組とすれ違った。ホームレスとみられる大きなゴミ袋を背負った男や、目つきの鋭い金髪の若者なども、ぶらぶらと歩道を歩いている。近くに高校があるということもあり、午前中に来たときは静かで平穏な街のように見えたが、休日夜の治安は必ずしもいいというわけではなさそうだ。

——やっぱり、さっさと連れ戻さないと。

妹は、自分が非常に恵まれた外見をしていることを自覚していない。推しに会いにいくときに、過剰とも思えるほどお洒落に走るのは、おそらくそのためだ。兄としては、正直、心配でならない。

自然と速足になる。しかし、行く手に目指すカフェの看板が見えてきたところで、翔平の足は急停止した。

「日菜！」

街路樹の陰に隠れ、道の反対側を窺っている小さな人影に声をかける。その肩がビクッと動き、ゆっくりとこちらを振り向いた。

「うわ、お兄ちゃん！　大きな声を出さないでよ。恭一さんに気づかれちゃったら大変」

「ここからじゃ聞こえないだろ。カフェにいるのかと思ったのに、ここで何をしてるんだ？」

「せっかく恭一さんが立番《りつばん》中で外に出てたから、もっと近くで観察したくって……ほら、暗くなってくるとガラス窓は反射しちゃってよく見えないし……」

「確かに交番からは見えないかもしれないけど、お前、怪しすぎるぞ。だいたい木の陰に隠れるなんて、ずいぶんと古典的な……」

妹の弁明に呆れ果て、こんこんと説教をする。「はいはい」と生返事をしてすぐに交番のほうを向こうとする日菜子の肩をつかんで引き戻し、すでに夕飯の時間が近づいていることや、このあたりは決して治安がいい場所ではないことを、長時間にわたって言い聞かせた。

「分かったってば！　分かったから、あと十分だけ」

日菜子が翔平の手を払いのけ、車道へと向き直った。交番に目をやるなり、「あっ！」とこちらを非難するような声を上げる。

「恭一さんがいない！　さっきまで交番の前に立ってたのに！　お兄ちゃんのせいで見失っ

ちゃったじゃん！」

「ちょうどよかったじゃないか。きっと一一〇番通報でもあったんだよ。さ、帰るぞ」

「嫌だよ……こんな別れ方ってないよ……恭一さん、どこに行っちゃったのぉ……」

日菜子は悲痛な声を出し、へなへなと木の幹に寄りかかった。

——今生の別れというわけでもあるまいに、大げさな。

翔平が苦笑しかけたとき、突如、日菜子が行動を起こした。

車の往来がないことを確認し、横断歩道もない場所を渡っていく。警察官の姿が見えないとはいえ、交番の前で取る行動ではない。

——お前に警察官を推す資格はないからな！

心の中で叫びつつ、翔平も妹を追いかけて車道を横断した。

二人が交番前の歩道に辿りついた、そのときだった。

「ううっ……ああっ……」

男性の大きな呻《うめ》き声が、耳に飛び込んできた。

激痛を必死にこらえているような、尋常ではない声だ。

「何だ？　あっちから聞こえてくる気がするけど」

交番の裏手を指差す。交番のすぐ横は狭い路地になっていて、奥の住宅街へと通じていた。

大通りと違って人気《ひとけ》はなく、街灯の数も少ない。

「この声……もしかして！」

日菜子が切羽詰まった口調で呟き、瞬時に駆け出した。

路地に飛び込み、数メートル進むと、声の主はすぐに見つかった。

紺色の制服を着た警察官が、ブロック塀にもたれかかるようにして、仰向けに倒れている。

薄暗い街灯に照らし出された顔は、血で濡れていた。意識を失ってしまったのか、だらりと半開きになった口の端から、真っ赤な液体が伝っている。

あれだけ部屋に写真が貼ってあるのだから、翔平にも分かった。

大怪我《おおけが》をして目の前に倒れているのは、この交番に勤務する巡査――村上恭一だ。

「きょ、恭一さん！　大丈夫ですか！」

日菜子が村上の肩を揺すり、必死に呼びかけた。気が動転して、知るはずのない名前を口に出してしまっているが、当の本人には聞こえていないようだ。

「いったい何があったんですか！　しっかりしてください！」

悲鳴に近い声で叫びながら、ショルダーバッグからハンカチを取り出し、村上の唇に強く押し当てる。白いレースのハンカチが、瞬く間に鮮血で染まった。

その刺激で、意識が戻ったらしい。村上がうっすらと目を開け、顔をしかめた。傷口がひどく痛むようだ。

ううん、と唸りながら、村上は身体を起こそうとした。しかし、力尽きたのか、そのまま真横へ倒れ込み、ごろりと転がってうつ伏せの姿勢になる。

「どうしよう。救急車を呼ぶか？　怪我人が警察官でも、一一〇番じゃなくて救急車でいいんだよな？」

翔平も動揺しながら、ポケットからスマートフォンを取り出した。なんとか『1』『1』『9』と番号を押し、すぐにでもかけられる状態にする。

「う、うん……そこの交番には、今は恭一さん以外誰もいないみたいだし……」

日菜子が交番のほうを見やる。その瞬間、「あっ」と小さく声を上げた。何事かと、翔平もその視線の先を追う。

大通りの歩道に立ち、こちらを覗き込んでいる人影があった。黒いジャージ姿の青年だ。前を通ろうとして、俺たちが大声で会話しているのを聞きつけたのだろうか――と翔平が考えたそのとき、日菜子が素早く立ち上がり、青年に向かって叫んだ。

「お兄さん！　警察官ですよね？　ちょっと来てください！」

日菜子に呼ばれ、ジャージ姿の青年が驚いた顔をして駆けてくる。

すぐそばまでやってきたその姿を見て、はっとした。この青年は、今朝宿舎で見かけた、村上恭一の同期の警察官だ。名前は羽染といったか。

警察官の登場に、翔平は胸を撫で下ろした。本職の人間が来たからには、もう安心だ。

「よかった、ちょうど夜勤の人に交替するところだったんですね！　そこの交番に誰もいないみたいだから、困ってたんですよ」

「あ、はい。そうだけど――君たち、どうして私が警察官だと？」

羽染に困惑した様子で見返され、血の気が引く。

――しまった！

今朝、あなたの住居の前に張り込んでいたんです――とは、口が裂けても言えない。

だが、緊急事態だったとはいえ、制服に着替える前の羽染に声をかけてしまったのは日菜子の落ち度だ。どうにかしてくれ、と助けを求める視線を送ると、日菜子がもたつきながらも言い訳を口にした。

「私、そこの高校の生徒なんです。お兄さんが交番の前に立ってるところを、見かけたことがあるような気がして」

「ああ、そういうことか。で、いったい何が――」

途中まで言いかけたところで、羽染は目を大きく見開いて動きを止めた。地面に倒れ伏している村上恭一の存在に、ようやく気づいたようだ。

「さっきまでそこの交番で働いていたお巡りさんだと思います。大怪我をしてるみたいなんです。あとはお願いします！」

「分かりました。応援を呼んでくるので、お二人はここにいてもらっていいかな？　そこの交番には常時二名が勤務しているから、もう一人の日勤担当も近くにいるはずなんだ」

羽染のテキパキとした指示を受け、翔平と日菜子は村上恭一のそばにしゃがみ込んだ。スニーカーの靴音が、大通りの方向へと遠ざかっていく。

それから五分も経たないうちに、村上恭一とペアを組んで勤務していたのであろう、制服姿の中年警察官が駆けつけてきた。事情を訊かれ、呻き声を聞きつけて彼を発見したことを説明する。

やがて救急車も到着し、意識が朦朧《もうろう》としている村上恭一が運び込まれた。パトカーも次々と交番の前に停車し、中から幾人もの警察官たちが降りてくる。

赤色灯を回転させながら大通りを走り去っていく救急車を、翔平と日菜子は路地の真ん中に突っ立ったまま、呆然《ぼうぜん》として見送った。

＊

日菜子はひとり、公園のベンチに腰かけていた。

震える両手で握っているスマートフォンは、手汗でじっとりと濡れていて、今にも滑り落ちそうだ。

画面に映っているのは、白いベッドの上に起き上がっている教主様——否、麗しき村上恭一の上半身だった。といっても、撮影者の位置取りが下手くそなせいで、せっかくの尊いお姿が半分見切れているのだけれど。

「お兄ちゃん、もうちょっと左！　左に寄ってよう」

もどかしさのあまり地団太を踏む。だけど、こちら側のマイクはミュートにしているから、病室にいる兄に声は届かない。

——こんなことなら、ブルートゥースイヤホンを持たせて、リアルタイムで指示を飛ばせるようにしておくんだった！

そう悔しがってみるものの、後の祭りだ。日菜子は、今できる最大限のこと——すなわち、ビデオ通話中のスマートフォンをシャツの胸ポケットに忍ばせている兄と村上恭一との会話を聴くことに、全神経を注いだ。

『わざわざお見舞いに来てもらってしまって、悪いね。倒れていたところを助けてもらって、お礼をしなきゃいけないのは僕のほうなのに』

『いえいえ、全然です！　お加減はいかがですか？』

『本当は、入院するほどの怪我じゃないんだ。ただ、後頭部を殴られたから、念のため検査をしておこうということになってね』

『そうだったんですか。てっきり、怪我はおでこや口元のほうがひどいのかと』

『ああ、けっこう血が出てたみたいだもんね。でも、そっちは大したことないんだ。後ろから襲われて転倒したときに、切ってしまっただけだから』

優しさと親しみやすさが混在した口調に、脳みそがとろけそうになる。これだ。これこそが、日菜子が村上恭一に惚れこんだポイントなのだ。

画面の隅に、先ほど兄が手渡したお見舞いの品が映っている。もちろん、選んだのは日菜子だ。恭一のSNSを遡ったところ、『クッキーよりはせんべい派』という何気ない投稿が見つかったため、横浜駅で百貨店に寄り、デパ地下を一時間近くうろついて高級えびせんべいをチョイスしたのだった。

さんざん待たされた兄はへそを曲げていたけれど、協力の報酬として約束していたマドレーヌにフロランタンを追加して渡したところ、愚痴はぴたりと収まった。我が兄ながら、ちょろいものだ。

『そうだ、血といえば……お姉さんに謝らないと。確か、止血のためにハンカチを当ててくれてたよね。汚してダメにしてしまったと思うから、新しいものをお渡ししたいんだ。よかったら、ご都合を訊いてもらえたりするかな？』

『お姉さん？……ああ、あれ、妹です。ばっちりメイクしてたから年齢不詳に見えたかもしれませんけど、まだ女子高生で』

『ええっ、高校生？　そうか……ずいぶん大人っぽく見えたから……』

『俺でよければ、渡しておきますよ』

『あっ、でも、買うのはこれからだから！』

二人の会話に耳を傾けながら、日菜子は妄想した。

村上恭一と向き合っている自分。彼が差し出したのは、真っ白なレースのハンカチ。「同じものを一生懸命探したんだけど、見つからなくて」と、申し訳なさそうに言う恭一。でもそれは、もとのハンカチよりずっと高価なブランドのものだった。「こんなもの、受け取れません」と日菜子は頬を赤らめながら首を左右に振り——。

「ああああ！　むりむりむりむり！　直接お会いするなんて絶対にむり！」

思わずスマートフォンをベンチに放り出し、胸を掻きむしる。近くでボール遊びをしていた子どもたちがぎょっとしたようにこちらを見やり、ひそひそと囁き合いながら離れていった。

ようやく心を落ち着かせ、再びスマートフォンを手にしたときには、ビデオ通話はもう切れていた。

「えー、もう切り上げちゃったの？　お兄ちゃんってば！」

落胆を隠せず、ベンチに倒れ込みそうになる。座面に両手をついてうなだれていると、「おい」と頭上から声をかけられた。

「満足したか？　先に言っとくけど、帰りの交通費も日菜の負担だからな」

顔を上げると、パーカーのポケットに両手を突っ込んだ兄が目の前に立っていた。その向こうには、先ほどまで兄が訪ねていた病院の建物が見える。

「せっかくここまで来たなら、病室に顔を出せばよかったのに。村上さん、がっかりしてたぞ。たぶん、俺よりも、日菜と会えることを期待してたんだろうな。というか、俺の勘からすると、あれはもはや人魚姫に助けられた王子様状態だ」

「え、何？　私が人魚姫ってこと？　それは確かに！　王子様を遠くから見守るだけで、直接愛を伝えることなく、海の泡となって消えていく……そう！　それが推しに対する私のスタンスなの！　恭一さんと一対一でお話しするなんてとんでもない！　しかも病室という閉鎖空間で……考えただけで心臓が破裂して死ぬ！」

「ん？　原作のほう？　いやいや、俺はディズニーのハッピーエンドのつもりで――」

兄が何かを言っているが、その声は右の耳から左の耳へと抜けていった。

スマートフォンの小さな画面越しとはいえ、恭一の元気な姿を見ることができたのは、純粋に嬉しかった。

ただ、その一方で、もやもやとした気持ちは膨れ上がり続けている。

「それにしても、警察官をいきなり後ろから殴りつけるなんて、犯人はどんな奴なんだろうな。村上さんが路地に入っていったのは、何か大きな音を聞きつけたからってことだったらしいけど、それ自体が罠《わな》だったのかも。村上さんは犯人の顔を見てないっていうし、交番の防犯カメラに映る場所でもなかったから、なかなか捕まらないかもな」

「うん……」

「一応、あの後すぐに検問をして、少しでも怪しい人には事情聴取をしたみたいだけどな。俺がすれ違っただけでも、ゴミ袋を持ったホームレスとか、金髪のチンピラとか、酔っ払いの集団とか、危なそうな奴らがたくさんいたし。もしかしたら、あの中の誰かが犯人だったのかもしれない」

「うん……」

「日菜も、高校からの帰りが遅くなるときは気をつけたほうがいいぞ。あの辺りは、夜の治安があまりよくなさそうだから。……って、日菜？」

不意に、兄が怪訝そうな顔をして身を屈《かが》めた。半分上の空だった日菜子は、突然顔を覗き込まれたのに驚いて、思わず上半身を反らした。

「どうした？　もしやお前……また、何かに気づいてるのか？」

葛藤を抱えていることを、ズバリ見抜かれる。こう見えて、兄はなかなか勘が鋭いのだ。しばし迷ってから、日菜子は正直に頷いた。

「私……分かっちゃったかもしれない。でも……」

「何を迷ってるんだよ。大好きな村上さんのためだろ？　事件解決の糸口を握ってるなら、真実を明らかにしたほうがいい」

「そう、だよね」

兄の力強い言葉に背中を押され、決意を固める。昨夜から胸の中に渦巻いていたためらいの気持ちを振り払い、日菜子はベンチから勢いよく立ち上がった。

「お兄ちゃん、ついてきてくれる？」

ヒントは随所にあった。

自分の推測が真実だと認められてしまうのが怖くて、見て見ぬふりをしていただけだ。

そう、目指す場所は——。

「——交番。今から、あの交番に、行きたいの」

ここに来るのは、この土日で三回目だ。

到着したとき、交番の中に人の姿は見えなかった。兄とともに斜め向かいの喫茶店で一時間ほど待ち、西日の差す角度が低くなってきたところで、駅の方向から戻ってくる紺色の制服姿の若い男性が見えた。黒いファイルのようなものを持っているから、管内の巡回連絡にでも行っていたのだろう。

日菜子は無言で立ち上がった。兄も緊張の面持ちで頷いた。

二人して店を出て、近くの横断歩道を渡る。

交番の前まで来て、中にいるお巡りさんにじっと視線を送ると、ファイル整理をしていた彼は顔を上げた。

「君たちは……」

はっとした表情をして、机を回り込んで外に出てくる。防刃ベストや重い帯革を身に着けたその身体は、シンプルなジャージ姿のときとは違い、がっしりとして見えた。

「お話ししたいことがあるんです」

日菜子は震える拳を握りしめ、相手の顔をまっすぐに見上げた。

「村上恭一さんを襲撃した犯人は——羽染さんですよね？」

「ど、どうして……私の名前を」

羽染が驚いた顔で問い返してくる。でも、彼が言いかけたのは、別の言葉だった気がした。

――ど、どうして……分かったんだ？

「名前は、さっきお見舞いに行ったときに、村上さんから聞きました。同じ交番で、一つ後ろにずれたシフトで勤務してる若手警察官は誰か、って。この交番は二人一組の交替制みたいですけど、基本的に若手同士がペアになることはないんですよね。巡査部長か、ベテランの巡査長と組むことになるはず。だから、羽染さんというお名前は簡単に特定できました」

事前に考えておいた言い訳を喋ると、兄が目を見開いてこちらを凝視してきた。感心してくれるのは光栄だけれど、「よく考えたな！」と口パクで伝えてくるのは今じゃなくてもいいと思う。

兄には、襲撃犯の正体は羽染に違いないということだけ、先に教えてあった。

「最初に『あれ？』と思ったのは、昨夜交番のそばに現れた羽染さんが、ジャージ姿だったことです」

全身をこわばらせている羽染に向かって、日菜子は胸の苦しさをこらえながら語りかけた。

「交番勤務の警察官は、自宅または寮や宿舎から、スーツ姿で出勤することが義務付けられていますよね？　その後、警察署の更衣室で制服に着替えて、拳銃の受け取りや全体での引き継ぎ会議を済ませてから、それぞれの勤務先に自転車やスクーターで向かうという流れになっているはずです。だから、私服のまま交番に直行するなんてことは、あるはずがないんです」

「そうか！」と、兄が隣でぽんと手を打つ。「村上さんは出勤時スーツを着てたのに、警察署を出るときには――」

口を滑らせかけた兄を、素早く睨む。兄は慌てた様子で、自らの発言を取り繕った。

「――いや、うん、確かに。警察署からここまで、私服のまま来るわけないよな。『POLICE』って書かれたスクーターにジャージ姿で乗ってるお巡りさんなんて、見たことないしな」

「それでも、たまたま通りかかっただけという可能性はあるんじゃないかと思ったんです。お休みの日に、プライベートでジョギングでもしてるだけかもしれないなって。だけど、お兄ちゃんがある勘違いをしてくれたおかげで、違和感が決定的になりました」

「へ？　俺？」

兄がきょとんとした顔をして、自分の鼻を指差した。

一方の羽染は、覚悟したような顔で目を伏せている。日菜子が指摘しようとしていることに、思い当たったようだった。

「お兄ちゃんは、現れた羽染さんに向かって、こう言いました。『よかった、ちょうど夜勤の人に交替するところだったんですね！』って。すると羽染さんはその発言を肯定した上、『もう一人の日勤担当も近くにいるはず』なんて言いながらその場を離れました。これは、明らかに変です。だって、神奈川県警が採用している交番のシフトは、二、十、四、時、間、勤、務、の、三、交、替、制なんですから」

「よく……知ってたね」

羽染が肩を落とした。「ご家族かご親族に警察関係者がいたのかな？」と、力ない笑みを浮かべる。

日菜子も曖昧に微笑み返した。本当は全部、推しの尾行やネットでのリサーチの賜物《たまもの》なのだけれど、とりあえずそういうことにしておこう。

「警視庁なんかは、『日勤→夜勤→非番→休み』の四交替制を採用してるんですよね。その場合、夕方に交替が入ります。でも、神奈川県警の場合は、『二十四時間勤務→非番→休み』の延々繰り返しです。交替は、朝九時の一回だけ。だから、昨夜の羽染さんはこれから夜勤に入るふりをしていただけで、本当は勤務開けの非番か休みだったということになります」

羽染には言えないけれど、朝の七時前にジャージ姿で宿舎から出てくるところを見かけた時点で、休みだということは分かっていた。今日羽染が勤務中で交番にいるだろうと見当がついたのも、三交替制のローテーションを知っていたからだ。

「そうかそうか……ふむふむ……なるほど」

日菜子が迷わず交番を目指したわけがようやく理解できたのか、兄がしきりに頷いた。

「それに、被害者の村上さんが証言した内容も、ちょっと変だったんです。後ろから殴られたから犯人の顔は見ていない、って話しているみたいですけど――そんなはずはありません」

「……どうして？」と、羽染が唇の端をぴくりと動かす。

「私たちが発見したとき、意識が朦朧としていた村上さんは、ブロック塀に後頭部をもたせかけるようにして、仰向けに倒れていました。後ろからいきなり襲われたなら、そんな姿勢になるでしょうか？」

「……え？　でも、俺が呼ばれて駆けつけたときには、村上は――」

「そうです。うつ伏せになっていましたよね」

日菜子はしばしためらってから、言葉を続けた。

「あれは――村上さんが意識を一瞬取り戻したときに、自分の意思で身体を起こして、地面に転がったからなんですよ」

「村上さんがうつ伏せになったのは、わざとだったんですね。自分を殴った犯人が羽染さんであることを、最初から隠そうとしてたんです。そして今も、嘘の証言をして、羽染さんをかばっています」

「まさか……あいつ！」

村上恭一は、犯人に後頭部を殴られ、唇の傷は地面に倒れ込んだときにできたと話していた。でも、本当は逆だったのだろう。羽染に顔面を殴られたときに唇が切れ、その勢いで後ろによろけてブロック塀に後頭部を強打したのだ。

これが殺人などの重大事件だったら、怪我の原因の違いを警察が見過ごすはずはない。だけど、今回の場合、恭一はすぐに意識を取り戻し、自分自身の口で事件について話している。刑事がわざわざ恭一を疑わない限り、捜査は本人の証言どおりに進むことになる。

村上恭一の名前が出た瞬間から、羽染はひどく苦しそうな表情をしていた。

追い打ちをかけるような真似をするのはつらい。

だけど——警察官だからこそ、羽染には正義を貫いてほしい。

「つまり、こういうことになります。羽染さんは、防犯カメラに映らない位置から村上さんに声をかけて、裏の路地に連れ出した。そこで村上さんを殴り倒した後、現場からいったん逃走した。その後、様子が気になってこっそり引き返したところで、運悪く、羽染さんが警察官だと知っていた私に呼び止められてしまった」

そのせいで、警察官として振る舞わざるをえなくなった羽染は、これから夜勤に入るところだと偽り、応援を呼ぶと言ってその場を離れた。でも、実際には、その場にいたことが誰にも知られないように、防犯カメラのないルートを通って逃げた。

ここの交番に勤めているのだから、周囲の防犯カメラの位置は熟知していたはずだ。元陸上部というだけあって、逃げ足も速かったため、警察の検問にも引っかかることがなかった。

「……そのとおりだよ。通行人を装って、匿名で一一〇番にかけたんだ」

羽染がとうとう事実を認め、頭を垂れた。

ふう、と思わず息をつく。だけど、隣に立っている兄は、納得のいかない表情で首を傾げた。

「でもさ、どうして羽染さんはわざわざここまでやってきて、村上さんを殴ったんだ？　村上さんがかばうくらいだから、仲はいいはずなのに」

「それはね」

日菜子は兄をちらりと見てから、うなだれている羽染へと視線を移した。

「あの……羽染さん。私の予想を喋ってもいいですか」

「すごいな君は。俺があいつを殴った理由まで見抜いてるのか？　いったい何者なんだ」

羽染は諦めたように笑い、「どうぞ」と目をつむった。

日菜子も、羽染に続くようにして目を閉じる。そして、辿りついてしまった真実を口にした。

「今から十一年前に、警察官だった羽染さんのお父さんが、殉職したから。そして、その死の原因が、当時中学生だった村上恭一さんにあることが判明したから。……そうですよね？」

帰りの電車の中で、日菜子は疲れ果てて窓ガラスに後頭部をもたせかけていた。つり革が振り子のように揺れているのを、ぼんやりと眺める。

だけど、隣に座る兄は、やけに元気だった。「お前にそんな能力があるとは！」「鳥肌が立ったよ」「霊媒師にでもなれば？」などと、興奮した口調で褒め言葉を連発している。

仕方なく、日菜子は重い口を開いた。

「お兄ちゃん。念のため訊くけど、さっきの私の説明を信じたりしてないよね？」

「え？」

「『羽染さんの背後に、お父さんの霊が見えたので』っていう」

「信じてるけど……え？」

兄は眼鏡の奥の目を丸くして、私の顔を覗き込んできた。

「ち、違うのか？」

「当たり前でしょ。そんな霊能力、持ってるわけないじゃん」

「でも、見事的中させてたし！　羽染さんだって、すっかり信じてたみたいだったし！」

「羽染さんは仕方ないよ。見知らぬ女子高生にいきなり心の中を当てられたら、超能力か何かの仕業だと考えるしかないもん。でも、お兄ちゃんはヒントを全部見てたでしょ」

「……ヒント？」

どうやら、何も分かっていないようだ。ぽかんとしている兄の脇腹を、思い切りつつく。不意打ちの攻撃に、兄は「うへぇ！」と奇声を上げた。

「ちょっ、何すんだよ！」

「仕方ないなぁ、特別に教えてあげよう！」

日菜子は背筋を伸ばし、首をすくめている兄を見下ろした。

「暴行事件は、昨日の夜、恭一さんの勤務中に起こったよね。でも、朝に宿舎から出てきたところを目撃したときには、二人はとっても仲よさそうに会話しながら歩いてた。じゃあ、羽染さんはいつ、勤務中の恭一さんのところにわざわざ出かけていって喧嘩を吹っ掛けるくらいの怒りを覚えたんだと思う？」

「ん？　それは……確かに妙だな。いつなんだ？」

「答えは簡単。私たちが二人を目撃してから、敷地の門を出て別れるまでの間だよ」

「別れるまで――って、あの短い間に？」

兄は素っ頓狂な声を上げた。周りの乗客の視線を集めてしまい、いっそう身を縮めている。

「そう。覚えてる？　恭一さんと羽染さんは、警察を志望した理由について話してたでしょ。採用ページ掲載についてからかわれた恭一さんが、『そう言う羽染はどうなんだよ？』って訊いたとき、羽染さんはこんなふうに言ってた。『いやいや、恥ずかしい』『バカにされそうだからやめとくよ』『人に話すようなことでもないし』って」

「ああ、そうだったな。羽染さんは嫌がってるのに、それでも村上さんが聞きたがって……」

「『俺も詳しく話すから、お前のも教えろよぉ』ってじゃれ合いながら、私たちのそばを通過していったよね。ということは、二人はそのあと、お互いの志望動機を詳しく明かしたんじゃないかな」

恥ずかしくて、バカにされそうで、人に話すようなことでもない志望動機とは、いったい何なのか。

いかにも刑事ドラマの設定にありそうな、安直な理由なのではないか――と、日菜子は推測した。

例えば——親の仇《かたき》を討つため、とか。

「でね、検索してみることにしたの。羽染さんって苗字《みようじ》は珍しいから、家族や本人が過去に事件に巻き込まれてたとしたら、記録が見つかるかもしれないと思って。そしたら、真っ先にヒットしたページが、逗子警察署の殉職者一覧ページだった」

「逗子警察署……あっ！」兄は悔しそうに表情を歪《ゆが》めた。

「ほら、これ見て」

手元のスマートフォンで素早く検索し、問題のページを見せる。

「ええと……羽染信行《のぶゆき》巡査長……享年四十六歳……管内を巡回中の深夜に、橋の上から川に飛び込む遊びをしている中学生らを発見。溺《おぼ》れた一名を助けに入り、救助後に流され死亡……おっ、日付が十一年前だ。ってことは！」

「まさかとは思ったけど、全部繋がるよね。恭一さんは、逗子市の出身。県警の採用ページのインタビューで、『素行が悪かった自分を助けてくれたのは、地域のお巡りさんでした。そのお巡りさんにはひどく迷惑をかけてしまいましたが、その出会いがきっかけで警察官を志すようになりました』って答えてた。現在二十五歳だから、十一年前は十四歳の中学生」

「うおお、まじかよ。全然霊能力じゃない……」

兄は大げさに頭を抱え込んだ。

「あっ、お前、逗子警察署のページを見ながら、『そんな設定あり？』とか『二次元じゃないんだからぁ！』とか言ってたよな。それって、この、日菜がカプ……推し……してる、村上さんと羽染さんの関係性のことだったのか？」

「もちろん！　だって、殉職した父の遺志を継ぐために警察官になった息子と、バカな遊びのせいでその父を殉職に追い込んでしまった元不良の中学生が、警察学校の同期として出会い、しかも同じ交番に配属されるなんて、運命的すぎる出会いだと思わない？　漫画の設定としか思えないよ！」

「そういうことだったかぁ……」

兄は釈然としない顔をしている。推理には納得してくれるのに、どうして推しの尊さには共感してくれないのだろう。

「つまり、こういうことだな。宿舎から出てきて敷地の門を出るまでの間に、二人は互いに自分の志望動機について明かし合った。そこでとんでもない事実が判明したにもかかわらず、でも、村上さんの勤務開始時刻が迫っていたため、二人はいったん話を中断せざるをえなかった。羽染さんは二十四時間後まで待っていられず、村上さんがいる交番に押しかけた。そして口論になり、父を死に追いやった同僚を思い切り殴ってしまった……」

先ほどのことを思い出すと、感傷的な気分になる。

日菜子に真実を当てられた羽染は、肩を震わせ、男泣きを始めたのだった。

路地裏で羽染が問い詰めたとき、村上恭一はこう話したという。羽染という珍しい苗字から、自分が命を助けてもらった警察官の息子ではないかと、ずっと探りを入れていた。そうと分かれば、自分があのときの中学生だと明かし、心から詫《わ》びるつもりだった。だが羽染がなかなか父について話そうとしないため、確信が持てなかった、と。

恭一はその場で土下座しようとした。そんな同僚を、羽染は思わず殴り飛ばした。「今まで俺のことをどういう目で見ていたんだ！」という、悲痛な叫びとともに。

――俺は村上のことを、自分によくしてくれる、一番仲のいい同期だと思ってたんだ。それなのに、あいつが深夜に変な川遊びをして父を殉職させた元不良だと知って……俺に近寄ってきたのは、ただ同情されていただけなのかと、悔しくなって……それで！

羽染は目元を覆い、流れ出る涙を隠そうとした。けれど、彼の大きな手は、見る間に水滴で濡れていった。

――でも、あんな怪我をさせるつもりはなかったんだ。あいつがブロック塀に頭を強打して、意識を失って……大変なことをしてしまったかもしれないと急に怖くなって、とっさに逃げて……。なんであいつは、こんな俺なんかのことを……。

後悔と葛藤に苛《さいな》まれる羽染に、日菜子はゆっくりと、自信を持って語りかけた。

――大丈夫です。村上さんだって、羽染さんのことを親友だと思ってるはずですよ。だって、憐《あわれ》みの感情だけで、自分に大怪我をさせた犯人をかばうわけがないじゃないですか！　何より……村上さんが羽染さんといたときの笑顔は、本物でした。

ありがとう、ありがとう――と、羽染は日菜子に向かって何度も繰り返した。そして約束した。事件の捜査に当たっている刑事たちに、今すぐ真実を話す。村上に暴行した罪を必ず償う、と。

きっと今頃、羽染はすべてを話し終えているはずだ。

「そういや、お前さぁ」

気を取り直した様子の兄が、冷ややかな目を向けてきた。

「さっき、なかなか危ないことを言ってたぞ。羽染さんが悲しみに打ちひしがれて、気づかずにずっと泣いててくれたから助かったけど」

「え、何のこと？」

「『村上さんが羽染さんといたときの笑顔』なんて、俺らはどこで見たんだ？　二人とは事件現場でしか会ってないことになってるのに」

「……あ！」

「気をつけろよな。その脇の甘さでストーカーを続けてたら、いつか身を滅ぼすぞ」

「そんなこと言って、お兄ちゃんだって口を滑らせかけてたくせにぃ」

「俺はいいんだよ、常習犯じゃないんだから。お前は反省しろ」

過保護な兄だな、と思う。でも、なんだかんだ、いつも助けられているのは事実だ。

電車が駅のホームに滑り込む。夜の冷気が車内に浸透する。

日菜子の心にも、寂しさをまとった秋の風が吹き抜けた。

もう、後戻りできないのかもしれない。

何のしがらみもなく、純粋な気持ちで、村上恭一を追いかけていた頃には——。

*

革張りのソファと、部屋の隅に据えられた立派な観葉植物。床にはふかふかの絨毯《じゅうたん》が敷かれ、壁には額縁に入った大きな絵がいくつも飾られている。

学校でいうと、校長室。だけど、それよりももっと、圧迫感がある。

そんな部屋の真ん中で、日菜子は警察署長と向き合っていた。

「感謝状。追掛日菜子殿。あなたは、暴行事件の被害者を発見して手当てを行い、早期に通報したことにより、事件の解決に寄与されました。ここに感謝の意を表します」

精悍《せいかん》な顔つきの警察署長が、感謝状を差し出してくる。びくびくしながら両手を伸ばし、頭を深く下げながら受け取ると、壁際にずらりと並んだ警察署員や家族から盛大な拍手が送られた。

「いやあ、誇らしいな」

「勇気ある娘を持って、幸せね」

父と母が、顔を見合わせて微笑んでいる。その隣に立っている兄は、どこか不満げだ。感謝状授与の対象にならなかったことが悔しいのかもしれない。村上恭一の怪我の止血をしたのも、羽染雄介《ゆうすけ》を呼び止めて警察への通報に繋げたのも日菜子なのに、いったい自分がどのように事件解決に寄与したと思い込んでいるのだろうか。

羽染は、刑事の取り調べに対し、日菜子に声をかけられて自分が匿名で通報したことを正直に話したらしい。だから、実際は日菜子が一一〇番にかけたわけではないのだけれど、『早期に通報したことにより』の文言が感謝状に盛り込まれることとなった。

「日菜子さん。本当にありがとう」

不意に、横から声をかけられた。驚いて振り返ると、制服姿の村上恭一が近づいてくるところだった。

「市民を守るために働いているつもりでいたのに、逆に助けられてしまうなんてね。しかも、高校生の女の子に。大人っぽく見えたから、こんなに年齢差があったとは、意外だったよ」

爽やかなスポーツマン風の笑顔がこちらに向けられる。日菜子が緊張のあまり何も答えられずにいると、恭一が黄緑色の小さなショップバッグを差し出してきた。

「これ、ハンカチなんだけど、受け取ってもらえるかな。血で汚してしまったから、代わりのものを探してみたんだ。女子高生が喜ぶものは、よく分からなくて……デザインが気に入らなかったらごめんね」

「あ、ありがとうございます」

恐る恐る、可愛らしいショップバッグを受け取る。中にカードのような感触があり、あれ、と首を傾げると、恭一が恥ずかしそうに囁いた。

「一応、僕の名刺を入れておいたんだ。もし困ったことがあったら連絡して。いじめでも、ストーカーでも、どんな相談にも乗るから」

ストーカーという単語にドキリとする。

日菜子は愛想笑いを浮かべながら、そのままじわりじわりと後ずさりし、ドアのそばに立っていた兄の胸元に、感謝状とショップバッグを勢いよく押しつけた。

「え？　え？」

目を白黒させている兄を置いて、一目散に廊下に飛び出す。

階段を駆け下り、外へと疾走した。警察署の前の歩道で立ち止まり、へなへなとその場に崩れ落ちる。

「おーい日菜！　どうしたんだよ！」

後ろから、感謝状とショップバッグを抱えた兄があたふたと追いかけてきた。

「まさかお前、また推しに愛想を尽かしたのか？『神様が特定の信者にハンカチや連絡先を渡すなんて許されるわけない！』って？　それとも、またいつものあれか。推しに好意を寄せられると恋が冷める病」

「違うよ！　私はただ、悲しいの」

「……悲しい？　推しを助けて、警察署長から感謝状まで贈呈されたのに？」

「その感謝状がいけないんだよ！」

日菜子はむくれて、兄が持つA３サイズの紙を指差した。

「感謝状という強制的な意味を持つ書類のせいで、恭一さんと私の関係は『感謝するほう』と『されるほう』に固定されちゃったの。私はそんなこと望んでなかったのに。街の平和を守る恭一さんを、ただ一方的に応援するだけでよかったのに！」

「……へ？」

「それに私は、罪を犯したの。奇跡的な運命のもとに爆誕したカップリングを、自分の手で壊しちゃったんだよ！　羽染さんを懲戒による停職処分に追い込んで、容赦なく引き裂いたの！　二次元の作品に匹敵するくらいの暗く重い設定、暴行事件の真実と二人だけが抱える秘密、それにより証明される友情——間違いなく、全米号泣のキュン死ものだったのに！」

「はあ？　ご乱心か？　日菜は正しいことをしたじゃないか」

「正しいけど、正しくないの！　正義のために、真実は暴かなきゃいけないけど……でもやっぱり暴きたくなかったの！　ああもう嫌だ！　何もかもに失望！　私と恭一さんも、恭一さんと羽染さんも、もう元の関係には戻れないなんて——お兄ちゃんのバカぁ！」

盛大に八つ当たりをしながら、日菜子は駅の方面へと走り出した。

「日菜、どこに行くんだよ！　今日は車で来たのを忘れたのか！」

後ろから、戸惑う兄の声がする。

——あ、そうだった。

でも、このやり場のない怒りを発散するには、こうするしかないのだ。

街路樹の立ち並ぶ広い歩道を、全速力で駆ける。

制服のスカートの裾が翻り、通行人が目を丸くして振り返る。

ローファーを履いた足が地面に接するたびに、日菜子の心を覆いつくしていた恋心が、紙風船に入っている空気のように、ぷすり、ぷすりと抜けていく。

日菜子は、密かに推しに恋をするだけで満足なのだ。それなのに、どうしていつも、不本意な結末を迎えてしまうのだろう。

「うわあああん！」

日菜子のうら悲しい叫び声が、からりとした秋晴れの青空に吸い込まれていった。

第三話

クイズ王に恋をした。

クイズ番組ファンの間では言わずと知れた、現役東都《とうと》大生のクイズ王・若月海渡《わかつきかいと》。

その彼をめぐって、ツイッター上では今、大騒動が起きている。

――やらせ疑惑だ。

なんと、『知能王《ちのうおう》』の番組プロデューサーが、当日出題する問題を事前にメールで横流ししていた可能性があるのだという。

発信元は、元クイズ王ファン兼天才プログラマーを自称する、謎の匿名アカウント『わかつきゅーだん』。若月のスマートフォンをハッキングした、と説明している。

メール文面のスクリーンショットを含む問題のツイートをはじめ、『わかつきゅーだん』による一連の投稿を以下にまとめてみた――。

＊

『問題です。十五世紀に国王が公布して成立した、世界で最も新しく、合理――』

ピンッ、と軽快な電子音が鳴り、すらりとした青年がテレビ画面に大写しになる。彼は睫《まつ》毛《げ》の長い目をつむり、薄く赤い唇を小さく動かした。

『……ハングル』

一瞬の間をおいて、ＭＣの男性アナウンサーが『正解です！』と叫ぶ。ピンポンピンポン、という効果音とともに、「えー、どういうこと！」と追掛家の女性陣が総立ちになった。

「若月くんっ、答えるの早すぎっ！　番組開始から十二分しか経ってないのにっ！」と、テーブルに両手をついてお尻を左右に振っている日菜子。

「見せ場ありすぎよねっ！　これで五問連続正解じゃないのっ！　若月王子っ！」と、なぜか手に持ったままのしゃもじを上下に振っている母。

画面の中で、アナウンサーが驚いた顔をしている。

『若月さん、今のはどのように正解を導き出したんでしょうか？』

『新しく合理的、という部分でピンときました。朝鮮半島で使われているハングル文字は、十五世紀に李氏朝鮮の国王・世宗《セジョン》が《訓民正音《くんみんせいおん》》の名で公布したものです。それまで知識層は漢字で読み書きしていましたが、それでは分かりにくいということで作られたものなんですよね。子音と母音のパーツを単純に組み合わせる表音文字で、非常に科学的かつ合理的と言われています』

『なんと、解説まで完璧です！　これが王者の底力！』

出演している他の学生にも拍手を送られ、若月海渡は茶色がかった髪に手をやった。切れ長の目を細め、気恥ずかしそうに微笑んでいる。

「出た！　出た！　若月くんのキラースマイル！　かっこよすぎ！　もっと、もっとちょうだいっ！」

日菜子がスマートフォンを画面に向け、シャッター音を鳴らしまくる。こんなとき、「よそ見しないで晩御飯を食べなさい」と注意する人間がいればいいのだが、その立場にあるはずの母が一緒になって熱狂しているのだから、男性陣には打つ手がない。

テレビから目を逸らすと、父と目が合った。複雑そうな顔をしながら、アジフライを口に運んでいる。よく分からない難問ばかり出題する『クイズ東都大！』より、ＮＨＫニュースが見たいのだろう。

翔平は見かねて、しゃもじや箸《はし》を振り回している母と妹に声をかけた。

「あのさ、その番組、録画してるんだろ？　今はニュースでも見ようよ。日菜が最近まで追っかけてた高杉《たかすぎ》総理の姿が映るかもしれないぞ。九州場所に出てる、大相撲の力欧泉《りきおうせん》も」

「何言ってるの？　今の私は、若月海渡くん一筋。それに、リアルタイムで見ないと、加速するタイムラインに置いていかれるんだよ？　番組放映中、出演者の東都大生たちが収録の裏話をいろいろツイートしてくれるの。そのありがたい投稿を光の速さでリツイートしていく楽しみを私から奪うっていうの？　放送が終わった瞬間に本人たちが結果のネタバレツイートをかましてきて、しかもその一連の流れがトレンド入りするから、録画を見終わるまで何時間もスマホを開けない事態に陥るんだよ？」

「ちょっとよく意味が分からないけど、日菜がテレビのチャンネルを譲る気がないことだけはよく分かった」

「ありがとう！　分かってくれたなら邪魔しないでよね！　放映開始一時間前から正座待機してたんだからぁ」

皮肉のつもりで言ったのだが、妹にはちっとも伝わらなかったようだ。もう一度父を見やると、弱々しい苦笑いが返ってきた。ごめんお父さん、敗北だ。大丈夫さ翔平、俺のことは気にするな。家庭での立場が弱い男同士、そんな会話をテレパシーでする。

早々に晩御飯を食べ終えた翔平は、テーブルに頬杖をついた。ピンッ、ピンポンピンポン、ブブーッ。絶え間なく聞こえてくる効果音を無視できず、再びテレビ画面に目をやる。

母と日菜子がここ最近どっぷりハマっている『クイズ東都大！』とは、先月から放送開始されたばかりの人気クイズ番組だ。解答者は芸能人ではなく、日本一の偏差値を誇る東都大学の現役学生たち。毎週十名が出てきて、熾烈《しれつ》な勝ち抜き戦を繰り広げる。下位五名は容赦なく入れ替えられ、真の実力者だけがレギュラー出演者として残り続けるというのが、この番組のコンセプトらしい。まるで、シード権争いが過酷な箱根駅伝のようだ。

そんなルールの中で、番組開始以来一度もトップの座を明け渡していないのが、今の日菜子の推し・若月海渡だった。

「若月って、王子様とか呼ばれてるみたいだけどさ。学力が突き抜けてるだけで、容姿はせいぜい偏差値六十くらいだろ？　毎週テレビに出てるとはいえ、一般人に毛が生えたみたいな奴じゃないか」

「そこが絶妙にいいんじゃない！　ね、お母さん」

「そうよ、そうよ。芸能人よりも、ずっと親しみを感じられるもの。クラスに一人はいるイケメン、って感じで」

「それにお兄ちゃん、若月くんを呼び捨てにしないでっ！」

日菜子が仁王立ちになり、頰を膨らませた。

「若月くんは、王子様だよ。クイズ界のロイヤルファミリーだよ。そんな高貴なお方を呼び捨てにするなんて、絶対に許さないから！」

「だったら『くん』付けだっておかしいだろ。『若月さま』って呼べよ」

「それだと親近感が失われる」

「何だその謎理論は」

議論しようにも議論にならない。妹の自己正当化能力の高さには脱帽だ。

日菜子はなおも怒り続けている。連日連夜力説しているにもかかわらず、翔平が未だに推しの魅力を理解しないことがよっぽど不満のようだ。

「あのねぇ、お兄ちゃん。若月くんは、天から二物を与えられてるんだよ？　都内の超名門男子校出身。高一でクイズを始め、数々の高校生向け大会で全国優勝。高三のときには、クイズ好きなら誰もが出演を夢見るあの国民的番組『知能王』で、大学生や大人を破って堂々の歴代最年少優勝。東都大の法学部に現役合格した後も出場し続け、今の今まで前人未到の三連覇中」

「耳にタコができるほど聞いたよ。今週末放送の『知能王』で四連覇に挑むんだろ？　そのうえ容姿が平均よりちょっとばかり優れてるから、『クイズ東都大！』の放送開始を機に、全国で女性ファンが急増中、と」

「こんなお方がこの世に生を享けたこと自体、もはや奇跡だよねっ？　若月くんのお父様やお母様、おじいさまやおばあさま、ひいおじいさまやひいおばあさま、そして優秀な遺伝子を受け継いできた先祖代々の皆様に圧倒的感謝っ！　ああああ、若月くんの頭の中ってどうなってるんだろう？　脳科学者になって、中身を見てみたい。その研究に一生を費やしてノーベル賞をもらいたい！　それか、隣の家に幼馴染《おさななじみ》として生まれ直して、『日菜ちゃんさ、どうしてそんなことも分からないの？』ってひたすらバカにされながら育ちたい！」

「妄想の方向性が真逆だな」

「お姿をテレビで拝見するだけでしんどくて呼吸困難になりそうだし、胸が高鳴りすぎて不整脈になりそう。ああお兄ちゃん、今すぐ一一九番してっ！　若月くんの素晴らしさを表現するだけの語彙力を持たない自分が憎いっ！　もう何にでもなれ、沼の底まで逝《い》ってきますっ！」

「逝くな。戻ってこい。俺以外の家族が悲しむぞ」

父が無言で頷くのが視界の端に映った。次の瞬間、日菜子が突然大声を出し、翔平は水の入ったグラスをひっくり返しそうになった。

「あ！　終わっちゃったじゃん！　せっかくのリアタイ視聴だったのに！　お兄ちゃんのせいだ！」

「いやいや、お前が語りまくるからだろ」

「今週も若月王子が一位だったわよ。来週も楽しみねえ」

母がニコニコと微笑みを浮かべながら、冷めきったアジフライを食べ始めた。日菜子はしばらく呆然としていたが、すぐに気持ちを切り替えたようで、手早くリモコンを操作して録画を再生し始めた。

たった今放送が終了したばかりのクイズ番組を、もう一度見せられるこちらの身にもなってほしい。しかも、若月海渡がアップになると日菜子がすぐに一時停止ボタンを押して「可愛い！」「召されそう！」「永遠についていきます！」などと口走りながら写真を撮り始めるため、せっかくこちらがクイズそのものを楽しんでいても、何度も中断されてしまうのだ。

それだけならまだいい。困るのは、同じところを何度も再生したり、コマ送りで表情の変化を追ったりと、たった六十分の番組を一週間かけてじっくりと楽しみ尽くした挙げ句、その録画を消去しないことだ。「このままじゃハードディスクがいっぱいになっちゃうよ」と父が遠慮がちにぼやいても、日菜子は「絶対に、ダメ！」と頑《かたく》なな態度を崩さない。

翔平が冷蔵庫を物色して探し出したイチゴヨーグルトをデザートに食べ、一番風呂に浸かって帰ってきてもなお、日菜子はテレビの占有を続けていた。だが、翔平の姿を視認するなり、「あっ！」と椅子から立ち上がった。

「そうだ、今日も自分磨きしなきゃ！　お兄ちゃん、付き合って！」

「ん？　こんなところで化粧でも始めるつもりか？　それともダイエットのための筋トレ？

それなら御免だ、もう風呂入っちゃったし」

「失礼だなぁ。全然違うよ！　これこれ！」

日菜子がテーブルの端に伏せてあった本を持ち上げた。『漢字検定一級』の文字が目に入る。

「漢検一級!?　お前、四級くらいまでしか受けたことないだろ！」

「『為《な》せば成る』だよ、お兄ちゃん」

日菜子がウインクを寄越してきた。なんだかイラっとくるが、相当な自信があるようだ。

「さて、これは何と読むでしょう？」

細い指が伸びた先にあったのは、『甘蕉』という漢字だった。「これは？」「あと、これも！」と彼女が矢継ぎ早に熟語を指し示していく。『甘藷』、『甘蔗』――。

「な、何だよこれ!?　カンショウ？　カンショ？」

「えー、お兄ちゃん、三つとも分からないの？」

「うん……」

三つの二字熟語をじっと見つめる。

――見たことがあるような、ないような。いや、ないか？

「上から順に、甘蕉《バナナ》、甘藷《サツマイモ》、甘蔗《サトウキビ》だよ。甘いもの好きなお兄ちゃんなら楽勝だと思ったのになぁ」

――って。

「おいおい、分かるわけないだろ！　サツマイモは鹿児島の薩摩じゃないのか⁉　サトウキビだって、シュガーの砂糖があるだろ！　なんで別の書き方をするんだ！」

「負け惜しみはやめてよねぇ。あーあ、残念だなぁ。お兄ちゃんは学校の成績がよかったっていうから、漢字も得意なのかと思ったのに」

愛想を尽かしたように肩をすくめ、椅子に腰かけてパラパラとページをめくり始める。翔平は向かいに座り、問題集をさっと取り上げた。

「無茶言うな。こんなの雑学だろ。東都大の入試にさえ出ないぞ」

「え、そうなの？　日本の最高峰なのに？」

「問われる知識の方向性が違うんだよ。当て字をいくら覚えたところで、クイズは強くなるかもしれないけど、生きていく上ではまったく不要。こんな重箱の隅をつつくような問題に答えられたって、何の意味もない」

その途端、日菜子がガタンと椅子を揺らし、テーブルの上に身を乗り出した。はっとするほど整った顔が、怒りで歪んでいる。

「お兄ちゃん、それはないよ！　ひどいよ！　クイズの世界においてはね、それが美学なの！　そんなこと言ったら、スポーツだって一緒でしょ？　百メートルを九秒台で走れて何の意味があるの？　野球場でホームランを打てたところで、それは実生活でどう役立つの？」

「全スポーツ選手に謝れ」

「嫌だ！　お兄ちゃんが先に全クイズプレーヤーに謝って！　若月くんにも、鷺宮《さぎのみや》くんにも、箕輪《みのわ》くんにも」

日菜子が手を伸ばし、翔平が持っていた問題集を奪い返した。大事そうに胸に抱きかかえ、

「私、決めたの！」と高らかに宣言する。

「これから心を入れ替えて、猛勉強する。漢字も、歴史も、地理も、化学も、全部頑張る。それで――絶対、東都大に合格する！」

「はあああ？」

「で、若月くんと同じ法学部に行って、弁護士になる！」

「はああああああ？」

頭がくらくらし、翔平はこめかみを押さえた。妹のようなストーカーが法律を学んだら、法の抜け穴をかいくぐる術《すべ》を本格的に身につけてしまいそうだ。恐ろしすぎる。

いや待て、それ以前に——。

「東都大に行くのは、進学校で成績トップを取ってたような連中だぞ？　それに比べてお前は、そこそこの高校で、成績は中の下で……」

「大丈夫、『為せば成る』！」

「弁護士になるのだって、めちゃくちゃ大変なんだぞ。大学卒業後、法科大学院に行って、司法試験を受けて、司法修習をして、それからようやく就職だ。推しの後を追いかけて、軽々しい気持ちで目指すもんじゃない」

「あらまあ翔平、頭ごなしに否定しないの」

いつの間にか日菜子の代わりにリモコンを操作していた母が、画面に映る若月海渡をとろんとした目で見つめたまま、呑気な口調で言った。

「日菜はまだ高校二年生よ。東都大だろうとハーバードだろうと、今から勉強すれば可能性は十分あるじゃない。日菜が本気なら、大学院に行くお金だって何とかするわよ。ねえ、お父さん」

「あ、う、うん！　そうだな！」

缶チューハイを飲んでいた父が、ゴホゴホと咳き込みながら頷いた。目が泳いでいるところを見るに、学費が二年分増えた場合の貯蓄の計算をしているのだろう。

「それに、日菜が東都大に進学してくれたら、『クイズ東都大！』に出場できるかもしれないでしょう？　若月王子は弁護士志望だから、卒業後は法科大学院に通うのよね。とすると、日菜が入学するときは大学院の一年生。もし日菜が浪人したとしても、二年生のはずだから――」

「そう！　現役東都大生同士、若月くんと番組で共演できるかもしれないの！」

日菜子が両目を宝石のように輝かせた。あまりの不純な動機に、ため息さえつく気にならない。

「番組に出てるのは、東都大の中でもさらに選び抜かれた頭脳の持ち主だろ。それこそ無謀だ。夢のまた夢だ」

「翔平は悲観的ねえ。若月王子と在学期間がかぶるなら、挑戦する価値は十分にあるじゃないの」

「お母さんまでどうしちゃったんだよ……完全に日菜の味方かよ……」

助けを求めて、隣で晩酌をしている父に視線をやる。父は困った顔をすると、翔平の耳にそっと口を寄せてきた。

「仕方ない。実はな、追掛家の女性は、代々こうなんだ」

「え？」

「追掛家に生まれた女性はもちろん、お母さんのように嫁いできた女性も――なぜか、な。有名人を一度好きになると、脳内がそのことでいっぱいになる。時には現地まで追いかけていくことも……」

「ま、まじかよ！　ってことは、お母さんも、おばあちゃんも、みんな日菜と同じ？」

「ああ。年齢を重ねるにつれて、落ち着いてはきたけどな。演歌歌手や落語家、時には盆栽作家や老舗《しにせ》和菓子屋の三代目――」

「聞きたくなかった。聞きたくなかったよ……」

そんな不条理な運命があっていいものだろうか。そんな家系に生まれた父や自分がかわいそうでならない。

悲嘆に暮れる父と兄には目もくれず、日菜子は問題集を片手にスマートフォンを操作し始めた。ＳＮＳに入り浸っているのはいつものことだが、今回クイズ王を追っかけ始めてからというもの、中毒度が倍増している気がする。

というのも、『クイズ東都大！』や『知能王』の出演者たちが、ツイッターやインスタグラムで積極的に情報発信しているからだ。日菜子曰《いわ》く、番組のリアルタイム実況やクイズの解説はもちろん、学園祭のクイズ研究会ブースの宣伝や大学の講義への出席状況など、限りなくプライベートに近い情報もたくさん載っているのだという。また、日菜子のようなファンのリプライに反応したり、「いいね」を押したりしてくれることも多いらしい。芸能人と比べると知名度が低く、より一般人に近い存在であること、ファンもクイズ好きが多く比較的マナーがいいことなどが、彼らの自己防衛意識が低い理由だろう。

しかし、追掛日菜子の兄としては、そんな同年代のクイズプレーヤーたちが心配になる。まず、日菜子のリサーチ能力を舐《な》めてはいけない。彼女がフォローしているのは、番組に出演しているクイズプレーヤーにとどまらず、おそらく彼らがSNS上で繋がっている大学や高校の友人にまで及んでいる。日菜子が推しとその友人とのやりとりをニマニマしながら眺めている現場は、何度か目撃したことがあった。

さらに、会いに行き放題というのも問題だ。翔平も大学生の端くれだから分かるが、女子大でもない限り、大学のキャンパスというのは一般の人にも広く開放されている。いつでも遊びに行って講義や学食に潜入できるという、ストーカーをするには絶好の条件が整った場所なのだ。

兄の翔平に対して明言することはしないが、日菜子はすでに幾度か、学校の帰りに東都大に赴いたことがあるようだった。毎年十一月下旬に行われる学園祭も、ちょうど先週だったはずだ。同じ部屋で過ごしていると、「番組では衣装を着てるけど、私服はチェックシャツなんだなぁ」だとか、「学食で担々麺を頼んでたってことは、辛いもの好きなのかなぁ」だとかいう不穏《ふおん》な独り言がたびたび聞こえてくる。

「おい日菜子、さっきからスマホばかりいじってるけど、漢字の勉強はどうした。もう飽きたの――」

「ああああああああああっっ！」

翔平の質問は、日菜子が上げた甲高い叫び声に遮られた。

「と、と、と、当選した！」

「は？」

「当選したの！『知能王』の番組観覧に！　今週末の！　二次募集だからダメだと思ってたんだけど！」

「よかったじゃない！」

母が録画を一時停止し、両手の指を組み合わせた。「お母さんの席はないの？」という期待を込めた問いかけに、「ごめーん、当選確率を上げるために一人にしちゃった」と日菜子がぺろりと舌を出す。

感激の表情をしている妹は、すぐさま手元のスマートフォンに目を落とし、画面をスクロールし始めた。

「見たところ、やっぱり二次募集の枠は少なかったみたい。ツイッターで検索してみたけど、当選報告してる人、ほとんどいないや」

翔平にしてみれば、まったく理解できない行動だ。自分も好きなバンドのライブに行くことはあるが、わざわざツイッターで他人の当落状況を調べようとは思わない。当たったら嬉しい。外れたら悲しい。それだけのことだ。

それにしても、日菜子がクイズ番組を観覧する正式な権利を手に入れたと聞くと、若月海渡のことが余計に心配になってくる。

「推しの身の安全を祈っておくよ……」

「え？　なあに、お兄ちゃん」

「何でもない」

――若月王子、どうかご無事で。

母が再び流し始めた『クイズ東都大！』の録画を見ながら、翔平は目をつむり、天に祈った。

*

朝の光が、カーテンの隙間から差し込んでいる。

日菜子は仰向けのまま手を伸ばし、スマートフォンのアラームを止めた。そして、天井に貼った若月海渡に向かって、にっこりと微笑み返す。

テレビ画面をスマートフォンで撮影したものをA４用紙四枚分に引き伸ばしたものだから、画質や紙質の点では不満が残る。だけど、起床した瞬間に推しと目が合うのはこの上なく気分がいい。

兄のスペースとこちらを仕切るアコーディオンカーテンを開け放つと、さらに奥の壁からも若月海渡の視線が降り注いだ。これだけでもう、ＩＱが少なくとも十は上がったような心地になる。この調子でいけば、東都大合格は間違いないだろう。

今日は忙しい。シャワーを浴び、入念に化粧をし、悩みに悩んで購入した大人っぽい紺色のワンピースを身に着け、鏡の前でファッションチェックをし、これまた新品のトートバッグを覗き込んで忘れ物がないかチェックしていると、部屋の奥から声がかかった。

「何だ、その大きなバッグは。また変なことを企《たくら》んでるんじゃないだろうな。紙粘土で若月海渡の足形を取ろう、とか」

見ると、眼鏡をかけた兄が、ベッドに寝転がったままこちらに目を向けていた。上半身さえ起こしていないところを見るに、まだまだ二度寝するつもりのようだ。時刻はもう九時半を回っているのだけれど。

「違うよぉ。それも考えたけど、さすがにテレビ局の廊下でやるのはリスクが高いでしょ」

「……一瞬でも考えたのかよ」

「これはね、全部グッズ。せっかくだから収録に持っていこうと思ったんだけど、かさばるものが多くて、荷物が多くなっちゃったの」

「ん？　ただのクイズ番組に、グッズなんてあるのか？」

「一応ね。クリアファイルとか、付箋とか、ボールペンとか。テレビ局の公式ショップで売ってるんだぁ」

「ああ、なるほど。それを使えば勉強が捗るってか」

「グッズの種類が少なくて、本当に困るんだよねぇ。せめてものお布施として、東都大学クイズ研究会が監修してるクイズ本とか、実際に練習で使われてる早押しボタンとかはひととおり買ったけど」

「早押しボタン⁉　お前はまた、そういう金の無駄遣いを」

「でも、課金先が少なすぎるよ！　もっとお金を落とさせてほしいのに！　缶バッジとかタオルも作ってほしいし、ポーチや手提げ、うちわ、ポスター……あと写真集も！」

「こらこら、アイドルじゃないんだから」

いつもの調子で兄と会話をしてしまってから、ふと気がついた。九時半過ぎということは、そろそろ固定電話の前で待機しなければならない時刻だ。兄に構っている暇はない。

「あ、そろそろ下に行かなきゃ。よーし、死ぬ気でゲットするぞ！」

「……何を？」

「サイン会の整理券！　今度、若月くんが初の著書を出版するの。『若月流・東都大合格への道』っていう、勉強法をまとめた本なんだって。今日から予約開始で、書店は十時オープンだから、時間になった瞬間に電話できるよう準備しとかなきゃ」

「へえ。クイズプレーヤーも、そんなイベントを開くことがあるんだな。新刊を購入すれば、サインしてもらえるってわけ？」

「うん、そう！　まあ、私はサインしてもらう保存用の一冊以外に、最低二冊は買うつもりだけどね」

「はいはい、読む用と布教用だろ」

兄は面倒臭そうに言うと、枕に頬をつけたまま首を捻った。

「でも、本って、新刊で買うとけっこう高いよな？　サイン会の整理券を取るのにわざわざ家の固定電話を使うくらい金を節約してるなら、残り二冊はしばらく経ってから中古で買えばいいのに」

日菜子は思わず、全身の動きを止めた。

持ち手を放してしまい、宝物の詰まったトートバッグがどさりと床に落ちる。

そのまま、兄を睨みつけた。グッズを乱暴に扱ってしまったことのショックよりも、兄の問題発言の衝撃のほうが大きい。

「信じられないんですけど！」

日菜子は憤然と兄のスペースに踏み込んでいき、寝転んだまま仰け反る兄の眼前に人差し指を突きつけた。

「確かに、お金は大事だよ！　ドーナツショップで百二十円の新作を買いたくても百円セール中ので我慢するし、電車移動するときも早さより安さ重視で一駅くらいは平気で歩くし、通話はなるべくスマホじゃなくて家の電話からするようにしてるし……でも！　ここだけは譲れない！」

「へ？」

「本を発売日に新刊で買うことがどんなに大事なことか、お兄ちゃん、知らないの？　重版されるかどうかは、初速にかかってるの。出版社は特に、最初の一週間に注目してる。そこで重版が決まれば、勢いに乗ってそのままベストセラーになるかもしれないし、そうでなくても増刷分の印税が一気に若月くんに入るんだよ。推しのお財布に直接札束を突っ込めるんだよ？」

「おい、言い方」

「中古ということは、すでに他の誰かが推しへの貢献を済ませてしまったってこと。レストランの裏のゴミ箱から残飯だけいただいておいて、シェフに面と向かって『ごちそうさまでした』なんて言える？　推し本人や世間に対して堂々とファンを名乗りたいなら、中古で買うなんて論外だから。そんなの、節約のうちに入らないから！」

床に落ちたトートバッグを持ち上げ、物置と化している兄の学習机に目をやった。大好きだというゲームソフトのほか、ライトノベルや漫画が山積みになっている。兄はぎくりとした様子で、「ちゅ、中古で買ったなんて言ってないだろ！」と突然言い訳を始めた。――バレバレだ。

「じゃあね、お兄ちゃん」

日菜子が部屋を出ると、「怒るなって……」という情けない声が後ろから聞こえてきた。

別に、怒ってなんかいない。他の人はどうであれ、日菜子は自分の信じる道を行く。それだけのことだ。

自分が投じたお金が印税となり、若月海渡が授業中に使う消しゴムや、朝晩洗面所で使う歯ブラシになるのだと想像するだけで、日菜子の心は幸福で満たされる。それだけのことなのだから――。

見上げるほど背の高い、近代的なテレビ局のビル。

夕暮れ時の寒空の下、コートを着込んだ百名ほどの女性が、その通用口近くで列を作って待機していた。友人同士で来ている人が、全体の半分くらい。中には、和やかに雑談している親子の姿も見受けられる。残りの五十名ほどは、日菜子と同じく、一人枠で当選したコアなファンのようだ。

「こちらで来館者用のネームホルダーをお渡しします。前後の方々と番号を確認し合って、その順番に並んでください」

黒いウィンドブレーカーを着込んだスタッフが、大声で呼びかけている。

座席の位置が先着順になる可能性を考慮して、集合時刻の三十分以上前に到着していた日菜子は、すでにネームホルダーを手に入れていた。残念ながら、当選者名簿に基づき事前に割り振られていたようで、日菜子の番号は『11』だった。

といっても、悪くはない。十名ずつ十列に並ぶとしても二列目だし、二十名ずつ五列の場合は最前列ど真ん中だ。スタジオに入って座席の位置を指示されるその瞬間まで、胸の高鳴りは収まりそうになかった。

——若月くんが『知能王』で四連覇を達成する現場に居合わせられるなんて、幸せにもほどがある！
同じ『クイズ東都大！』の出演者である鷺宮真《しん》や箕輪圭一《けいいち》がいくら優秀なプレーヤーとはいえ、クイズ界の王子と呼ばれる若月海渡が敗北を喫する可能性など、万に一つもないだろう。クイズ人気を受けて今年からなんと生放送になったため、結果を知るタイミングは一般の視聴者と同時になってしまうけれど、推しが優勝するのを肉眼で見届けられるのは十分に嬉しい。

はやる気持ちを抑えきれず、コートのポケットからスマートフォンを取り出した。

最近の癖で早押しクイズアプリを開きそうになり、思いとどまる。若月海渡がツイッターで紹介していたのを見てダウンロードしたこのアプリは、勉強にもなるし、暇つぶしとしても楽しいのだけれど、オンライン対戦から途中離脱すると負けとして扱われ、ランクが下がってしまうのだ。レベルが同じくらいのユーザー同士が自動で組み合わされるこのアプリ内で、若月海渡本人とマッチングされることを夢見ている日菜子としては、いつ列が動き出すかも分からない状況で対戦を始めるわけにはいかない。

代わりに、ツイッターを見ることにした。もう行きの電車で何度も見たけれど、大一番に臨む出場者たちによる最新の投稿を、改めてチェックしていく。

若月海渡　@kaitowakatsuki

もうすぐ、『知能王』に出演します。まったく緊張していないとは言えませんが、ここまできたら、自分の気持ちをいかに高いところに持っていくか、迫りくる時間とどう戦うかの勝負です。優勝に向かってがんばります。ぜったい勝ちます！　皆さま、応援よろしくお願いいたします。

鷺宮真　@shinsagi

とうとうこの日が来たんだなぁと身が引き締まる思いです。
僕にできることは全力で問題を解いて行くこと。ただそれだけです！
正直今は怖いです。でも頑張るしかない。
ライバルたちに打ち勝って「知能王」で初優勝を飾ります。
是非見てください！

箕輪圭一　@K1Minowa

この局面に来ると、何を書いたらいいのかさっぱりなのですが……。実を言うと私は全く緊張してません。昔から上がり症の正反対なんですよね。むしろワクワクするというか。昔から憧れていた「知能王」に出られるだけでも感謝です。とりあえず、若月と鷺宮はぶっ潰したいですね。宜《よろ》しくお願い致します。

『知能王』公式　@kingofintelligence
さてこのあと18時からは『知能王』を生放送でお送りします！
クイズプレーヤーたちによる熱い戦い。
王者の座に辿り着くのは一体誰なのか⁉
一年に一度のクイズの祭典です。
皆様絶対にお見逃しなく！（番組P）

投稿を読んでいると、彼らのリアルタイムの心境が伝わってきて、まるで自分も出場者の一人であるかのような錯覚に陥る。

「頑張れ、若月くん！」

心の中で言ったつもりが、声に出ていたようだった。『9』と『10』のネームホルダーを持つ大学生らしき二人組が怪訝そうにこちらを振り返り、日菜子は顔を真っ赤にした。

数分後、スタッフの合図で列が動き出した。誘導されるがままに、順番にセキュリティゲートを通り抜け、エレベーターに乗ってスタジオのあるフロアへと移動する。白と灰色のタイル模様のカーペットが敷かれた長い廊下は、妙に見覚えがあった。ドッキリ番組などで映ることがあるからだろうか。

——若月くんの楽屋、どこだろう？

エレベーターに乗り切らなかった後続の観客を待つ間、廊下の端に寄って一列で待機するよう指示された。首を伸ばしてキョロキョロしていると、遠くからかすかに話し声が聞こえてきた。どこかのドアが開いているようだ。

他の観客たちは気づいていない。日菜子は、自分の耳のよさに自信があった。——ただし、地獄耳という意味に限り。

「そういやお前、試験どうだったの？」

「試験？」

「一か月くらい前に『クイズ東都大！』の収録で会ったとき、翌日が試験だとかで焦ってなかった？」

「ああ、あのときね」

ドクン、と心臓が波打つ。全身の血液が躍り始める。

この低くて柔らかい、思わず身を委ねたくなるような声は、若月海渡のものに他ならない。

尋ねているのは、鷺宮真だろう。甲高い声と早口の喋り方には聞き覚えがある。

「焦った覚えはないけどね。長丁場だったから、直前に足掻《あが》いたところでしょうがないし」

「まあそうか。法学部って大変だな」

大学の試験の話をしているようだ。推しについて調べる中で、東都大法学部の試験が異様に難しいという情報は目にしていた。一般の学生だと、一か月以上もの間、毎日十時間ほどは勉強しないと単位が取れないらしい。『なのに若月のやつ、特別な勉強は一切せず、講義を聞いただけでフル単だってさ』という同級生らしき東都大生による投稿を、つい一週間ほど前にたまたま読んでいた。

「あー、さっき行ったばっかなのに、またトイレ行きたくなってきた。やっぱ俺、緊張してるなぁ」

「それなら俺も行っておこうかな」

「お前もかよ。四連覇がかかってると、重圧がすごいのか？」

鷺宮の朗らかな笑い声がする。ドアへと近づいてきたのか、二人の会話がよりはっきりと聞こえてきた。

楽屋に一番近い位置に立っている『1』のネームホルダーをつけた二十代後半ほどの女性が、はっとした顔で声の方向を見る。『2』以下、日菜子の目の前にいる『10』までの観客も、ほぼ同時に視線を向けた。

「重圧がすごいといっても、普通の大会ほどじゃないよ。鷺宮も、プロデューサーからメールもらったろ？」

「ああ、あのメールか。確かに、あれは助かるな」

「おかげで問題の傾向はばっちりだよ。それだけじゃなく――」

「しっ、静かに！」

鷺宮が鋭く言い放つと同時に、すらりとした男性が廊下に姿を現した。「あっ、若月くん！」と、何も知らない後方の観客から黄色い声が飛ぶ。

「わあ、あそこ楽屋⁉」

「嘘！　本人だ！」

「鷺宮くんもいる！」

「王子ぃ！」

騒ぎ始めた観客を前に、楽屋から出てきた若月海渡と鷺宮真は凍りついたように足を止めた。客入れ中だということを把握していなかったようだ。

二人は慌てた様子でぺこりと頭を下げ、楽屋に引っ込んだ。「何あれ、超可愛い」「ああいう素人っぽいところがまたいいよね」などと、『13』『14』あたりの客が興奮した口調で話し合っている。

だけど、日菜子までの十一人は違った。二人が消えた廊下を呆然と眺める。

やがて、目の前の『10』が呟いた。

「何？　問題の傾向って……」

「王子、プロデューサーからメールをもらったって言ってたよね」と、友人の『9』が眉を寄せて言う。

「鷺宮くんも、『あれは助かる』って」

「……どういうこと？」

顔を見合わせる二人を前に、日菜子はいても立ってもいられなくなった。最初に若月海渡の声を聞きつけたときとは違う意味で、心臓がバクバクしている。

「あの、皆さん！」

考えるより先に、言葉が口から飛び出した。十人が一斉にこちらを振り向く。日菜子は頬が火照るのを感じながら、半分自分に言い聞かせるようにして熱弁した。

「大丈夫です！　きっと、私たちが変な勘違いをしてるんですよ！　プロデューサーからのメールというのは、クイズの参考書か何かを薦めただけなのかもしれないですし。若月くんと鷺宮くんのお姿をこんな近くで拝見できたことに純粋に感謝して、これからの観覧、精一杯楽しみましょう！」

しばらくの沈黙の後、「そうだよね。王子を信じなきゃ！」と真面目そうな『8』の女性が笑顔を作った。綺麗に着飾った目の前の女性たちが、不安を振り払うように一斉に頷く。

「それでは、『1』の番号の方から順にこちらへお進みくださーい」

タイミングを見極めたかのように、スタッフの声が廊下に響き渡った。

四角く天井が高い、黒い幕で囲まれた空間。照明の落とされた広いスタジオの中で、セットの中央に据えられた四つの解答者用テーブルに光が当たっている。

七問目が終わり、端のテーブルに陣取っていた三十代ほどの男性が崩れ落ちる様子が、目の前のモニターに大きく映し出された。

「おおっと、京栄大《きようえい》OBの弁護士・花岡修一郎《はなおかしゆういちろう》、この時点で準決勝敗退が確定！　現役東都大生三名の壁は厚かった！」

アナウンサーの肉声が響き渡る。社会人で唯一準決勝に進出していた花岡は、筆記問題が苦手だったようで、ここまで二問しか正解していなかった。対する『クイズ東都大！』常連の三名は、若月海渡と箕輪圭一が六問でトップタイ、鷺宮真が五問で二人を追う展開となっている。決勝に進めるのは、上位二名のみだ。

準々決勝までは善戦していた花岡が、失意の表情でセットを降りていく。ピンスポットライトの筋が、四本から三本に減った。

「それでは、次の問題です。こちらの文章をご覧ください」

ジャジャン、という効果音とともに、モニターに漢文が映し出された。返り点や送り仮名の一切ない白文だ。スタッフたちの手により、同じ文章が印刷された模造紙が運び込まれ、彼らの後ろに据えられたホワイトボードに貼られていく。

問題を見た瞬間に、若月海渡が頬を緩ませた。

安堵の混じったその笑顔に、胸を撃ち抜かれる。昏倒してベンチから転げ落ちないよう、日菜子は足を踏ん張った。

――やっぱり、若月くんってすごすぎる！

難解そうな漢字の羅列を一目見ただけで、正答できることを確信したようだ。日菜子など、書き下し文に直されたものを古典の先生が一生懸命解説してもろくに内容が呑み込めたためしがないのに、彼の脳内はいったいどうなっているのだろう。

現時点で若月とトップタイの箕輪圭一は、癖の強い黒髪をしきりに掻き上げていた。漢文は不得手なのか、眉間にしわが寄っている。一方、鷺宮真は余裕の表情で黒縁眼鏡を押し上げている。得意分野は国語ではなく歴史だったはずだけれど、出題を想定してばっちり対策してきたのかもしれない。

「この文章の主人公は、次に何をするでしょうか。解答時間は二分です。では、スタート!」

素早く返り点を打っていく鷺宮と、ペンが止まっている箕輪。その二人に挟まれている若月は、なんと模造紙に一切書き込むことなく、解答台へと向かっている。一読しただけで答えに辿りついたようだ。「驚異的な読解力!」とアナウンサーが叫んでいる。

そんな中、スタッフの中に、気になる動きがあった。ディレクターらしき男性スタッフが、スタジオの隅に立っている中年女性社員にスマートフォンの画面を見せている。話を聞く態度と風格からして、あの女性社員が『知能王』の番組プロデューサーなのだろう。

画面を覗き込んだ女性プロデューサーは、はっと口元に手を当て、顔をしかめた。囁き声で交わされる二人の会話は、観覧席までは聞こえてこない。

——何だろう? トラブルかな?

一瞬気になったけれど、すぐに自分が最前列ど真ん中の席に座っていることを思い出し、正面に向き直った。愛する若月海渡が録画を後から見返して、日菜子の姿を目に留めないとも限らないのだ。カメラが観覧席を抜いたときによそ見をしていては、悔やんでも悔やみきれない。

漢文の問題は、若月と鷺宮が正解、箕輪が不正解となった。これで若月が単独トップに躍り出る。

そこから先は、若月が難なく全問正解していく傍ら、鷺宮と箕輪が死闘を繰り広げた。二位争いは最終問題にまでもつれ込んだ。複雑な暗号文を解読して決勝に駒を進めたのは、後半追い上げた鷺宮真だった。

目に涙を浮かべて一礼した箕輪の肩に、若月が優しく手をのせる。それに応えた箕輪が、後は託したぞ、と言わんばかりに若月の手をがっちりと握りしめる。思いやりにあふれた若月の振る舞いに日菜子が酔いしれている中、敗者となった箕輪は吹っ切れたような足取りでセットを降りていった。

決勝を前に、いったんCMに入った。スタッフの誘導で若月海渡と鷺宮真は退出していき、セットの組み換えが始まった。全四時間にも及ぶ生放送のクイズ番組ということで、一区切りつくたび、こまめに出演者の休憩時間が設けられているようだった。

CM明けは、改めて決勝進出者のプロフィールを振り返るVTRが流れ始めた。その後、アナウンサーによる決勝のルール説明へと移る。ゲストとして出演している芸能人たちがトークをしている間に、休憩を終えた若月海渡と鷺宮真が壇上に戻ってきた。

「どうでしょう、若月さん。前人未到の四連覇に向けて、今の気持ちをお聞かせください」

「できることをやる。それだけです」

「自信はありますか？」

「もちろん」

クールな受け答えに、観覧席がざわめく。日菜子は両手の指を固く組み合わせ、若月海渡の麗しい立ち姿を見つめた。

「鷺宮さんはいかがでしょう。四連覇を食い止められそうですか？」

「絶対に勝ちます。王子を倒してみせます！」

鷺宮がガッツポーズをする。「頼もしい！」とアナウンサーが微笑んだ。

「それでは参りましょう。いよいよ決勝戦です！」

闘志を掻き立てるような音楽が鳴り響き、若月と鷺宮の二人が解答者用テーブルについた。

ただ、テレビ局の思惑とは反対に、観覧席には落ち着いた空気が流れ始めていた。一般の視聴者の盛り上がりは頂点に達しているのかもしれないけれど、コアなクイズプレーヤーファンであればあるほど、この先の展開は簡単に予想できる。

決勝は、一対一の早押しバトル。早押しクイズにおいて、若月海渡の右に出る者はいない。出場者全員で早押しを行った予選でも、彼は冒頭から三問連続で正解して早々に勝ち抜けていた。準々決勝の一問一答と準決勝の筆記をクリアした今、優勝はもう決まったも同然だった。意気込んでみせた鷺宮も、歯が立たないことは重々承知しているはずだ。

決勝が始まった。静かなスタジオに、問題文の音声が流れる。

『イタリア北部に位置する、ヴァ――』

「クレモナ！」

『日本の旧国名で、滋賀――』

「遠江《とおとうみ》！」

『穏健派をハ――』

「タカ派！」

日菜子はもはや、問題の内容に耳を傾けていなかった。

早押しボタンを叩く、白く美しい指。解答を言い放つ、赤く艶のある唇。正解の効果音が鳴り響く瞬間、ふっと力が緩む目尻。問題文が流れる前の沈黙を映し出したかのような、鋭い光が宿る瞳。

推しの勇姿をこんなに近くで、しかも合法的に見られるなんて、まさに奇跡だ。今なら幸せなまま死ねる、むしろ今すぐ死にたい――などと、半ば本気で考える。

いよいよ、勝敗を決める瞬間が訪れた。

「シャルトル大聖堂！」

若月が自信満々に答える。長い沈黙の後、正解の効果音が鳴り、「優勝は若月海渡！　史上初の四連覇達成！」というアナウンサーの声が響き渡った。

――やった！　若月くん！

叫びだしそうになるのを、懸命にこらえる。代わりに、日菜子は真っ先に手を叩き始めた。

スタジオが大きな拍手に包まれる中、ゲストの芸能人たちが壇上に移動する。「若月くんがあんまり連続で正解するもんだから、時間が余っちゃったよ。どうしてくれるんだ」「残りの時間は俺が漫才でもして繋ぎましょうか」「なんでだよ！」などとトークが盛り上がっている。

しばらくすると、「残りの放送時間は、本日の名シーンを振り返ります。どうぞ！」とアナウンサーがカメラに向かって喋り、本日の戦いのダイジェスト版がモニターに流れ始めた。

当然、時間が余った場合の調整方法は事前に決めてあったのだろう。

スケッチブックを手に持ったスタッフが、「お疲れ様でした！」と出演者に声をかける。

生放送の緊張感が緩み、スタジオは和気藹々《あいあい》とした空気に包まれた。芸能人たちに称えられ、若月海渡がはにかんだ笑みを見せている。

「本日の観覧は以上となります。それでは、最前列の方からこちらへ――」

スタッフが観客の誘導を開始しようとした、その瞬間だった。

「これはいったいどういうことですか！」

開け放たれたスタジオの入り口から、十数名の男女が乱入してきた。予選や準々決勝に出場していたクイズプレーヤーたちだ。先頭に立っているのは、先ほど準決勝で敗退した箕輪圭一だった。

箕輪は怒りの形相で、スマートフォンを掲げている。寡黙なイメージが強いだけに、彼の大声はスタッフや観客を凍りつかせた。

「楽屋に戻ったら、大騒ぎでしたよ。ネットで大炎上してるじゃないですか。久松《ひさまつ》プロデューサーが、今日出題される問題を全部、若月にそのまま渡してたって。これ、本当なんですか？」

詰め寄られた女性プロデューサーが、「これは、えっと」と目を白黒させながら後ずさった。ほとんどのスタッフや芸能人たちは何も知らなかったらしく、目を大きく見開いてプロデューサーを凝視している。

当の若月は、無表情だった。

その隣で、鷺宮がぽかんと口を開けている。

「やっぱり……始まる前に聞いた、あの会話！」

「嫌だ、信じたくないよ、王子！」

日菜子の隣に座る『10』と『9』の大学生二人組が悲鳴を上げる。その声に触発されたかのように、観客がどよめき始めた。

日菜子も、動揺しながらスマートフォンの電源を入れた。

いったい、ネット上で何が起こっているというのだろう。ツイッターのタイムラインを見れば、騒動の原因が分かるだろうか。

「皆さん、ご退出お願いします！　今はまだ携帯の電源を入れないでください！　どうぞこちらへ！」

やけを起こしたような大声で、スタッフが日菜子たちを追い立てた。

＊

わかつきゅーだん　@denouncewakatsuki
皆さまに、悲しいお知らせです。若月海渡は、《作られた王者》でした。詳細は、以下の画像をご覧ください。
(画像一枚目)

差出人：久松プロデューサー
宛先：若月海渡

お世話になっております。

関東テレビの久松です。

いよいよ、『知能王』の本番が、今週末に迫ってきましたね！

ようやく、当日出題される問題が出そろいました。早押しは若月くんの得意分野ですから、準々決勝と準決勝さえ勝ち抜ければ決勝にたどりつけますよね。

というわけで、準々決勝で使う一問一答の問題を、取り急ぎお送りします。この順番どおりに出題していく予定です。ぜひ、お役立てください。

若月くんなら、ぜったい大丈夫。四連覇を楽しみにしております。

引き続きよろしくお願いいたします！

・『新約克』読み方は？　↓ニューヨーク
・『えんどうまめ』漢字で書きなさい。↓豌豆豆
・『何度も繰り返し、熱心に本を読むことのたとえ』を意味する四字熟語は？　↓韋《い》編《へん》三《さん》絶《ぜつ》

……

……

（画像二枚目）
差出人：久松プロデューサー
宛先：若月海渡

お世話になっております。

関東テレビの久松です。

準決勝は筆記問題が十問出る予定で、所要時間はそれぞれ一、二分になります。

ジャンルが非常に広範囲なので厳しい戦いになると予想しています。

でも若月くんなら大丈夫ですよね、全く心配ないかと！

と言いつつジャンルくらいはお教えしなければと思い、こちらのメールを書いております。

ちなみにこちらのメールと同じものを鷺宮くんにも送るつもりです。

若月くんほどではないですけれども、彼もなかなか人気がありますので、決勝には絶対に残ってほしいんですよね！
ご不明点があればお気軽に聞いてくださいね、私が分かる範囲で回答致します。
それでは頑張ってください！

・準決勝の出題ジャンル：物理（熱力学）、数学（積まれたブロックの個数）、漢字（同じ部首をいくつ書けるか）、日本史（江戸時代）、国語（速読）、数学（確率）、フラッシュ暗算、国語（漢文）、記憶力（五つの問題に同時解答）、暗号文

わかつきゅーだん　@denouncewakatsuki
ちなみに、これらはすべて、若月海渡のスマホをハッキングして手に入れました。それにしても、こんな爆弾が隠れているなんて予想外でしたよ。ファンだったのに、心底、がっかりです。

あいな　@aina000928

え、何これ最低なんですけど！　やらせだったってこと？

目指せ東都大！　@knsttys31

もう「知能王」は見ない。「クイズ東都大！」も。失望した。

こころっち　@heartcocoro31

私、番組観覧に行ったんだけど、かいとくんとさぎっちの会話を廊下で聞いちゃったんだよね。プロデューサーからのメールのおかげで問題の傾向はばっちり、とか言ってた。まじだったとは残念すぎる。勘違いだと信じたかったよ、かいとくん。

＊

普段あまり見ないツイッターを開くと、昨夜放送された『知能王』についてのツイートがわんさか目に飛び込んできた。渦中にあるのが同じ大学生だということで、翔平の友人らも騒動に興味を持っているようだ。リツイートされた投稿が、翔平のタイムラインにも流れている。

問題のアカウントの名前、『わかつきゅーだん』とは、「若月を糾弾する」という意味だろうか。センスがあるのかないのか不明だが、『天才エンジニア。若月海渡の元ファン』とプロフィール欄に強調してあるあたり、かつて好きだっただけに恨みが深いことが窺える。

「いやぁ、日菜ってホント、疫病神《やくびょうがみ》だよな。観覧に行った当日に、また推しが大変なことになって」

学習机の前で微動だにしない妹の背中に、あえて挑発的な言葉をぶつけてみる。しかし、ノートパソコンの画面を凝視している彼女がこちらを振り向こうとする気配はない。

「でも、今回ばかりはクロだろうな。プロデューサーからのメール文面だの、番組観覧に行ったファンの証言だの、やらせの証拠がしっかりあるみたいじゃないか。ツイッター見たけど、まだ大荒れでびっくりしたよ。一夜明けてるのにな」

日菜子が無言のまま、がっくりと頭を垂れた。その拍子に、肩の長さほどの髪がキーボードに触れそうになる。

どうやら、相当精神がやられているようだ。さすがに、少しは元気づけてやったほうがいいだろうか。

「テレビ局ってのもひどいもんだな。クイズプレーヤーの中でも容姿がいい若月に目をつけて、本人の実力以上に持ち上げようとしたんだろう。狙いどおりに人気に火がついて、しめしめと思っていたところに、今回のハッキング騒動。腹黒いテレビ局も、その方針を受け入れた若月も、叩かれて当然だよ」

妹は、全身を細かく震わせていた。もしかすると、泣いているのかもしれない。

そっとしておいたほうがいいかな、と再びベッドにうつ伏せになり、枕の上に投げ出しておいた携帯ゲーム機を手に取った。対戦を再開しようとしたそのとき、パチパチというキータッチの音が耳に届いた。

聞き慣れたノートパソコンの音ではない。むくりと顔を上げ、机に向かう妹の様子を窺った。

がっくりと頭を垂れ、全身を細かく震わせて、これ以上ないほど落ち込んでいる——のではなかった。日菜子の肩から腕が小刻みに動いているのは、猛然と電卓のキーを叩いているからだ。時おりシャーペンを持ち、手元の紙にものすごい勢いで何かを書き込んでいる。

「何やってるんだ？」

ベッドから降り、妹のスペースへと踏み込んでいく。日菜子の肩越しにメモの内容を覗き込むと、桁の大きい分数やパーセント記号が目に飛び込んできた。

――数学の勉強？

いや、そんなはずはない。教科書や参考書がどこにも見当たらないし、何より、ノートパソコンに表示されているのはツイッターのタイムラインだ。

翔平に背を向けたまま、日菜子は短く答えた。

「計算してるの」

「……何を？」

「私、諦めてないから」

「へ？　もしやお前、また――」

「若月くんの汚名を、絶対に返上してみせる！」

「やっぱり……」

翔平は思わず顔をしかめた。いくら推しが関係するときだけ頭の回転が速くなる日菜子でも、この状況をひっくり返すことはできないだろう。

「あの『わかつきゅーだん』とかいう匿名アカウントの発信が嘘だって言いたいのか？　それは無謀だと思うぞ。さっきツイッターで回ってきたけど、若月自身が『知能王』や『クイズ東都大！』からの卒業を発表したらしいじゃないか。これって、ネットで炎上してる内容を、本人が大筋で認めたってことだろ？　テレビ局は必死に否定してるみたいだけど」

「それでも、真実を追い求めないと。それがファンに課せられた使命だから」

「誰も課してねーよ」

肩をすくめ、パソコンの画面にちらりと目をやった。ツイートの検索バーに、「from」「since」「until」といった英単語が打ち込まれている。

「……これ、何？」

「知らないの？　ツイッターの検索コマンドだよ。特定のアカウントのツイートだけを表示したり、投稿された期間を指定したりできるの。見たい番組を見逃したとき、後から界隈の盛り上がり具合を確認するのに使えるよ」

「へえ。覚えとくよ」――使う機会はなさそうだが。

日菜子が読んでいるのは、『わかつきゅーだん』の過去のツイートのようだった。画面に表示されているいくつかを拾い読みしてみる。

わかつきゅーだん　@denouncewakatsuki
始まった！　クイズ東都大！

わかつきゅーだん　@denouncewakatsuki

世界遺産は若月の独壇場だな。まったく、なんであのタイミングで正答できるんだか。

わかつきゅーだん　@denouncewakatsuki

お！　ハングル！　今の問題の答えは、俺でも分かったぞ！

なるほど、『元ファン』というのは本当のようだ。それも、ごく最近まで。

表示されているツイートは、この間の火曜日のものだった。十九時の放送開始から十分も経たずに三回も投稿しているあたり、番組をリアタイ視聴しながらツイッターで実況するのが趣味だったのだろう。

本職はエンジニアという彼が、好きが高じて若月海渡のスマートフォンをハッキングしたところ、とんでもないメールのやりとりを発見してしまったというわけだ。ハッキングは許されない行為だが、テレビ局と若月海渡による不正行為を前に、その罪はかすんでしまっている。

熱量のこもったツイートを眺め、翔平は思わず苦笑した。

「この『わかつきゅーだん』の中の人、日菜と似てるな。若月の魅力の虜《とりこ》になってるところも、推しのことを知りたすぎて犯罪に手を染めるところも」

若月くんを追い詰めるような悪い人と一緒にしないでっ——という怒りの反応が返ってくるかと思いきや、日菜子は無言で俯いた。何かを計算した形跡の残る手元のメモにじっと目を落とし、下唇を噛む。

「やるだけやってみなくちゃ。……できるところから、一つずつ」

日菜子は覚悟を決めたように頷いた。マウスを操作して、あるツイートを表示させる。若月海渡本人が、やらせ騒動に対する謝罪とクイズ番組からの卒業を表明している投稿だ。

その投稿にリプライする形で、日菜子はツイートを書き始めた。『若月くん専用垢《アカ》』というストレートすぎる名前のアカウントだ。数えきれないほどのアカウント数を管理しているため、分かりやすさが一番なのだろう。

若月くん専用垢　@princewakalove0v0

@kaitowakatsuki　例の二通のメールを分析しました。結論から言うと、プロデューサーが書いた本物のメールは、二枚目の画像のみだと思います。一枚目の画像は、あとから捏《ねつ》造《ぞう》されたものではないでしょうか。

「え？　捏造？」

日菜子が打った文章を見て、翔平は素っ頓狂な声を上げた。

「一枚目の画像って……確か、準々決勝の一問一答問題をそのままバラしてたメールだよな」

「そうだよ。ネットでは、あの一枚目のメールが特にひどいって叩かれてる。二枚目の画像にあったメールは、単に出題ジャンルを伝えただけだったからね。もちろん、それもやらせだっていう厳しい意見もたくさんあるみたいだけど……ジャンルを教えただけか、問題を丸ごと横流ししたかでは雲泥の差でしょ？」

「証拠はあるのか？」

「もちろん！」

日菜子は鼻高々に手元のメモ用紙を持ち上げ、そこにある数字を読み上げた。

「一枚目は、二十五・七八。二枚目は、四十・七一」

「ん？　何の数字だ？」

「一文あたりの文字数の平均だよ。あと、十四・五〇と、二十・三六って数字も出てる」

「それは？」

「句読点から次の句読点までの平均文字数。一文あたりの文字数ほど顕著ではないけど、これも明らかに一枚目のほうが少ないよね」

いのか？」

「えっと……」翔平は腕組みをして、メモ用紙を凝視した。「文章の癖が違う、って言いた

「そう！」

日菜子は目を輝かせ、メモ用紙に視線を落とした。

「他にもあるよ。二枚目のメールは一文ごとに必ず改行してるのに、一枚目はたまにしかしてない。一枚目では『いよいよ』『ようやく』『というわけで』『ぜひ』といった文頭の副詞や接続詞の後には必ず読点を打ってるのに、二枚目では『でも』『と言いつつ』『ちなみに』『それでは』の後に読点がない。理由を述べるとき、一枚目では『ですから』を使ってるけど、二枚目では『なので』になっている」

「わ、分かった分かった。だから別人が書いたに違いない、って言いたいんだな？」

そんな細かいことに、よく気がついたものだ。というより、よく調べようと思い立ったものだ。

「でも……二枚目が番組プロデューサーが書いた本物で、一枚目が『わかつきゅーだん』による捏造だってことは、どうして分かるんだ？　逆かもしれないじゃないか」

「『知能王』の公式アカウントを、よく番組プロデューサーが更新してるの。改行の多さといい、読点の少なさといい、二枚目の画像のメールにそっくりだったんだよね。逆に、一枚

目の文章の癖は、『わかつきゅーだん』のツイートに酷似してる。特に、文頭の副詞や接続詞の後に必ず読点を打つところが」

「なるほど」

「それに、使ってる漢字もね」

「漢字？」

「公式アカウントと二枚目のメールは、『絶対』を漢字で書いてた。一方の一枚目は、平仮名で『ぜったい』。『わかつきゅーだん』の過去のツイートでは確認できなかったけど、一枚目のメールが捏造された偽物だってことを証明する材料の一つにはなると思う」

「そんなことまで分析したのか。すごいな」

妹の執念には驚かされる。——といっても、これが初めてではないが。

日菜子は胸を張り、得意げな顔をした。いつも説教ばかりしている翔平に、素直に褒められたのが嬉しかったようだ。

「それに実際、一枚目のメールだけじゃ、プロデューサーが若月くんに問題を伝えた証拠にはならないんだよね。例のツイートが投稿されたのは、準決勝が始まってすぐだったから。準々決勝の一問一答は、すでに終わってたんだよ」

「あっ、そうか。つまり、二枚目は無理だけど、一枚目のメールだけなら誰にでも捏造可能だったんだな。そこに決定的なことは何も書かれていなかった、と。番組プロデューサーが若月に伝えたのは筆記問題の出題ジャンルだけで、問題文をまんま教えるようなことはしていない、と！」

「そう！　実際より悪質なやらせに見えるよう、『わかつきゅーだん』が細工したんだよ。そのことだけでも、世間に伝えないと。このままだと、若月くんのクイズの実力が全否定されちゃう！」

日菜子の黒く大きな瞳は、怒りと使命感に燃えていた。彼女は今まさに、自分の発信で、無実の罪を着せられた推しを救おうとしているのだ。

ピンと背筋を伸ばし、日菜子がツイートの続きを書き始めた。

深呼吸をして、ツイートを送信する。

翔平も固唾《かたず》を呑み、その行方を見守った。

日菜子の投稿は、大きな反響を呼んだ。

数日にわたって、彼女のスマートフォンはずっと鳴り続けていた。「通知が多すぎて、すぐバッテリーがなくなっちゃう」とぼやくほどに。

リツイートと「いいね」だけでなく、多くのリプライも寄せられた。そのほとんどは、日菜子と同じ熱心なファンからのものだった。

——素晴らしい推理をありがとうございます。

——私はこれを信じます！

——王子の頭のよさは、やっぱり本物ですよね！

——わかつきゅーだん、許せませんね。

——炎上させるためにメールを捏造するなんて！

——あれだけ難しい問題を生放送中に解かなきゃいけないんだから、ジャンルを事前にバラすくらい、いいと思います。

——メールを晒《さら》されたプロデューサーさんがかわいそう！

しかし、好意的な意見ばかりではなかった。筆記問題のジャンルを出場者全員に教えていたならともかく、画像のメールには『こちらのメールと同じものを鷺宮くんにも送るつもりです』と書かれていたからだ。

日菜子によると、準決勝で敗退した箕輪圭一は、楽屋に戻った後に『わかつきゅーだん』の投稿を見て激怒していたという。番組プロデューサーが若月海渡と鷺宮真をえこひいきしていたのは、残念ながら事実のようだった。

——ファンが必死になってるw

──文章の分析なんかしてキモイな。こんなの証拠になるわけ？
──問題の傾向を若月と鷺宮にだけ教えたのは事実だろ。
──どう足掻いたって、やらせってことには変わりないよな。
──「知能王」終了のお知らせ。
──同じ局だし、「クイズ東都大！」も過剰演出をしてたんじゃ？
──若月の驚異的な頭のよさは、所詮幻想だったってことさ。
──あんな天才いるわけないと思ってたよ。

心ないリプライが増えているのを見るたびに、翔平は妹を気遣って声をかけた。連日の通知爆撃にさすがに疲れているのか、日菜子は「ありがとう」と静かに笑っていた。

あれから四日が経った今も、寝る支度を終えてベッドに寝転がった日菜子は、浮かない顔でスマートフォンの画面を眺めていた。普段は元気すぎるほど元気な妹の口数が少ないと、こちらがそわそわしてしまう。

「いやぁ……世論を変えるって難しいな。いったい何が真実なのやら」

携帯ゲーム機を脇に置き、日菜子に話しかける。「そうだねぇ」という力ない相槌《あいづち》が返ってきた。

「日菜子の投稿があれだけ拡散されたのに、若月海渡の番組卒業も、テレビ局の否定コメントも、一向に撤回されないな。箝口令《かんこうれい》が敷かれてるのか、本人や他の出場者のアカウントも沈黙しっぱなしだし」

「本当にねぇ……」

日菜子が大きくため息をつく。シーリングライトの白い光に照らされた共有部屋は、気まずい沈黙に包まれた。

その直後、短いバイブレーションの音がした。

あ、と日菜子が小さな声を漏らし、むくりと起き上がる。

「……フォローされた」

「誰に？」

「若月くん」

「……え？」

思わず目を剝《む》いた。

日菜子は口を半開きにしたまま、スマートフォンの画面を呆然と見つめている。

翔平は妹のそばに駆けつけ、息せき切って尋ねた。

「メッセージは？」

「特に何も。無言フォローされただけ」

数秒後、ふと我に返ったように、日菜子が背筋を伸ばした。ベッドの上で正座の姿勢を取り、画面の上に指を滑らせ始める。

「フォロバしなきゃ！　そしたら相互フォローになるから、DMが送れる」

「DM？」

「ダイレクトメッセージ。若月くん本人に訊くの。『私の推理、合ってましたか？』って！」

日菜子の手は、スマートフォンを今にも取り落としそうなほど震えていた。

神のように崇めている最愛の推しに直接メッセージを送信するというのは、どれほど緊張するものなのだろう。翔平には想像もつかないが、清水《きよみず》の舞台から飛び降りるような心地、という表現がぴったり当てはまるはずだ。

それから一時間もの間、日菜子は何度も頭を掻きむしり、文字を打っては消し、ベッドの上を転げ回って、若月海渡に送る短い文章をなんとか完成させた。

さらに三十分ほど推敲《すいこう》し、本当に送信ボタンを押すかどうかでもう二十分ほどためらう。

ようやくメッセージを送ったときには、日菜子はすっかり涙目になっていた。

妹がそれほどまでに勇気を出し、精根尽き果てながら質問を投げかけたにもかかわらず――。

待てど暮らせど、若月海渡からの返事は届かなかった。

＊

白いふわふわのニット帽に、薄ピンク色のガウンコート、膝下丈のロングブーツ。

ショッピングモール内の、大型書店。その店頭に作られた列の先頭で、日菜子はしきりに服装の最終チェックをしていた。

今日は朝から、全身鏡の前で、いつもの三倍は念入りにファッションチェックをしてきた。サイン会というのは、握手会の次に推しとの距離が近いイベントだ。推しの視線が自分に注がれる瞬間が確実にあると最初から分かっている以上、頭から爪先、睫毛の一本一本からうなじの産毛まで、一か所たりとも手を抜くことはできない。

それほどまでに楽しみにしていた、若月海渡の書籍発売記念サイン会——なのに。

列を振り返り、ふうとため息をつく。整理券の配布人数は先着百名だったはずなのに、列には三十名ほどしか並んでいなかった。特に、SNSやネットニュースに疎そうな中年世代が目立つ。

その寂しい光景を見ただけで、泣きそうになる。

現実を突きつけられた気分だった。やらせ騒動のせいで、若月海渡からファンが離れてしまったのだ。自分のツイートは、あれだけ拡散されたにもかかわらず、同担の仲間たちを繋ぎとめることができなかった。

本当なら、今日のサイン会が予定どおり開催されるだけ、喜ばなければならないのかもしれない。

ただ、胸の無力感は拭えなかった。定員百名のイベントと聞かされているはずの若月に、この列の短さを見せたくない。いっそのこと、今すぐ胃腸炎にでもかかって帰ってほしい。いや、推しが苦しむのは嫌だから、軽い発熱くらいにしておこうか、でもそれくらいで頑張り屋の彼がサイン会をキャンセルするとは思えないし——。

ブー、と手に持ったスマートフォンが震えた。

もうすっかり慣れてしまったツイッターの通知かと、画面を見る。その瞬間、全身に鳥肌が立った。

メール文面の考察については驚きました。直接お会いしたいのですが、今どちらにいらっしゃいますか?

あれほど待っても返ってこなかった、若月海渡からのＤＭだった。

「えっ、ど、ど、ど、どうしよう」

慌てて顔を上げ、辺りを見回す。サイン会開始まであと十分ということは、彼はすでに近くにいるはずだ。けれど、いくら首を伸ばして店内を眺めてみても、それらしき姿は見えなかった。

直接お会いしたい、という文字を見て、頭がくらくらしてくる。これはいったいどういうことなのか。推しと一対一で話すなど、とてもではないが心臓が持たない。もしどうしても会わなければならないのであれば、村上巡査のお見舞いに行ったときのように、兄に代打を頼もうか――。

スマートフォンの画面に再び目を落とし、どう返信しようかと考え込む。緊張のあまり、顔中が熱くなり、じんわりと汗がにじんできた。

「すみません」

不意に至近距離から声をかけられ、日菜子はびっくりして飛び退《の》いた。緑色のエプロンをつけた若い女性書店員が、不可解そうな表情でこちらを覗き込んでいた。

「あのう……ちょっとご一緒に来ていただけますか？　若月さんが、サインをぜひ別室でさせてほしいと」

「べ、別室？」

声が裏返る。店員が他の客を気にする素振りを見せたため、はっと口元を押さえ、無言でぺこりと頭を下げた。

店員に誘導されるがまま、店の奥へと歩き始める。「お知り合いなんですか？」と好奇の目を向けられたけれど、足を一歩一歩前へ踏み出すのに精一杯で、首を横に振る余裕もなかった。

バックヤードに入ると、そこは本や販促物が所狭しと積み重ねられた小さな会議室になっていた。パイプ椅子に腰かけていた青年が、「ああ」と嬉しそうな声を上げて立ち上がる。

「ありがとうございます。ちょっと二人きりにしてもらってもいいですか。サイン会の開始時刻には間に合うようにしますので」

黒いパーカーにジーンズという簡素な格好をした若月海渡が、女性店員に向かって言った。店員は若月と日菜子の顔を交互に見て、首を傾げながら部屋を出ていった。

狭い会議室に、二人きりになる。固まる日菜子に、若月海渡が軽い調子で声をかけてきた。

「君が、『若月くん専用垢』さん？」

――こんなことなら、もっとまともなアカウント名にしておけばよかった！

これ以上ないほど後悔しながら、日菜子は震え声で答えた。

「そ、そうですけど……な、なんで分かったんですか？」

「鎌をかけてみたんだよ。あれほど熱心に僕を擁護《ようご》してくれるようなファンなら、今日のサイン会に来てるんじゃないかと思ってさ。実は、さっきDMを送ったとき、店の外に出てこっそり列を見張ってたんだ。通知を受け取ったタイミングや反応から、すぐに君だと分かったよ」

「あのとき、すぐ近くに……」

「うん。帽子と眼鏡で変装してね」

若月の美男子スマイルを向けられ、呼吸を忘れそうになる。水草もエアポンプもない水槽に入れられた魚のような気分だ。

「思った以上に若くてびっくりしたよ。僕より年下だよね？」

「は、はい！　高二です」

「高校生か。これは予想を超えてきたぞ」

彼はくつくつと愉快そうに笑った。

「時間も限られていることだし、サインをしながら話そうか」

「あ、ありがとうございますっ！」

事前に購入しておいた本――『若月流・東都大合格への道』を、バッグから慌てて取り出す。その拍子に、ブックカバーの上から巻いておいたタオルが長机に落ちた。「大事に扱ってくれてるんだね」と微笑まれ、思わず赤面する。

「さて、お名前を訊いてもいいかな」

「おっ、追掛日菜子ですっ」

「追掛さんね」

漢字を確認してから、若月が宛名を書いていく。サインをし終わると、彼は茶色がかった髪に指を通し、切れ長の目でじっと日菜子を見据えた。

「君の一連のツイート、読ませてもらったよ。まさかメール文面の微妙な違いに着目するとはね。追掛さんの推理は、全部合ってたよ」

「合ってた……ってことは、若月くんがプロデューサーさんから受け取ったのは！」

「二枚目の画像にあった、準決勝の出題ジャンルを伝えるメールだけだね。一枚目の画像は、追掛さんが指摘したとおり、別人によって捏造されたものだよ」

「やっぱり……」

日菜子は下唇を噛んだ。喜んでいいのかどうか、複雑な心境だ。

そんな日菜子の気持ちを見透かしたかのように、若月が問いかけてきた。

「それだけ洞察力のある君のことだから……他にも何か、気づいてるんじゃないか？」

図星だった。

若月は、日菜子とその話をしたくて、個別に呼び出したのに違いない。

正直に答えていいものか、しばしためらう。その間、若月はじっと黙って日菜子が口を開くのを待っていた。

とうとう沈黙に耐えられなくなり、日菜子は覚悟を決めた。

『わかつきゅーだん』。

若月海渡を糾弾する、匿名のアカウント。

ツイッターに書かなかった推理の後半を、押し出すように言う。

「あの匿名アカウントの正体は――若月くん本人なのではないですか？」

返事の代わりに、若月が満足げに唇の片端を持ち上げた。

「どうしてそう思ったのかな」

「根拠は……二つあります。一つ目は、文章の癖です。ツイートで、捏造されたメール文面と『わかつきゅーだん』の投稿が似通っていると指摘しましたけど――そのときには、すでに分かってたんです。若月くん自身の文章にも、まったく同じ癖が表れているってことに」

あれだけ熱心に、毎日推しのツイートを読み返していたのだ。気がつかないわけがない。

一文の短さ。句読点の多さ。改行の少なさ。文頭の副詞や接続詞の後の読点。平仮名で書かれた『ぜったい』。

「念のため、他の出演者との比較もしてみたんです。でも、疑惑のメール文面や匿名アカウントの投稿と、文章や漢字変換の癖が一致する方はいませんでした。例えば鷺宮くんは、『頑張る』『是非』『〜行く』など、箕輪くんは『全く』『宜しく』『致します』などを漢字で書いています。あとは二人とも、『知能王』と表記するときに二重カッコではなく一重カッコを使っていて……読点を打つ回数も、とても少なかったです」

「なるほど、よく見てるね」

若月は感心したように頷いた。

「でも……なぜ、番組の出演者ばかりに目をつけたのかな？　日本中を探せば、僕と同じ文章の癖を持った方は幾人も見つかると思うけど」

「それは……それこそが、二つ目の根拠でもあるんですけど」

日菜子は一瞬言い淀《よど》み、若月の顔を見上げた。やはり直視できず、すぐに目を逸らす。

「『わかつきゅーだん』のこれまでのツイートを遡っていたら、おかしな投稿を見つけたんです。番組の内容を、予知していたんですよ」

「……予知？」

若月はやや目を見開いた。これに関しては、自覚がないようだ。

「先週の番組放送中に、『わかつきゅーだん』がツイートしていたんです。リアタイ視聴しながら実況している熱心なファンを装いたかったのか、開始十分も経たずに三回も投稿していました。そのうち一つは、番組内で出題されたハングル文字の問題に関するものでした」

「ああ、僕が答えたあの早押し問題か。……それが？」

「私もその回を見てましたけど、若月くんが答えを言い放ったのは番組開始から十二分の時点。『わかつきゅーだん』は、微妙にフライングしていたんです」

ははは、と若月が声を上げて笑った。

「これはお手上げだ。だから匿名アカウントの正体が番組関係者だと分かったんだね。追掛さんの記憶力はすごいな。こんな本なんか買わなくても、東都大に余裕で入れるよ」

先ほどサインしたばかりの本を、若月が指先でコツコツと叩く。記憶力がいいからではなく、単に推しの出演番組を一週間にわたって繰り返し見ていたおかげなのだけれど、若月のような天才東都大生には想像も及ばないのだろう。

日菜子はそっと俯き、「あの」とためらいがちに言った。

「若月くんが、こんな自作自演をした理由は……嫌気がさしたからですか」

「嫌気？」

若月が片方の眉を上げる。

「私、先週末に、『知能王』の番組観覧に行ったんです。そのとき廊下で、鷺宮くんが若月くんに尋ねているのを立ち聞きしてしまいました。一か月くらい前に受けた試験の結果はどうだったか、って」

「ああ……確かにそんな会話をしたね」

「そのとき、若月くんはこんなことを言っていました。『長丁場だったから、直前に足掻いたところでしょうがない』って。そのときは、法学部の学期末試験のことだと思ってたんですけど……それは変ですよね。今は十一月なので、一か月前は十月。二学期制の東都大では、後期が始まったばかりのはず。それで思い当たったんです。若月くんは今年、司法試験の予備試験を受けていたんじゃないかって」

「なんとなんと」

若月が目を細めて頷いたのを見て、日菜子は自分の推理が正しかったと確信した。

身体の熱が、ゆっくりと逃げていく。

「そうか、『長丁場』という発言でバレたんだね。予備試は短答が五月、論文が七月、口述が十月という試験日程で行われるから。ちなみに、合格発表は今月だったよ」

「……受かったんですか？」

「もちろん。これでわざわざ二年間も法科大学院に行かなくて済むよ」

推しの後を追って弁護士になろうと思い立ち、つい先日調べたから知っていた。予備試験とは、法科大学院に行かずに司法試験の受験資格を得るための手段だ。

若月はこれを受け、合格していた。

また、一年に一度の特番である『知能王』と、毎週放送の『クイズ東都大！』は同じ局の番組だ。

ということは、つまり。

「テレビ局のプロデューサーさんやディレクターさんに再三頼み込まれてたんじゃないですか？　予備試験なんて受けないで、法科大学院に行って、あと三年は『現役東都大生』の肩書きを維持してくれって。それで『クイズ東都大！』にレギュラーとして出続けてくれって。揉《も》め続けた結果、自分の将来を大切にしていた若月くんは、そんなテレビ局の社員たちに愛想を尽かして――」

「――自らクイズ王としての地位をぶち壊し、テレビ局や番組に大打撃を与えるような行為をした、と」

若月は日菜子の言葉を継ぎ、「そのとおりだよ」と冷笑した。

「だって、バカだと思わないか？　なんであいつらの広告収入に貢献するために、僕が弁護士になるのを二年も遅らせなきゃいけないんだ。クイズはあくまで暇つぶしであって、そのために人生を変えるつもりなんて毛頭ないのにさ」

「ひ、暇つぶし……」

「久松プロデューサーなんて——あ、彼女は『知能王』と『クイズ東都大!』を両方担当してるんだけど——予備試の口述試験の前日に、わざわざ三時間スペシャルの収録をねじ込んできたんだぜ? 困るから前日は避けてくださいってずいぶん前から伝えておいたのに、ゲストの芸能人の都合がつかなかったからとか言い訳して、しかも深夜まで長引かせて。翌日僕が試験に失敗すればいいと思ってたんだろうな。本当に浅ましいよ」

「それは……ひどいです。だけど……」

「こっちが訊いてもいないのに、『知能王』準決勝の出題ジャンルを伝えてきたのだってそうだ。あのメールを開いた時点で、僕と鷺宮は何をしたって真の勝者にはなれないことが確定したんだよ。暇つぶしとはいえ、せっかくなら自力で四連覇を成し遂げようと意気込んでいたのに、対策に費やした時間が台無しだ。制作陣は本当にバカだよ。頭が悪いし、想像力が皆無だ」

目の前の若月海渡は、テレビで見るハンサムで育ちのよさそうなイメージとはかけ離れた、憎々しげな表情をしていた。臆面もなく周りの人間を嘲《あざけ》り、見下《みくだ》している。

愚痴をあらかた吐き出した若月は、「ところで」と長机を回り込み、こちらに近づいてきた。驚いて後ずさった拍子に、背中が販促物の山にぶつかる。ポスターやチラシが落ち、床に散らばった。

「僕の犯行動機まで見抜いてたとは、予想以上だったよ。追掛さんは本当に頭がいいね。あいうバカどもより、僕は君みたいな女性が好きだ」

「えっ、あっ、あの……」

「連絡先を教えてよ。東都大を目指すなら、いくらでも質問に答えるから。どうせなら勉強を教えようか。僕の力をもってすれば、きっと――」

「ご、ごめんなさい！」

身の危険を感じ、日菜子は部屋を飛び出した。「追掛さん、本は！」という声が後ろから聞こえてきたけれど、今さら取りに戻る気にはなれなかった。

全速力で店内を縦断し、外に飛び出す。サイン会の列に並ぶファンたちをしり目に、ショッピングモールの中を駆け出した。

走りながら、スマートフォンを取り出す。連絡先から『お兄ちゃん』を呼び出し、耳に当てた。

『もしもーし。何か用――』

「お兄ちゃん！　私悲しいよ！　やっぱり推しは月だよ！　お月様だよ！」

『あ？　月？』

「遠くから見てる分には、すごく綺麗なの。でも近寄りすぎたらダメなの。光ってなくて、ボコボコしてて、砂だらけで……うわあああん」

『まったくお前はまた……なんとなく、何があったか想像がつくぞ。とんだ推しキラーだな。ほら、話なら聞くから、早く家に帰ってこい』

安心感のある、まだ少し寝ぼけている声が、耳に届いた。

第四話

友達のパパに恋をした。

さすらいのラーメン男　@ramenisthebest

横浜家系ラーメン「中村家《なかむらや》」。最悪中の最悪。こんなひどい店は初めて。店主の横柄な態度はまだしも、なんと頼んだラーメンにコバエが何匹も混入。この時点で許せないのに、そのことを店主に伝えたらぶすっとした顔で「作り直します？」だと。金返せ。評価は★1でも甘すぎるので、史上初の★0。

さすらいのラーメン男　@ramenisthebest

大反響ありがとう。飲食店としてフツーにありえないよね。ちなみにこれ、店主から俺への嫌がらせの可能性があるんだよね。というのもこの「中村家」、やたらと客の〝マナー〟に厳しくて、俺が店員に注意されても従わなかったから店主の怒りを買っちゃった的な？
それにしたってありえないわな。

＊

ちらりちらりと、教室の反対側に視線をやる。

胸が苦しい。お弁当に入っていた、大量のタコさんウインナーのせいだろうか。「久しぶりに作ってたら楽しくなっちゃって。今日のお弁当はタコさんウインナー丼よ！」という今朝の母の言葉が思い出される。

ううん、違う。これはたぶん、いや確実に——。

「先週の授業参観、意外とお母さんたち来てたよねぇ」

耳に飛び込んできた鞠花の言葉に、日菜子は思わず跳び上がった。椅子ごと倒れそうになり、慌てて机の端をつかむ。

そんな日菜子の不審な行動に気づく様子もなく、一緒に机を囲んでいる鞠花と沙紀はお喋りを続けている。

「お母さんだけじゃなくて、お父さんが来てた人もいたよね！」

「ホント困ったよぉ。いつもみたいに、授業中に寝られなくてさぁ」

「とか言って鞠花、シャーペン持ったまま俯いて、うつらうつらしてたでしょ？」

「あはは、バレた?」

鞠花がケラケラと笑う。その隣で、日菜子は先週の授業参観のことを思い返していた。

一年に二回設けられている、公開授業という名の授業参観。高校生にもなれば、わざわざやってくる親は少ない。ただ、この二年一組には、学校参加に積極的な親を持つ生徒が一定数いるようだった。日菜子や沙紀の母も来ていたし、他にも五名ほどの保護者が教室の後方に並んで英語の授業を見守っていた。

そのときの胸のざわつきが、ありありと蘇《よみがえ》る。

「日菜ちゃーん、何ニヤニヤしてるの?」

鞠花に頬をつねられ、日菜子は我に返った。無意識のうちに、表情筋が緩み切っていたらしい。

「あ、え? うん、えーっと」

「思い出し笑い?」

「まあ、そんな感じというか……」

もじもじしながらお弁当の蓋《ふた》を閉め、席を立つ。「あれ、どこ行くの? トイレ?」と訊いてきた沙紀に、曖昧に笑みを返した。

教室を横切り、ある女子生徒のもとへと向かう。「あの、英恵《はなえ》ちゃん!」と勇気を出して話しかけると、食べ終わったお弁当の包みを鞄にしまっているところだった彼女は、よく日に焼けた顔をこちらに向けた。

「あれ、日菜子ちゃん。どうしたの？」

運動部女子のグループからちょうど離れたところを狙う、という目論見《もくろみ》は上手くいった。バスケ部やテニス部、チア部といった、日向《ひなた》に生きる女子生徒たちが複数集まっているところに突撃する勇気は、さすがにない。ちなみに、中村英恵はソフトボール部だ。

「あ、あのね、今、占いにハマってて！」

「占い？　日菜子ちゃんがやるの？」

「そうなの。いろんな子に試してもらってるんだけど、英恵ちゃんもどうかなって」

「面白そう。お願いしようかな」

英恵が乗ってきた。やったぁ――と叫びだしそうになるのを必死でこらえ、ブレザーのポケットから手帳を取り出し、ペンを構える。「え、日菜ちゃんが占い？」「初耳なんだけど」と教室の反対側で首を捻っている鞠花と沙紀の会話を掻き消すように、日菜子は声を張り上げた。

「じゃあ、いくつか質問するね！　まず、英恵ちゃんの誕生日は？」

「五月二十五日だよ」

「家族構成も教えてくれる？」

「お父さんとお母さんと私。一人っ子だよ」

「そうなんだぁ。おっ、お父さんの——えっと、ご両親の誕生日も聞かせてもらえる？　念のため、お名前も！」

「親の？　それも占いに使うの？」

「うん、とっても必要！」

弾みで首の骨がきしむくらい、力強く頷く。英恵は不思議そうにしながらも、「お父さんがキヨタカで、十二月二十日。お母さんがイクミで、八月四日」と答えた。

「十二月二十日って……再来週じゃん！」

「あ、ホントだ。もうそんな時期なんだね」

「お父さん、何歳になるの？」

「四十六、だったかな？　いや、五かも」

「あ、ちなみに名前の漢字は？」

手帳のページに、『十二月二十日、四十五、六歳、清隆《きよたか》さん』とペンを走らせ、日菜子はさらに質問を重ねた。

「英恵ちゃんのお父さんって——せ、先週の授業参観に来てたよね？」

「あーそうそう、珍しくね。『小学校の頃からなかなか見にいけなかったから』とか言って、わざわざお店まで閉めてさ。娘がいつの間にか高二になってて、焦ったのかも」

「お店というのは、ラーメン屋さん？　部活が休みの日は自分ちのお店でアルバイトしてるって、確か言ってたよね！」

「まあね。『コンビニで働くくらいならうちの店員をやれ』って言われて、仕方なく」

「バ、バイトって、今も募集してたりするっ？」

「えー、たぶんしてないなぁ。小さなお店だから、家族だけで足りちゃうんだよね。日菜子ちゃん、バイト探してるの？　ラーメン屋は似合わないから、お洒落なカフェとかファミレスにしたら？」

英恵の善意で、話が本題から逸れていく。何もバイトを始めたいわけではない日菜子は、慌てて会話の流れを引き戻した。

「あ、あのっ、今度食べにいってもいい？　私、今、ラーメンに激ハマり中なんだ！」

勇気を出して尋ねる。また教室の反対側から「日菜ちゃんがラーメン？」「それも初耳い」という会話が聞こえてきたけれど、幸い英恵は気づいていないようだった。

「あ、そうなの？　大歓迎だよ。うちの店、お父さんのこだわりというか、『お客さんへのお願い』がいろいろあって面倒だけど、それでもよければ。ソフト部が休みの日なら、私もいると思うし」

「嬉しい！　あ、手土産を持っていきたいんだけど、英恵ちゃんの家族って、ケーキ好きだったりする？」

「え、手土産？　いいよいいよ、うちはラーメン屋なんだから、お店で一品注文して食べてもらえれば、それで十分」

「でもほら、お父さんの誕生日も近いみたいだし……」

「あはは、そんなの気にしないでいいよ」

「私、ケーキ作るのが趣味なの！　だから、嫌いじゃなければ！　もしくはクッキーでもいいし、シュークリームでもいいし、マカロンでもババロアでも頑張るよっ！」

身を乗り出し、最大限の自己アピールをする。英恵は面食らった顔をして、「あれ？　これって占いの話じゃなかったっけ？」と目を瞬いた。

――あ、そういえばそうだった。

日菜子が口をパクパクとさせていると、鞠花と沙紀が教室を横切って駆けつけてきた。両側から日菜子の腕をつかみ、ぽかんとしている英恵に向かってニッコリと微笑む。

「はーい、日菜ちゃん暴走中につき回収しまーす」

「しまーす」

二人の親友に引っ張られ、日菜子は自分の机へと連れ戻されていった。

顔を真っ赤にして、椅子にちょこんと腰かける。鞠花と沙紀が、唇の片端を上げながら顔を覗き込んできた。

「ねえ日菜ちゃん、そういえばさっき、授業参観のこと話してたら急にニヤニヤし始めたよねぇ」

「英恵ちゃんのとこ、ご両親揃ってきてたよねぇ」

「お父さん、なかなか男前で、かっこよかったよねぇ」

「ってことは、日菜ちゃんの今回の推しって、もしかして――」

「ダメ！　言わないで！」

鞠花と沙紀の口に自分の両手を押し当て、後ろを振り返る。運動部の女子たちと歓談しながら教室を出ていく英恵の姿が見え、日菜子はほっと息をついた。

胸の苦しさは、未だ消えない。

これはたぶん、いや確実に――。

――恋だ。

日菜子は、友達の父親に、恋をしている。

その日の夕食時。

会社から帰ってきた父が食卓に合流するや否や、日菜子はテーブルの端に置いていた手帳を開き、息せき切って問いかけた。

「ねえ、お父さん！　四十代の男性って、どういうプレゼントをもらったら嬉しいもの？」

「ん？　プレゼント？」

「やっぱり、甘いものは好きじゃないかなぁ？　お酒は喜ぶかもしれないけど、未成年だからお店で売ってもらえないし……服はサイズが合わなかったら困るし、ネクタイは絶対に使わないだろうし、マフラーや手袋は屋内での仕事ばかりで出番がないかもしれないし……あぁ、分かんないよぉ！　お父さんだったら、どんなプレゼントがいい？」

父が目を細め、口元を緩ませる。「そうだな」と顎に手を当て、考えるそぶりをした。

「確かにお酒は大好きだけど、女子高生に買わせるのは法律違反だしな。でも、クールビズの時代とはいえ、ネクタイはたまには使うし、マフラーや手袋は通勤時に十分役立つよ。そもそも、日菜にだったら、何をもらっても嬉しいさ。お菓子作りも上手だし！」

「あ、お父さん、ちょっと」と、兄の翔平が口を挟もうとする。

「いやあ、幸せ者だな！　今月はクリスマスだし、来月はお父さんの誕生日だから、今から何を用意するか考えてくれてるんだろう？　もらえる日が待ち遠しいな。本当に、いい娘を持ったよ」

「お父さん、大変申し訳ないけど、日菜に期待しちゃダメだ」

浮かれた顔をしている父に向かって、兄がぴしゃりと言った。

「日菜がやってるのは、『世のお父さん研究』にすぎないんだから」

「世の……お父さん研究？」

父が目をぱちくりとさせる。兄が深くため息をつき、こちらに目をやった。

「まさか、今度の推しが、学校の友達の父親だとはな。呆れて物も言えないよ」

「なっ、なんでお兄ちゃんが知ってるの⁉」

日菜子は驚いて、手帳を抱きしめるように胸に隠した。「勝手に見たんでしょ！」と責めると、「んなことしないわ」という冷ややかな答えが返ってくる。

「気づいてないのか？　お前、先週から部屋で相当独り言を垂れ流してるぞ。『授業参観、今月中にあと三回くらいやってほしい』とか、『あのお父さんの遺伝子を継いでるハナエちゃんが羨ましい、今すぐ生まれ変わりたい』とか」

「あ、本当に？」

「それに、今の恋のお相手が友達の父親ってことなら、壁や天井に一枚も推しの写真が貼られていないのも納得だしな。有名人じゃないから、簡単には写真が手に入らないんだろ？」

「うわあお兄ちゃん、探偵みたい！」

「バカにするな。部屋が写真で埋め尽くされていないからといって、お前が追っかけから足を洗ったわけじゃないということを、俺は覆面漫画家・ましころいどの一件で学んだんだ」

そういえばそんなこともあったな、と思い出す。今となっては、遠い昔の話だ。

「まったく、学校帰りにリサイクルショップで中華鍋を手に入れてきたり、キッチンタイマーの買い替えをお母さんに提案したり、ノートパソコンで長々と券売機のメーカーサイトを眺めてたり、意味不明な行動ばかりだなと思ったら……そのハナエちゃんの父親とやらが、中華料理店でも開いてるのか？」

「ラーメン屋さんだよ！　レビューサイトを見たら、チャーハンや餃子《ギョーザ》もメニューにあるみたいだったから、私も中華鍋を買ってみたの。キッチンタイマーも同じメーカーのがほしくって」

「グッズ？　まさかグッズのつもりなのか？」

「本当はもっといろいろほしいんだよ！　ラーメン用の湯切りや寸胴《ずんどう》も買おうと思ったんだけど、リサイクルショップで見つからなかったんだよねぇ、残念っ！　券売機や冷水機、ビールサーバー、赤提灯《ちょうちん》や暖簾《のれん》——あああ、まだまだほしいものがたくさんあるよぉぉ」

「絶対にやめろ。寸胴や赤提灯を部屋に置きだした日には、俺はお前を窓から投げ捨てるからな」

「じゃあせめて、英恵ちゃんのお父さんが着てるTシャツや、頭に巻いてるタオルだけでも！　あ、あと、ラーメンどんぶりやレンゲも！　写真を見た感じ、全部お店のロゴが入ってるみたいなんだけど、どこの業者に依頼して作ったのかなぁ？」

「そんなにラーメンが好きなら、まずは食べ歩きでも行ってこい。豚骨スープと魚介スープの区別もつかなそうなお前に、ラーメンを語る資格はないぞ」

兄が顎を上げ、見下すような目を向けてきた。大学生男子とは、えてしてラーメン店によく出入りする生き物だ。ラーメンに関する知識も経験も日菜子より豊富だという、絶対的な自信があるのだろう。

その時点で、日菜子のことを何も理解していない。

「ねえ、一つ訊いていい？　お兄ちゃんは、クラスに好きな女の子ができたとき、わざわざ他の女の子にラブレターを配る？　好きでもない女の子に、誕生日プレゼントを買ってあげようと思う？」

「いや、好きな子だけにあげたいけど……って、何の話だよ」

「私は、英恵ちゃんのお父さんのファンなの。彼が経営する『中村家』に貢献できるなら、いくらだってラーメンを食べる覚悟でいるの。逆に言えば、他のお店に浮気するつもりなんて微塵《みじん》もない。たくさんのお店を回る食べ歩きは、好きでもない女の子にラブレターやプレゼントを配るのと同じなんだよ。推しへの背徳行為だよ！」

「んな大げさな」

「それにね、私はラーメンオタク、いわゆるラオタじゃないの。私が好きなのは、ラーメンそのものじゃなくて、あくまでラーメン店の店主なの。英恵ちゃんのお父さん——中村清隆さんなの！」

「はあ……」

「きっちり手入れしすぎていない顎鬚《あごひげ》、Tシャツの袖から伸びる筋肉質な腕、頭にきゅっと巻いた白いタオル、こめかみを滴る汗、頑固そうにお客さんを睨む鋭い目、その身にまとった七色のオーラ——そして、食事中のお喋り禁止など、数々の独自ルールをはじめとした、ラーメンへの愛と深いこだわり！　仕事に生きる男って感じで、かっこいいよねえ」

「ん？　一人でお店に行ったのか？」

「友達のお父さんのお店だもん、簡単には覗きにいけないよ。授業参観でお姿を拝見して、あとはレビューサイトを隅から隅まで読んだだけ」

「じゃあ半分は妄想じゃないか」

兄が冷ややかな口調で言う。兄のこういう態度には、もう慣れっこだ。ここでへこたれるようでは、ファンは務まらない。

「あー私、ラーメン店の床になりたい。麺の湯切りの瞬間、水滴をビャーって浴びて、ワーってなりながらも真下の角度から見た清隆さんの凛々《りり》しい表情にキャーってなりたい。清隆さんが愛用してるゴム長靴で踏まれてギャーってなりたい」

「語彙力がゼロだな」

「それだけ推しの魅力に心を奪われてるってことだよ？　かの松尾芭蕉だって、本当に感動した瞬間は『松島や　ああ松島や　松島や』としか言えなかったわけでしょ？　推しに魂を抜かれたファンと何が違うの？」

「松尾芭蕉に謝れ」

兄が持ちっぱなしになっていた味噌汁のお椀を置き、肺がしぼんでなくなってしまうのでは、と心配になるくらい長いため息をついた。

「お前はさぁ、どうして四十代のおじさんに恋するんだよ。しかもクラスメートの父親だろ？　スーツアクターや警察官、クイズ王のほうがよっぽど健全だったのに。……いやまったく健全じゃないけど、相対的にはな？」

「だって、若い人だと、今までみたいに好意を寄せられちゃう危険性があるでしょ。その点、妻子持ちのおじさんなら、その心配がないもん」

「その妻子持ちのおじさんをお前の特異体質でたぶらかすことになるのが、考えうる最悪のパターンなんだが」

「もう、お兄ちゃんは心配性だなぁ」

「今のうちに忠告しておく。頼むから、友達の家庭を破壊するなよ」

はぁい、と返事だけしておく。そうじゃないと、兄はいつまでもグチグチ文句を言い続けるに決まっているのだ。

残っていた焼き魚とご飯を口に突っ込むと、日菜子はスマートフォンを手に取った。

「よーし、そろそろ『推し事』の続きをしなきゃ！　今日のノルマ、まだ達成してないんだよねぇ」

「……ノルマ？　何のことだ？」

「いろんなレビューサイトでたくさん有料アカウントを作って、『中村家』の高評価レビューを大量投稿してるの。お金はかかるけど、清隆さんへのお布施だと思えば安いものだよね」

「おいおい、サクラはダメだぞサクラは」

「あと、ツイッターでも応援してるよ！　ひたすら店名で検索かけて、いいレビューは全部ハッシュタグをつけなおして引用リツイートするの。『#ラーメン好きと繋がりたい』とか、

『#全ラーメン好きに届け』とか」

「うん、そっちは問題ないな。それだけにしとけ」

「――で、ツイッター上でたくさんレビューが集まったら、それを全部並べてプレゼンテーション資料にまとめて印刷して、テレビ局やグルメ雑誌に片っ端から売り込みをかけるんだあ！　新聞の号外みたいにそのへんで配りまくったり、町中の家を回って郵便受けにポスティングしてもいいかも！」

「前言撤回だ。今すぐ全部やめろ。恐ろしい」

兄が再び味噌汁を飲もうとして、ぎょっとした顔をする。その目は、日菜子の隣に座っている父へと向いていた。

「お父さん！　どうしたんだ、貧血にでもなったか？」

その声に驚き、日菜子も父のほうへと身体を向けた。

席についてからずいぶんと時間が経つのに、父はまだ夕飯に箸をつけていなかったようだ。テーブルに肘をつき、額に手を当てて俯いている。その肩を、いつの間にか椅子ごと父の隣に移動していた母が、慰めるようにぽんぽんと叩いていた。

無言で小さく首を横に振る父に代わり、母がのんびりとした口調で答える。

「違うわよ。ただ、落ち込んじゃったのよねえ」

「え、なんで？」

日菜子が尋ねると、母はおほほと笑った。

「さっき翔平が言ってたでしょう？　日菜が部屋で独り言を言ってた、って。『あのお父さんの遺伝子を継いでるハナエちゃんが羨ましい、今すぐ生まれ変わりたい』って」

「あっ……」

がっくりと肩を落としていた父が、力なく顔を上げ、こちらに目を向けた。

「日菜……嘘だよな……友達のお父さんのもとに生まれ変わりたいなんて……俺の遺伝子じゃダメだったか？　俺の娘に生まれて後悔してるのか？　お父さんは……お父さんは、日菜のことをこんなに大事に思っているのに！」

「違うのお父さん！　あれはね、また別次元の話というか、勝手に口が回っただけというか――」

「あーあ、日菜のせいだ。かわいそうに」

「私の独り言をわざわざこの場でバラしたのはお兄ちゃんでしょ！」

「お父さんは悲しいよ……誕生日プレゼントももらえないみたいだし……ハナエちゃんパパに負けるし……」

「まあまあ、三人とも落ち着いて。明日は土曜日だし、せっかくだからその『中村家』にお昼を食べにいきましょうよ。日菜が大好きな男の人が作るラーメンだもの、きっとこだわり抜かれてて美味しいんでしょうねえ」

その場を丸く収めようと、母が素晴らしい提案をする。日菜子は瞬時に立ち上がり、「やった！　ばんざーい！」とダイニングテーブルの周囲を駆け回り始めた。

「いやいやお母さん、それは傷口に塩を――」

兄が何やら慌てた様子で、母をたしなめている。父の丸まった背中も、さっきよりも萎《しお》れて見えた。

――なんでだろう。ま、いっか！

元気をなくしている父も、『中村家』の豚骨醤油《しょうゆ》ラーメンを食べれば、一週間の仕事の疲れを吹き飛ばすことができるだろう。日菜子だってまだ食べたことはないけれど、レビューサイトの評判を見る限り、絶対に美味しいはずだ。

明日は、まだ一度しか会ったことのない推しに、家族全員での外食という、これ以上ないほど正当な理由により会いにいくことができる。

きっと今夜は眠れないだろうな――と胸をときめかせながら、日菜子はダイニングテーブルの周りをぐるぐるとスキップし続けた。

＊

「きゃっ、カップラーメンのCM……でも中村家のほうが美味しいよねっ♡」

「わあっ、このアナウンサー、中村って苗字だ！　今日楽しみだな♡♡」

「あっ、野球選手……ソフトボール……英恵ちゃん……清隆さん♡♡♡」

「わっ、この容疑者四十六歳だって！　清隆さんと一緒♡♡♡」

ただニュースを見ているだけなのに、朝から日菜子がうるさい。

土曜の午前は惰眠《だみん》をむさぼると決めているのだが、今日は妹に叩き起こされてしまった。

「早く朝ご飯を食べて！　お昼までにお腹を空かせておかないと失礼でしょ！」というのが彼女の言い分だ。睡眠時間を削ってまで昼食のために備えるつもりはないと主張したのだが、十二月の朝に無理やり布団を剝ぎ取られては、それ以上抗《あらが》う術がなかった。

日菜子が特撮ドラマやクイズ番組にハマっていたときとは違い、今は食事中に好きな番組を見ることができる。ニュースやバラエティをのんびりと眺められる、平穏な日々が戻ってきたのだ。——と思いきや、彼女の推しアピールは止まらない。何をどのようにすれば、耳に飛び込んできた何気ない情報をすべて自分の想い人に結びつけていく思考回路ができあがるのだろう。

「そうか……日菜はそんなに友達のパパが好きか……」

と、テーブルの斜め向かいで悲しみに沈んでいるのは、父だ。娘が友人の父親を追っかけ始めたという昨晩の衝撃を未だ引きずっているらしい。

母が作ってくれた目玉焼きを口に運びながら、真向かいに座る日菜子を見やった。いつの間にやら、すでに身支度が完了している。万全に化粧を施し、そのまま女子高生向けファッション雑誌の一ページを飾れそうな可愛らしい服に身を包んだ彼女は、我が妹ながら、三秒以上正視し続けるのが難しい。

テーブルの中央に置いてある醤油差しに視線を移しつつ、翔平は日菜子に問いかけた。

「もう準備を終えたのか？　出かけるまでにはまだ四時間くらいあるぞ。直前にやったほうが、化粧崩れが少なく済みそうなのに」

「やだぁ、お兄ちゃん、化粧崩れとか言って。下手したらセクハラ発言だよぉ」

日菜子が浮かれた調子で、箸を持った手をひらひらと振る。「どこがだよ」とむっとしていると、母がトーストをかじりながら口を挟んできた。

「日菜は、朝から気合いを入れて、どこかに出かけてたものねえ。出待ちにでも行ってたの？」

「出待ちぃ？　ラーメン屋の？」

　ぎょっとして箸を持つ手を止める。日菜子が店舗の勝手口付近に陣取り、姿を現した店主に黄色い声を上げながら駆け寄るさまが脳裏に浮かび、全身に鳥肌が立った。

「違うよぉ、出待ちじゃなくて下見！　開店時間に間に合わなかったらテーブル席が埋まっちゃうかもしれないから、道順の確認をしてたの」

「気合いがすごいな」

「ついでに出勤する清隆さんのお姿が拝見できるかなと思ってたんだけど、お店の二階が自宅になってるみたいで、曇りガラス越しに一階の電気が点くのしか確認できなかったんだよねぇ！　あわよくば、ユニフォーム姿の清隆さんを激写できるかもと期待したんだけど」

「こら、隠し撮りはやめろっての」

　妹を叱ると同時に、うんざりとした気分になる。

「あーあ、今日『中村家』に行って帰ってきたら、部屋中がラーメン屋のおじさんとラーメンの写真であふれかえるんだろうな。せっかく久しぶりに白い壁を見られたと思ったのに」

「するわけないよ！　撮影なんてしない！　お兄ちゃんも、絶対に店内でスマホを取り出しちゃダメだからね！」

「……なんで？」

「『中村家』はね、その界隈では有名な、こだわりの多いお店なの。ネットで調べたところ、ラオタの間では『注文の多いラーメン屋』って呼ばれてるみたい」

「俺、塩を揉み込まれて食われるのは嫌だぞ」

我ながら気の利いた返しをしたつもりだったが、日菜子はガン無視で話を続けた。

「入店したら、他のお客さんの迷惑にならないよう、お喋りや撮影は禁止。味に集中してもらうため、飲食中はスマホをしまっておかなきゃいけなくて、その場でSNSに投稿するのももちろんダメ。ラーメンが運ばれてきたら、まずはスープを一口。ちなみに、レンゲを使用するのは邪道《じゃどう》という信念があるため、器に直接口をつけるスタイルで。あとは、割り箸を口で割ったら店主に一喝されたとか、二人で一品注文しようとしたら断られたってレビューも見かけたから、普通のマナーに関しても厳しいみたい」

「何だそれ、怖いんだけど……だんだん行きたくなくなってきたぞ」

「それくらい、お店の味に自信があって、お客さんにもしっかり味わってもらいたいってことだよ！　じゃなきゃ、お店が続くはずないでしょ？　行列の店ってほどではないけど、隠れた名店って感じで常連客も多いみたいだし、レビューサイトでの評価もすごく高いんだから」

それに関しては、日菜子の言っていることは正しかった。翔平も、オタクを自称するほどではないが、大学のキャンパス付近にあるラーメン屋をほとんど制覇《せいは》したくらいにはラーメン好きだ。『中村家』のネット上の評価が上々だということは、事前にレビューサイトを見て把握していた。

一周回って、期待が高まる。店主がそれほど強気なのに客が入っているということは、そういうことなのだろう。

「ふむ、楽しみだな。何を頼もうか。一番人気の豚骨醬油ラーメンに、チャーシューを追加でトッピングするかな」

「ストーップ！　チャーシューのトッピングは禁止！」

日菜子が突然、テーブルに両手をついて身を乗り出してきた。

「分かってる？　今日のお昼は、単なる外食じゃないんだよ？　純然たる、推しへのお布施なの。課金なの。清隆さんの懐をできる限り潤わせなきゃいけないのに、原価率が一番高いトッピングを選んでどうするの！」

「げっ……原価率？」

「考えてもみてよ。ラーメン屋さんに入ったお客さんは、基本的に一人一品しか頼まない。ラーメン一杯あたりの儲《もう》けは決まってるわけだから、じゃあどこで稼ぐのかといえば、トッピングだよね？　チャーシューは、豚肉そのものが高いし、仕込みの手間も一番かかるから、売れてもあまり利益にならないんだよ！」

「あーはいはい、なら味玉にするから」

「味玉だって、仕込みが大変でしょ！　原価率が一番低いのにしてよ」

「というと？」

「海苔《のり》、キャベツ、もやし」

「……断る」

日菜子がうだうだと文句を言っている。それを聞き流しながら、翔平はトーストをかじり始めた。


――ラーメンが運ばれてきたら、まずはスープを一口。

「……うまい」

器を口から離し、思わず声を漏らす。向かいに座る日菜子に注意されるかと首をすくめたが、彼女の表情はとろけきっていた。今しがた飲んだばかりのラーメンスープ――日菜子にとっては、推しが丹精込めて仕込んだ聖水――に、心を奪われきっているようだ。

客がラーメンを啜《すす》る音だけが響いている、静かな空間。手書きのメニュー表や、独自のルールを箇条書きにした紙、過去に取り上げられた雑誌の切り抜きなどが無造作に壁に貼ってある店内は、お世辞にも綺麗とは言えない。

それでも、このスープを舌の上で転がしただけで、納得がいった。濃いようで、くどくない、目を見開いて次の一口を飲まずにはいられない味。

――これは、人気店になるわけだ。

どうせ付き合わされるなら、日菜子の推しがラーメン屋の店主というのは悪くないかもしれない。おかげで、家から徒歩二十分という比較的近い場所にある名店を知ることができた。特撮俳優の無実を晴らすために警察署に赴いて苦しい嘘をついたり、朝っぱらから交番のお巡りさんを尾行したりするより、よっぽどましだ。

とはいえ、完全なるストレスフリーでラーメンを楽しめるかといえば、そういうわけでもない。

入店した瞬間から、日菜子は挙動不審《きょどうふしん》だった。何を頼むかは事前に決めていたはずなのに、わざわざ壁のメニュー表のそばまで行って隅々まで眺め、雑誌の切り抜きに目を通し、カウンター内で忙しく動き回っている髭面の店主を何度もチラ見する。赤い顔をして戻ってきたかと思えば、ロボットのようなぎこちない動作で券売機のボタンを押し、出てきた食券を恭《うやうや》しく押し戴く。

日菜子の同級生・中村英恵も、驚いているようだった。店名が大きく印刷された紺色のT

シャツを着ている彼女は、テーブル席に水を運んでくるなり、唖然《あぜん》とした表情で日菜子を凝視《ぎょうし》した。普段、高校にはすっぴんで通っているから、その化けっぷりに度肝《どぎも》を抜かれたのかもしれない。

友人が来店した場合でも、私的な会話をするのは禁じられているようだった。英恵は日菜子と目を合わせてぎこちなく微笑むと、テーブルの上の食券を手に取り、「醤油海苔キャベツ！」とカウンターに向かって威勢のいい声を飛ばした。

ここに来る道すがら、「ああどうやったら効率よく課金できるかな、お兄ちゃん二杯頼まない？」「ああああでもフードロスは厳禁だし、もやしは苦手だし」「粗利率より回転率を上げるほうが現実的かも」などと大いに悩んでいた日菜子は、運ばれてきたラーメンに半玉近くのキャベツが載っているのを見て目を丸くしていた。ネットに写真が出回っていないため、さすがにこの量は想定外だったのだろう。

決して大食家ではない妹に救いの手を差し伸べようと、翔平はキャベツの山を指差し、無言で箸を伸ばした。その瞬間、日菜子が顔をしかめ、ぴしゃりと翔平の手の甲を叩く。私語厳禁だからその理由を訊くことはできないが、推しが調理したものは完食するという彼女なりの美学があるのだろうか。

原価率に関する日菜子の演説を無視して追加でトッピングしたチャーシューも、タレの味が染み込んでいて食べ応えがあった。隣でラーメンを啜っている父も、一口食べるごとに母と見つめ合い、幸せそうな笑みを交わしている。食べ始める直前までは、店主に見惚《みと》れてにやけている娘を横目にプライドが引き裂かれたような顔をしていたのだが、すんなり機嫌が直ったようだ。

店の雰囲気が一変したのは、そんななかだった。

「あの、お客さん。お箸とレンゲの持ち込みはご遠慮いただけますか？」

太った中年男性の前にラーメンの器を置きながら、英恵が声をかけた。プラスチックのケースからマイ箸とマイレンゲを取り出そうとしていた男性客が、「はあ？」と顔を上げる。

「なんでだよ。俺はどのラーメン屋でも、これを使ってんだ。自由にさせろよ」

「うちは、レンゲは使わないスタイルなんです。お箸も、太さや材質にこだわってますから」

「俺は潔癖症なんだよ。誰が使ったかも分からない箸を使ったり、器に直接口をつけて飲んだりするなんて言語道断。金を払ってんだから、箸やレンゲくらい好きなのを使わせろよ」

男性は喧嘩腰に、英恵に言葉を浴びせた。潔癖症と聞いて、英恵が怯《ひる》む。

そこへ、地鳴りのような低い声が轟《とどろ》いた。

「お客さん、困るな。ルールには従ってもらわないと。誰が使ったか分からない器からスープを飲めないなら、その器に入ったラーメンを食えるのはなぜだ？」

中村清隆が、額に青筋を立て、太った男性客を睨んでいた。

自分が怒られているような気になり、思わず首をすくめる。日菜子の反応はどうだろうかと目をやると、人類を危機から救うスーパーマンを崇《あが》め奉《まつ》るかのごとく、大きな黒い瞳を潤ませて背の高い店主を見上げていた。

男性客は、「うるせえな」と舌打ちし、スマートフォンを取り出してラーメンの写真を撮り始めた。常連らしき客の多い店内の空気が凍る。

「お客さん、壁に貼ったルールを読んでくれ。撮影は一切禁止だ。ネットに載せるのもな」

「禁止、禁止って、なんだこの店は。俺はネット上ではちょっとした有名人なんだぜ？　この店の宣伝にもなるんだから、黙っとけよ」

「そんなのはどうでもいい。今すぐやめてくれ。他のお客さんにも迷惑だ」

中村清隆が腕組みをして、男性客のスマートフォンを指差す。その堂々とした態度に、翔平は日菜子とともに拍手喝采《はくしゅかっさい》を始めそうになった。

それでもスマートフォンをしまおうとしない男性客を、今度はその隣に座っていた常連らしき初老の男性が一喝《いっかつ》する。

「お前、何様のつもりだ。俺らはなぁ、この店のこだわりが好きで毎日来てるんだよ。中村さんの言うルールが守れないなら、今すぐ出ていけ！」

「さっきも言ったろ、金はもう払ったんだ。ラーメンを食べる権利はあるよなぁ？」

太った中年男性は、常連客や英恵の制止に耳を傾けず、マイ箸を取り出してラーメンを啜り始めた。よほどラーメンを食べ慣れているのか、きちんと味わっているのか疑いたくなるほどのスピードで、麺が男の口内へと吸い込まれていく。一同が呆気《あっけ》に取られている間に、男はラーメンを食べ終わり、中村清隆や英恵を睨みながら店を出ていった。

キャベツ半玉を片づけるのに悪戦苦闘していた日菜子が完食するのを待ち、翔平ら追掛家の四人も、ほどなく店を後にした。

「ねえ、何なのあの人！　信じられない！　全然言うことを聞かないで、『お客様は神様でしょ？』みたいな態度で……清隆さんも英恵ちゃんもかわいそうだよ！　おかげで清隆さんの究極的に男らしくてかっこいい一面を見られたのは、端的に言って最高だったけどさぁ！」

外に出るや否や、日菜子が両手の拳を太ももに叩きつけて激怒し始めた。

「せっかく清隆さんがその聖なる御手で生み出した至高のラーメンを食べてたのに、後半は全然味がしなかったよ！　あのラオタのせいだ！」

「まあまあ、日菜子の場合、キャベツばかり最後に残しすぎたのもあると思うけどな」

興奮した妹をなだめるのは、未成年の子どもを監督する責任があるはずの両親ではなく、なぜか兄の翔平の役目だ。

「お兄ちゃん、明日暇だよね？　もう一回付き合って！」

「え？　明日？　また来るつもりか？」

「うん！　今度こそ、最後まで気分よく、清隆さんのラーメンを食べるんだからっ！」

日菜子が憤然と頷く。「まじかよ、二日連続かよ」とぼやきつつも、翔平はすでに『中村家』のメニュー表に思いを馳せていた。

――よし、決めた。明日はつけ麺を頼むぞ！

改めて言おう。妹の推しがラーメン屋の店主というのは、案外悪くない。

＊

「あー、イライラするっ！」

信号待ちをしている間、日菜子はスマートフォンの画面をスクロールしては地団太を踏んでいた。

「そんなに嫌なら、見なきゃいいのに」

「私だって、できるものならそうしたいよ！」

「じゃあなんでわざわざ」

「『中村家』について変なことを投稿しようものなら、私の持つ数十個のアカウントを駆使して、瞬時にツイートを報告してやろうと思って」

「こわっ。凍結させる気かよ」

翔平はぶるりと身を震わせた。妹も恐ろしいし、十二月の屋外も寒い。

昨日から、日菜子はずっとこの調子だった。『中村家』から帰宅する途中から猛然とスマートフォンを操作し始め、家に到着した頃には例のマナーの悪い中年ラオタのツイッターアカウントを割り出していた。

彼自身が言っていた「ネット上ではちょっとした有名人」というのは、本当のことだったらしい。日菜子が割り出した『さすらいのラーメン男』という名のアカウントには、なんと五千人のフォロワーがいた。日菜子曰く、ラーメンマニアの間では有名なラオタの一人だという。彼を知らなかったということは、翔平はあくまで一般的なラーメン好きに過ぎず、マニアの域には未だ足を踏み入れていないのだろう。

さすらいのラーメン男　@ramenisthebest

横浜家系ラーメン「中村家」。端的に言って最高。これぞ家系、これぞ豚骨という理想の味。しかし店主が厳しすぎる。店員や常連客の態度もいかがなものか。☆5をつけたいところだが、いろいろと思うところがあったので、あえての☆4。

最新の投稿は、もちろん『中村家』についてのレビューだった。「真のラオタなら、味だけで評価しなさいよっ！　勝手に写真も載せてるしっ！」と怒り狂っている日菜子のスマートフォンを取り上げ、翔平はラーメン男の過去のツイートを読んでいった。高評価のラーメン屋があれば行ってみたいと思ったのだ。

ラーメン男は、主に横浜のラーメン屋を回っているようだった。家系ラーメン専門というわけではなく、単純に市内在住らしい。

『こってり系の味。客が入っているのは立地のおかげだと高を括《くく》っていたが、味も申し分ない。自家製のもちもちとした太めの縮れ麺が最高！　評価は★5』

『魚介出汁《だし》のスープ。さっぱりとしているが、薄味というわけでもなく、一口一口に満足感がある。麺は細麺。トッピングの種類が豊富。★4・5』

『とにかく濃厚。これぞ家系という感じで、食べ応えが半端ない。極太麺がスープによく絡む。ウズラの卵を使っているところもポイント高い。★4・5』

ぱっと見たところ、甘口のレビューが多かった。店内であれだけ文句を言っていたわりに、

『中村家』に星4の評価を与えていることからも、意外にネット上では優しさあふれる文章を書いているようだ。

と、思いきや、しばらく遡っていくと、あの態度と性格の悪さがそのまま表れているようなツイートもあった。

『店主の舌はバカになっているのかと問いたい。スープがしょっぱすぎて、最後まで食えたもんじゃなかった。麺も伸びてたな。甘めに採点して☆2』

『そこらへんのフードコート以下のクオリティ。なぜ個人で店を出そうと思ってしまったのか。チャーシューのパサつき具合がひどい。自信を持って、☆1』

ある程度の影響力があるラオタにこんなことを書かれたのでは、店側はたまったものではないだろう。読むだけで不快になってくるが、『さすらいのラーメン男』をフォローしている五千人のラーメンマニアたちは、この正直すぎるレビューを信頼しているということなのかもしれない。

各ツイートには、すべて写真が一枚添付されていた。ほとんどはラーメン単品を写したものだが、中にはラーメン男本人が自撮りをしているものもあった。器に顔を近づけて鼻の穴を膨らませてみたり、水を飲みながらドヤ顔でピースサインをしたりと、自由なものだ。

「お兄ちゃん、行くよっ！　もうとっくに信号青になってるっ！」

「カリカリするなって。『中村家』には星4をつけてくれたんだから、そんなに怒ることないじゃないか」

「星4で？　私が？　許せると？　思う？」

「……ああ、星5以外は全部悪口の部類に入るわけね」

日菜子に腕をつかまれ、引きずられるようにして横断歩道を渡った。翔平が大寝坊をかまして家を出るのが遅れたせいでもともと不機嫌だったのだが、さらに怒らせてしまったようだ。

もう百メートルほど歩くと、二十四時間ぶりに訪れる『中村家』の赤提灯が見えてくる。速足で歩いていた日菜子が、突如、足を止めた。

「何だよ、突然止ま――」

「お兄ちゃん、見て。あの人！」

日菜子が指差した先を見て、息を呑んだ。

開店五分前の店の前に、六、七人の客が並んでいる。その中に、太った中年男性がいた。さっきまでツイッターを覗いていたから、見間違うはずがない。『さすらいのラーメン男』こと、昨日の迷惑客だ。

「わっ、あいつ、今日もまた来たのか？」

「嫌だなぁ、また清隆さんや英恵ちゃんにひどいことを言うかも」

日菜子が眉をハの字にしている。「どうする？　帰るか？」と尋ねると、「そんなわけないでしょ？　推しが苦境に陥ってるときこそ、ファンの応援が必要なんだよ！」という非難めいた言葉が返ってきた。――まあ、そう言うだろうと思ったが。

敵愾心《てきがいしん》剝き出しの日菜子を自分の身体で隠すようにして、列の最後尾に並んだ。しばらくすると、暖簾を掲げ持った英恵が店の外に出てきた。「開店時間を一分過ぎてるぞ。時間を守れよ、時間を！」とラーメン男が食ってかかり、英恵が無言で眉をひそめる。その前に並んでいた初老の男が「うるせえぞ！」と振り向いたのを見て、翔平と日菜子は顔を見合わせた。昨日、「ルールが守れないなら、今すぐ出ていけ！」とラーメン男を一喝していた常連客だ。

様子を見にきた英恵の母がテキパキと客を招き入れ、その場は事なきを得た。昨日と同じように、ラーメン男や例の常連客はカウンターの一番奥から詰めていき、翔平と日菜子はテーブル席に案内される。

食券を英恵に手渡すや否や、日菜子は慌ただしく席を立ち、店の奥へと歩いていった。トイレに行くと見せかけて、中村清隆を至近距離で観察しようという魂胆《こんたん》のようだ。

カウンターの内側ではすでに、日菜子の愛する推しが、眉間にしわを寄せながら、鮮やかな手つきで湯切りを振るい始めていた。スープと麺が中村清隆、トッピングが妻、注文品や水のグラスを客のところまで運ぶのが娘の英恵、という分担で仕事をしている様子を、ぼんやりと眺める。

恐ろしくゆっくりとした動作でトイレに向かい、ドアの向こうに消えたかと思えば一瞬で姿を現した日菜子は、再びナメクジが這《は》うような歩みののろさで復路を辿り始めた。

嫌な予感というのは、往々にして当たるものだ。

事件が起きたのは、日菜子がラーメン男の背後に差し掛かろうとしたときだった。

「うっわ！　なんだこれ！　きったねえ！」

ラーメン男が大声を上げ、脂ぎった顔を中村清隆へと向けた。

「おい、どういうことだよこれは！　コバエがたくさん浮いてるぞ！」

ものすごい剣幕でまくしたてる。ラーメンを男の前に置いたばかりだった英恵が驚いた顔をして戻ってきて、器の中を覗き込んだ。ラーメン男が言ったことが本当だったのか、「えっ」という声が漏れる。

調理をしていた中村夫婦が、カウンターに身を乗り出し、男の手元を確認した。英恵の母が目を丸くし、助けを求めるように夫に視線をやる。

腕組みをしていた中村清隆が、「そんなはずは――」と言いかけ、男の手元をじっと見つめた。それから、むっとした顔で「作り直します?」と尋ねた。

その瞬間、ラーメン男が色めき立ち、椅子を蹴倒しそうな勢いで立ち上がった。

「はあ? 『作り直します?』じゃなくて、『今すぐ作り直させていただきます!』だろ? 客にこんなものを出しておいてふざけるな!」

叫びながら、ポケットからスマートフォンを取り出し、コバエの浮いたラーメンを激写する。

「なんて不衛生な店だ。味がいいから連日来てやったのに、最悪の気分だよ。くそっ、ネットで晒してやるからな。これでこの店はもう終わりだ!」

リュックを手に持ち、鼻息荒く店を出ていく男を、翔平は呆然と目で追った。

「……すみません。皆様、お騒がせしました」

数秒の間が空いた後、英恵が器を下げ、顔をしかめながらカウンターをゴシゴシと布巾で拭き始めた。脂ぎった男性客がそこにいた痕跡を消し去ろうとするかのような、怒りのこもった激しい動きだった。

そばの壁に手をつき、やっとの思いで身体を支えている様子の日菜子が、視界の端に映る。

その夜、『さすらいのラーメン男』が投稿した新しいツイートは、大拡散された。

かくして、横浜家系ラーメン『中村家』の評判は失墜したのである——。

＊

いたちごっことはこのことだ。

高校から帰宅した妹は、今日も脇目も振らずにノートパソコンに向かい、各レビューサイトへの書き込みを続けていた。しかし、いくら彼女が星5のレビューを大量に投稿しても、評価の平均値は一向に下げ止まらなかった。今やどのサイトにも、『不衛生です。飲食店としてありえない』『コバエが浮いたラーメンの写真を見て、吐き気がしました』といった低評価レビューがずらりと並んでいる。

「ひどいよ！　この人たち、あのツイートに便乗しただけで、『中村家』に行ったこともないんでしょ？　書き込むなら、サイトのルールに従ってよ！」

自分が複数アカウントを不正取得したことを棚に上げて、日菜子が激昂《げっこう》している。どっちもどっちだとは思うが、あのラーメンの味を堪能《たんのう》した身としては、レビューサイトの評価が下がっていくのを見るのはつらいものがあった。

「娘さん、大丈夫そう？　元気にしてるか？」

ふと中村英恵のことが気になり、翔平はベッドに寝転んだまま尋ねた。日菜子が首を左右に振り、椅子の背に寄りかかって手足をだらりと投げ出す。

「全然ダメ。すっかり落ち込んでるよ。お客さんも少なくなっちゃって、嫌がらせの貼り紙までされて、両親も頭を抱えてるって」

「そうか……」

一家の心境を思うと、胸が痛む。事前にフォロワー数を知っていた翔平でさえ、炎上騒ぎを見て血の気が引いたのだ。あの小物臭がする男の影響力がこれほどのものだとは、彼らは予想もしていなかっただろう。

「『さすらいのラーメン男』も、ひどいよな。コバエが混入してたって事実だけならまだしも、マナーを守らなかった自分に店主が嫌がらせした可能性があるなんて……根拠でもあるのかよ？　ただの被害妄想じゃないか」

「ね！　本当に悪質！　いくら清隆さんが怒ってたって、朝から一生懸命仕込んだ大事なスープに虫を入れるような真似、絶対にするはずないのに！」

「飲食店なんだから、きちんと衛生管理をしていても、コバエがわくことくらいあるよな。今は冬だけど、つい最近そのへんのラーメン屋に入ったとき、何匹か飛んでるのを見たし。ゴキブリやネズミよりよっぽどましじゃないか。たまたま器に飛び込んじゃっただけだろうし、あれくらい見逃してやればいいのに」

「お兄ちゃん、それは違うと思うよ」

　賛同の相槌が返ってくるかと思いきや、突然低い声で反論され、翔平は目を瞬いた。

「えーっと……違う、ってのは？」

「スープに浮かんでたコバエは一匹じゃなかったでしょ。それに、私たち含め、他のお客さんにはまったく被害がなかった。となると、たまたまラーメン男の器に飛び込んだ可能性は低いはず。だって不自然だもん」

「誰かが意図的に混入させた――って言いたいのか？」

　日菜子がこくりと頷くのを見て、翔平は目を見張った。ラーメン男の被害妄想はあながち間違いじゃなかったということか――と考えかけた直後、別の可能性を思いつく。

「あ、閃《ひらめ》いたぞ！」

「なあに？」

「ラーメン男自身がコバエの死骸《しがい》を持ち込んで、運ばれてきたラーメンに入れたんじゃないか？　前日に注意された仕返しをするために！　虫混入事件をでっちあげて、店の評判を落とすために！」

　意表を突いた、素晴らしいアイディアだと思ったが、日菜子の反応は薄かった。晴れない表情で、「そうだったらいいのにねぇ」とスマートフォンをいじり始める。翔平はむっとして、上半身を起こした。

「何だよ、俺の推理はダメか？　妙案だと思ったのに」

するとと日菜子が立ち上がり、翔平のスペースへと歩いてきた。ベッドの端に腰を下ろし、スマートフォンを無言で差し出してくる。

画面を覗き込んだ瞬間、翔平は「えっ」と声を上げた。

「これ……『中村家』の店内じゃないか。どうして日菜子がこんな動画を持ってるんだ？撮影禁止のはずなのに」

「デニムジャケットの胸ポケットに、カメラ部分を出した状態でスマホを入れておいたの。お店に入る前から、録画しっぱなしにしておいたんだぁ」

「何だそれ！　ラオタを批判してたくせして、自分も思い切りルールを破ってるじゃないか！」

「私的鑑賞用だからセーフかなって。だって、こうでもしないと、清隆さんの麗しいお姿をテイクアウトできないし……」

「だから自分ルールはやめろとあれほど」

ほとほと呆れる。小学校の道徳からやり直して、その自己中心的な考え方を改めてはくれないものだろうか。

説教をしようと口を開いたが、「ほら、ここ」とスマートフォンを指差す日菜子の動きにつられ、画面に視線を戻した。

動画を見て、納得する。『中村家』を訪れた際に日菜子が不審な動きをしていたのは、店内の様子——特に調理を担当する中村清隆の姿を、胸元に隠したカメラでじっくりと撮影するためだったのだ。

そこにはなんと、一部始終が映っていた。

器にスープを入れ、湯切りした麺を投入する中村清隆。

チャーシューやメンマなどのトッピングを素早くのせる妻。

器を両手で持ち、カウンターを回り込んで客のもとに運ぶ英恵。

箸を持ち、いざ食べ始めようと背中を丸めるラーメン男。

そんな隣の客の手元を、不快感を露わにして眺めている初老の常連客。

そして、『うっわ！　なんだこれ！　きったねえ！』というラーメン男の叫び声が響く。

日菜子の目的があくまで中村清隆を撮影することだったため、妻や英恵の姿は、たびたび画面から消えていた。また、日菜子の背が低い上に、カメラの位置が胸元だったからか、カウンター内で盛りつけをする中村夫婦の手元は一部隠れている。

皮肉なことに、動画が唯一証明しているのは、ラーメン男がまったく怪しい動きをしていないという点だった。

撮影位置がちょうどラーメン男のすぐ後ろだったため、映っているのは丸々とした背中だけだ。だが、隣で睨みを利かせている常連客が何も口出しをしなかったことからして、男の行動に不審な点がなかったことは明らかだった。

前には中村夫婦、左右には英恵と常連客、後ろには日菜子。持ち込んだコバエの死骸をラーメンに振りかけるなど、この状況でできるはずがない。

「ということは、やっぱり……コバエを器に入れたのは、店側の三人のうちの誰かなのか？　あ、隣の常連客って可能性もなくはないな。ラーメンが運ばれてきた直後、カメラが動いて数秒間見切れてるし、その間ラーメン男は自分のリュックを開けててよそ見してるし。犯人候補は四人、と」

「お兄ちゃんはひどいなぁ。私の推しや同級生を安易に犯人扱いしないでよ！」

「コバエを意図的に混入させた人物がいるって言いだしたのは日菜だろ？　ラーメン男は前日に店に迷惑をかけてたわけだし、店側や常連客が仕返ししようとしたって不思議ではないよ」

「でも……」

日菜子は唇を噛み、俯いた。推しがピンチに陥るとIQが爆上がりする彼女にしては珍しく、「清隆さんは犯人じゃない！」と断言できるだけの推理は未だ完成していないらしい。

「ま、犯人が誰であれ、身から出た錆《さび》だな。『中村家』を愛するあまり、ルールを守らなかった迷惑客に鉄槌《てっつい》を下そうとしてしまったんだろう。でもコバエ混入はやりすぎだ。ネット上の評価が下がって店が経営難に陥ったとしても、擁護はできないよ。だから——」

——これ以上深入りするな。犯人を突き止めたところで、自分がつらくなるだけだぞ。

そう言おうとした瞬間、日菜子がすっくと立ちあがった。「お願いがあるの」と、真剣な顔でこちらを振り返る。

「お兄ちゃん、ラーメンの食べ歩きは好きって言ってたよね？」

「いかにも。それがどうした？」

「じゃあ、明日から、できる限りたくさんのお店でラーメンを食べてきてくれる？」

「へ？　なんでだよ？」

「どうせ大学の授業はサボるんだから、いいでしょ？　土日には私も合流するから。よーし、そうとなったら今からリストを作るよっ！」

翔平が承諾の返事をしていないにもかかわらず、日菜子は自分の学習机へと駆け戻っていった。

「こら、理由を説明しろ。あと、代金はそっち持ちだからな！」

さっそくマウスを操作し始めた後ろ姿に、言葉を投げかける。お茶を濁《にご》すかのように突如として鼻歌を歌い始めた妹を眺めながら、翔平は大きなため息をついた。

＊

「うっげえ……もうたくさんだ。ラーメンなんか二度と見たくない」

コバエ事件から一週間が経った日曜の昼下がり、近所にある『らうめん道郎《みちろう》』の狭い店から転がり出るなり、翔平は電柱にもたれかかった。膨れた腹に手を当て、げっぷが出そうになるのをこらえる。

「まあまあ、そんな顔しないでよぉ。あとでお兄ちゃんの大好きなシュークリーム、買ってあげるから」

「いま食べ物の話をするな！」

「あれ？　要らないの？　お金が浮いて助かるなぁ」

いつものように減らず口を叩いている日菜子の額にも、十二月だというのに汗が浮き出ている。昨日から朝昼夕とラーメン屋を回り続けているから、さすがに胃がもたれているのだろう。いわんや、妹に先駆けて平日昼から食べ歩きを行っていた翔平をや。

「で……どういうつもりだ？　わけの分からないリストを押しつけてきて、ひたすらラーメンばかり食わせて。俺がつけ麺に浮気しようとしても、頑なに看板メニューのラーメンばかり……」

もはや、ラーメンという単語を発するだけで吐き気がしてくる。苦しさを紛らすために深呼吸をしながら、日菜子の回答を待った。

「率直に、感想を教えてほしいの」

日菜子がスマートフォンを取り出し、メッセージアプリで送りつけてきたラーメン店のリストを表示した。

リストには、全部で十数店が並んでいて、AからDまでの四グループに分けられている。日菜子は選定理由や分類の基準を教えてくれなかったが、ある程度の見当はついていた。すべて、『さすらいのラーメン男』がツイッターに評価を掲載した店だ。そのうち、グループAとBは高評価（星5か4・5）、グループCとDは低評価（星2か1）。ちなみに、たった今訪れた『らうめん道郎』は『★4・5』という評価で、グループBに含まれる。

「いやぁ、正直に言って、微妙だったな。濃厚さが売りみたいだけど、油がしつこすぎて、二口目には飽きがきたし。家系だったらもっといい店がいっぱいあると思うけどな。俺だったら星4・5はつけない。せいぜい星3だ」

「私も同感。これまでのパターンに当てはまったねぇ」

日菜子が満足げに言い、リストに視線を落とす。

これまでのパターンとは、翔平が日菜子に中間報告していた法則だった。グループAは、ラーメン男の評価のとおり、文句のつけようがない味だ。しかしBはそうでもない。Cは、低評価が納得の不味《まず》さ。しかしDは、素直に美味しいと思える。——むしろ、BよりもDのほうが、いい店が多いのではないか。

つくづく不思議だった。ラーメン男の好みによって評価がブレるのは理解できるが、日菜子はどのようにして、ラーメンを実際に食べることなく、グループAとB、グループCとDを事前に分けたのだろう。

「そういえば俺、飲食店にコバエがわきやすいって話の流れで、『つい最近そのへんのラーメン屋に入ったとき、何匹か飛んでるのを見た』って話したじゃん？　それ、ここの店だったわ」

「あ、そうなんだぁ」

日菜子がニッコリと微笑み、「情報のご提供、感謝申し上げます」とおどけた調子で一礼した。

「よーし、そうときたら、『さすらいのラーメン男』のところへＧＯ！」

顔を上げるや否や、日菜子は朗らかに言いながら翔平の手首をつかみ、ものすごい勢いで走り出した。

「わ、わわっ、ラーメン男のところって、どうやって場所を割り出す気だよ！」

「あれだけツイート回数が多い人だよ？　現在地の特定なんて余裕、余裕っ！」

「ってか走るな！　豚骨スープが逆流するぅ！」

「え、なーにー？　聞こえなーい！」

胃と脚と我慢の限界を感じながら、翔平は妹とともに走った。


電車で三駅分移動し、改札前で男の姿を探す。「ついさっき、『今から食べまーす』って、ここから徒歩十五分のラーメン屋の写真が上がってたの。最寄り駅は一つしかないから、もうすぐ現れるはず」という日菜子の読みは恐ろしいほど当たっていて、到着からわずか五分で待ち伏せの成果が出た。もちろん偶然ではなく、昨日からずっとタイミングを見計らっていたらしい。

「こんにちは！　『さすらいのラーメン男』さんですよね？」

大きなサイズのパーカーに身を包んだラーメン男に、日菜子は無邪気な声を上げながら近づいていった。翔平も慌てて後を追い、「こんにちは」とぎこちなく会釈する。

「ん？　誰だ？」

ラーメン男が、細い目でぎろりとこちらを見た。通常時の日菜子なら縮み上がってしまいそうなのに、推しスイッチが入っていると政治家のように堂々としていられるのだから、まったく愛の力はすごい。

「『中村家』でお会いした者です。先週の土日に、二日連続で。私たちはテーブル席に座ってたんですけど」

「ああ……よく覚えてないけど、親と一緒に来てた子どもらか？　俺に何の用だ」

今日の日菜子がすっぴんだからか、まとめて子ども扱いされてしまった。俺はもう二十歳だと主張したくなるが、日菜子に目で制止される。

「外も寒いので、単刀直入に言います。『中村家』のラーメンにコバエを混入させたのは、ラーメン男さんですよね？」

男が両目をやや見開いた。「なんと」と不敵な笑みを浮かべる。

妹の発言に驚き、翔平は慌てて尋ねた。

「ちょ、ちょっと待て。どうしてそうなるんだ。この人は何もしてなかったじゃないか」

動画を検証した結果、容疑が真っ先に晴れたのがラーメン男だった。彼は、運ばれてきたラーメンをすぐに食べようとしただけだ。隣で常連客が睨みを利かせていたから、コバエの死骸を入れる隙など一切なかった。

「そうだ。俺は純粋な被害者なんだよ。ちょっとでも変なことをすれば、隣にいたうるさいオヤジや、マナーに細かい店員に注意されてたはずだろ？　根拠もなしに人を疑うのは困るな」

「ねえお兄ちゃん、覚えてる？」

ラーメン男のねちねちとした反論を振り払うようにして、日菜子がこちらに顔を向けてきた。

「この人がお店を出ていった後、英恵ちゃんがカウンターをゴシゴシ拭いてたよね」

「え？　ああ、うん」

顔をしかめながら後片付けをしていた中村英恵の姿を思い出す。布巾でテーブルをこする動作は、やけに激しいものだった。

「まあ、コバエ混入騒ぎの直後だったし、やり場のない怒りを発散してたんじゃないか？　店員の態度としてはいかがなものかと思うけど、まだ高校生だから仕方な――」

「違うよ。あれは、カウンターに付着していた、ベタベタした液体を拭いてたの」

「……ベタベタした、液体？」

「そう。ハ、チ、ミ、ツ、をね」

日菜子は得意げに顔を上げ、ラーメン男をまっすぐに見上げた。

「コバエ混入騒ぎが起きたとき、私はたまたま、あなたのすぐ後ろに立っていました。背中に隠れて手元は見えなかったけど、リュックを漁《あさ》っていたのと、隣に座った常連客のおじさんが不快そうな顔をしていたのとで分かりました。——あなたがまた店のルールを破って、マ、イ、箸、と、マ、イ、レ、ン、ゲ、を、持、ち、込、ん、だ、の、だ、と」

つまりこういうことですよね——と、日菜子が力強く続けた。

「あなたはマイレンゲの裏側にハチミツを塗り、コバエが発生している場所に放置するなどして、罠のような要領でコバエの死骸を集めた。あらかじめ用意したそれをプラスチックのケースに入れて持っていき、運ばれてきたラーメンの器に入れた。熱いスープに浸せば、ハチミツはすぐに溶けてなくなり、コバエだけが浮きますもんね。ちなみに、カウンターが汚れたのは、そのときにレンゲをいったん置いたか、もしくは多めに塗っておいたハチミツが垂れたから。ラーメン男さんが二日連続で『中村家』に足を運んだのは、コバエ混入事件をでっちあげるためだったんです！」

「ずいぶんと想像力が豊かなんだな。さっきも言っただろ。根拠もなしに人を——」

「根拠はありますよ。英恵ちゃんに、ハチミツを拭いた布巾をそのまま取っておくよう、お願いしておいたので。その気になれば、成分が付着しているかどうか、分析だってできます。私のお父さん、警察の鑑識官なんですよねぇ」

日菜子のハッタリは、効果てきめんだった。警察と聞いた瞬間、ラーメン男の顔が醜く歪む。

認めたも同然の反応をしている男に、日菜子がさらに追い打ちをかけた。

「そもそも、潔癖症というのも嘘ですよね？　器に口をつけたくないって言ってましたけど、過去のツイートを見てみたら、水のグラスは普通に使ってましたし。マイ箸やマイレンゲは、『中村家』に嫌がらせをするためにわざわざ用意したものなんじゃないですか？　自分が普段から愛用している大切なレンゲにコバエをたからせるなんて、潔癖症じゃなくても抵抗がありますしね」

「それって……この人は、初日に来店したときからすでに、ネットでの炎上騒ぎを起こす気満々だったたってことか？」

翔平は目を丸くした。ラーメン男は、初日にマナーを注意されて気を悪くしたからこそ、翌日も来店してコバエ混入事件をでっちあげ、被害者を装ってネットに悪口を書いたのではなかったのか。

もし、日菜子が言うように、すべてが男の目論見どおりだったのだとすると――。

潔癖症だと嘘をついてまでマイ箸とマイレンゲを持ち込んだ行為には、二つの目的があったことになる。一つ目は、マイレンゲの持ち込みを容認させ、翌日の作戦に備えること。二つ目は、わざとルールを破って店員や常連客とトラブルを起こし、翌日の虫混入事件が『店主から俺への嫌がらせの可能性がある』と言える状況を作り出すこと。

「まじかよ！　なんでそんなことを？　中村家に恨みでもあったのか？　でも……この人は別に、常連客じゃなかったみたいだし……」

「はは、兄ちゃんの言うとおりだ」

翔平の混乱を盾に取るように、ラーメン男が胸を張った。

「俺には動機がない。『中村家』に行ったのは、先週の土曜が初めてだったんだぜ？　もちろん、店主や店員との面識もなかった。あんな美味いラーメンを出す店に、どうして俺が嫌がらせをしなきゃいけないんだよ？」

「美味いラーメンを出す店だから、こそ、です」

今度は日菜子が平然と胸を張る。小柄な女子高生の肝が据わった態度に、ラーメン男がたじろいだ。

妹がくるりとこちらに身体を向け、ふふ、と愉快そうに笑った。

「さてお兄ちゃん、種明かしの時間だよ」

「種明かし、というと……あっ！　ラーメン屋の、グループAからDまでの分け方だな！」

「な、なんだ、グループって」

男が目を白黒させた。日菜子は男に構わず、スマートフォンを取り出す。

「『さすらいのラーメン男』の投稿を見たとき、不自然に思った箇所が二つあったんだよね。一つは、星のマークが『☆《しろ》』と『★《くろ》』の二種類使われていること」

「あれ、そうだったっけ」

「もう一つは、『星4・5』の評価が多かったこと。五段階評価なのに、どうして小数点を使うんだろう？　しかも、1・5とか2・5はないのに、4・5だけ」

「それは……満点に限りなく近いけどちょっと惜しい、って気持ちの表れじゃないのか？」

「そのとおり！」

日菜子が右手の人差し指を立て、駅の天井に向かって突き上げた。

「私の分類法はね、とっても単純だったんだよ。グループAは、高評価で、星の記号が『☆』だったもの。グループBは、高評価かつ『★』。Cは、低評価かつ『☆』で、Dは低評価かつ『★』。お兄ちゃんによると、AとCは評価どおりの味だったけど、BとDはズレてるように思えたんだよね？」

翔平はゆっくりと頷いた。日菜子の言葉を、慎重に頭の中で解きほぐす。

「つまり……『☆』は正しい評価だけど、『★』は違うってこと？」

「そう。『さすらいのラーメン男』は、ラーメンマニア界隈では一定の注目度があるアカウントでしょ。だから、経営者側にしてみたら、自分のお店を宣伝してほしい、って思うこともあるんじゃないかな。逆に、近所のライバル店の評判を落としてほしい、と願うことも」

「嘘だろ……それって――」

――店側に頼まれて、ステマや逆ステマをしていたということか。

思わず、軽蔑の目を向ける。男はきまりが悪そうに視線を逸らした。

日菜子はラーメン男のほうへと向き直り、なおも言葉を続けた。

「どういう事情でステマに手を出し始めたのかは分かりません。でも、いろいろなラーメン屋を回って味を評価するというのは、もともとラーメン男さんの趣味だったはずです。だから、過去のツイートのうち、どれが自分の素直な感想で、どれが依頼を受けて書いた広告だったのかを、後から見て一目で分かるようにしておきたかったんですよね。それで、星の記号を使い分けることを考えついた」

「なるほど。ラーメン愛が、裏目に出たってわけか」

「ちなみに、『★4・5』はたくさんあったけど、『☆4・5』はほとんど見当たらなかったんですよね。この『満点に限りなく近い』評価は、『星5をつけてほしいとお願いされたけれど、あまり乱発するとフォロワーからの信頼が揺らぎかねないからと、お店側に妥協してもらった』数字だったんじゃないかなと。ラーメン男さんなりの苦肉の策、というか」

流れるように喋る日菜子を見ていて、思いついたことがあった。翔平は顎に手を当て、俯いているラーメン男をじっと見つめた。

「この人が最終的につけた『中村家』の評価は『★0』……で、さっき行ってきた『らうめん道郎』の評価は『★4・5』……ってことは」

店名を口に出した瞬間、男の顔色が変わったのを、翔平は見逃さなかった。

妹の日菜子よろしく、右手の人差し指を立て、男の顔に突きつける。

「分かったぞ！　依頼者は『らうめん道郎』の店主で、『中村家』は逆ステマのターゲットだったんだ！　確かに、どっちの店もうちから徒歩圏内で、家系ラーメンってところもかぶってるから、『中村家』の評判が落ちれば『らうめん道郎』の売り上げが増えるかもしれないもんな。それに、いくらなんでも一般人が十二月にコバエの死骸を集めるのは大変だけど、『らうめん道郎』には冬でもコバエがわいてた！　これが、虫混入事件の真相だっ！」

翔平が、興奮のあまり口から唾を飛ばしながら、言い終えた瞬間だった。

ラーメン男が、声を上げて笑い始めた。

「お前ら、俺を追い詰めるためにどんだけ調べたんだ？　俺が紹介した店を片っ端から食べて回ったのか？　その時点で、ステマに引っかかったようなものだよ。得意先の売り上げに貢献してくれてありがとうな！」

「ステマをしてたこと、認めるんですね？」と、日菜子がぷるぷると拳を震わせる。

「いやいや、認めないよ。この会話を録音されてたら困るからね。でもさ――仮にそうだったとして、俺が店側の要望に応えて何が悪い？　俺にはなぁ、需要があるんだよ。フォロワーも店も、俺のツイートを必要としてるんだ！」

「ステマは景品表示法違反、虫が入った料理が出てきたと嘘をついてネットで悪評を広めるのは威力業務妨害罪ですよっ！」

「警察に突き出されたって、こっちは痛くも痒《かゆ》くもねえよ。依頼者たちは口をつぐむだろうし、星マークの色や、布巾についたハチミツくらいの証拠で警察が逮捕に踏み切るわけがないしな」

「たとえ罪にはならなくても、私の推理をネットで広めます！」

「ネットで広める？　バカなことを。俺のフォロワーは五千人だぞ？　お前らみたいなガキに対抗できるわけがないね」

――あっ、この人……地雷を踏んだな。

恐る恐る、隣を見る。「ツイッターは私の庭」などと普段から豪語《ごうご》している妹は、「ふーん」と言いながらニコニコ笑っていた。

「そうですか。それなら、本人の許可を得たということで、思う存分対抗させてもらいますねっ！　英恵ちゃーん！　見てる？」

日菜子が不意に声のトーンを上げ、コートの胸ポケットからスマートフォンを取り出した。

『うん！』という元気な声が、スピーカーから聞こえてくる。

『おかげさまでお店がガラガラだから、お父さんとお母さんも一緒に見てるよ！　日菜子ちゃんから教えてもらった方法で、音声つきの画面録画もばっちり！』

「わーい、よかったぁ」

『音声だけだったら証拠にならなかったかもしれないけど、表情を見れば、日菜子ちゃんの推理が全部正しいのは明らかだったね。ビデオ通話にして正解だった！』

画面には、晴れやかな表情で手を振る中村英恵の姿があった。日菜子はカメラの方向を変えているから、英恵のスマートフォンに映っているのは、目の前で唇をわななかせているラーメン男の姿だ。

「お、お前ら……動画を撮ってたのか！　しかも、通話の相手って——」

ラーメン男が言いかけたとき、英恵を押しのけるようにして画面に現れた人物があった。

黒々とした鬚に、鋭い眼光——日菜子の推し、中村清隆だ。

『一つだけ言っておく。《中村家》の味は、俺が家系ラーメン発祥の店で修業をしながら十年以上かけて研究し、寝ても覚めても豚骨スープや自家製麺のことを考え続けて、ようやく辿りついた境地だ。金に目がくらんで人が作ったラーメンに虫を入れるような、料理人を冒《ぼう》瀆《とく》する人間に出すもんは一品もねえ。二度と俺の店に現れるな。そして俺は、こんな状況でも毎日店に来てくれるお客さんと、自分自身の腕を信じて、これからもラーメンを作り続ける！』

ラーメンにすべてを懸けて生きる男の、そばで聞いている翔平の心まで震わせるような、力と熱のこもった大演説だった。

残念なのは、日菜子がカメラの向きを変えていなかったため、ラーメン男には中村清隆の声しか届かなかったことだ。その代わりに、スマートフォンの画面を凝視したままその場に立ち尽くし、頭のてっぺんから湯気が立ちそうなほど真っ赤になっている、ホットミルクならぬホット日菜子ができあがった。

「くっそ……覚えてろよ！」

ドラマの中でしか聞かないような捨て台詞を吐いて、ラーメン男が改札の中へと逃げていった。

『ありがとう、日菜子ちゃん！　今度またご家族でうちに来て、何でも好きなものを食べていいよって、お父さんが言ってます！』

あれほどラーメンを食べまくり、もう二度と見たくないとさえ思ったのに、顔がにやけてしまう。

きっとそれが、中村清隆が長年の修業と研究の末に辿りついた、「境地」――なのだろう。

＊

テーブルに載りきらないほどの料理が、目の前に並んでいる。

焼き色が美しい、羽つきの大皿餃子。半球状に盛りつけられた、具沢山のチャーハン。そしてチャーシューや煮卵をはじめとしたトッピングがふんだんに載っている、『中村家』自慢の豚骨醬油ラーメン。

目の前に座っている兄が、目、鼻、口の計五つの穴をこれ以上ないほど開き、箸を構えている。感激した表情をしているのは、その隣の父も同じだ。

「うわあ、こんなに！　本当にいいの？」

未だ事態を呑み込めていない様子の父が、間の抜けた顔で英恵に尋ねた。

「はい！　日菜子ちゃんは、うちの店の恩人なので。両親も私も、ものすごく感謝してるんちゃうんですけどです」

「いやぁ、恐縮だなぁ。ただでさえ、僕たちだけのために店を早く開けてもらったのに」

「むしろこれくらいしかできなくてすみません。あと二十分で、他のお客さんも入ってきちゃうんですけど」

英恵が申し訳なさそうに身を縮め、入り口の引き戸に目をやった。曇りガラスの向こうに黒い人影が見える。すでに行列ができているのだ。

ラーメン男との直接対決からは、まだ一週間しか経っていない。あの後、日菜子が英恵にやり方を伝授する形で『中村家』の公式ツイッターを立ち上げ、例の動画を掲載し、逆に『さすらいのラーメン男』のツイッターを炎上させて閉鎖に追い込むという大立ち回りを演じたのだけれど、この客足の戻りの早さは、ひとえに『中村家』が積み上げてきた味への信頼によるものだろう。

——本当に、よかった！

日菜子は胸を撫で下ろした。声には出さない。というより、迂闊《うかつ》に出せない。開店前だから私語厳禁のルールは気にしなくていいと言われているけれど、すぐそこで推しが聞き耳を立てている状況で、気軽にお喋りなどできるはずがなかった。それどころか、顔を上げてカウンターのほうを見るのさえ至難の業だ。さっきからずっと膝が笑っているし、まさにいま中村清隆がこちらを見ているかもしれないと考えただけで、全身の血液がぼわっと蒸発しそうになる。

「日菜子ちゃん、どうしたの？　もしかして、まだ食欲わかない？　ごめんね、お昼には早い時間だもんね」

「あ、う、ううん！　気合い入れてお腹抜いたから、朝ご飯ぺっこぺこ――」

「気にしないでくれ。妹はよく、早起きのしすぎで脳細胞の働きが停止するんだ」

兄が中途半端なフォローを入れるものだから、英恵が「早起きのしすぎ？」と怪訝そうに首を傾げている。

「どうぞ、温かいうちに食べてください」

カウンターを回り込んで、英恵の母が駆け寄ってくる。兄が真っ先に「いただきます！」と両手を合わせ、ラーメンを啜り始める。日菜子もあたふたと箸を持った。

ところが、すぐに食事どころではなくなった。

開店準備を終えた中村清隆が、腰に引っ掛けたタオルで手を拭きながら、のしのしとこちらに近づいてきたのだ。

食事に夢中の兄と、硬直している日菜子の代わりに、両親が椅子から腰を浮かせ、「このたびはありがとうございます」と頭を下げる。「いえいえ、それはこちらの台詞ですよ」という低く渋い声が、頭上から聞こえた。

「お店は、家族三人で回されてるんですか？」と、父がさほど広くない店内を見回して質問する。

「基本的には夫婦で。部活がないときは娘も手伝ってくれるので、助かってます。ねー、ハナちゃんっ」

低い声のトーンが急に跳ね上がり、甘えるような響きを伴った。思わず、驚いて中村清隆の顔を見上げる。

——は……ハナちゃん⁉

何かの間違いかと思ったけれど、紺色のＴシャツ姿の英恵は、特に表情を変えることなく返答した。

「本当は、コンビニやファミレスで働いてみたいんだけどね。『金は出すからうちにいろ！』ってお父さんが言うから」

「だって、ハナちゃんはただでさえ部活で忙しいのに、バイトまで他所《よそ》で始めちゃったら寂しいじゃないかぁ」

「っていうかお父さん、友達の前で素に戻るのやめてよ。ここ、お店だよ？」

「大丈夫、大丈夫。開店時間になったら仕事スイッチを入れるから。それまではいつものパパでいさせてくれよぉ」

「まったくもう」

英恵が小さく息を吐き、腰に手を当てた。「うちのお父さん、いつも家ではこんな感じなんだよね。仕事中のキャラ設定にこだわりすぎた反動だと思うんだけど」と、事もなげに説明する。

先ほどまでとは別の意味で、日菜子は硬直した。兄が座っている方向から憐みの視線を感じるのは気のせいだろうか。

「あらまあ、素敵な親子じゃないの」と、母がニコニコと笑いながら言う。「英恵ちゃんは、『中村家』を継ぐつもりなの？」

「いいえ、私はパティシエになりたいので。高校を卒業したらフランスに留学して、現地の専門学校に通うつもりなんです」

「ぱっ……パティシエ？」

場に似合わなすぎる言葉に、日菜子は目を瞬いた。ラーメンにすべてをかけてきた中村清隆が苦い顔をしているのではないかと、そっと表情を盗み見る。

しかし、立派な黒い鬚をたくわえた推しは、だらりと目尻を下げ、唇の端を極限まで緩ませて、娘の英恵を見つめていた。

「ハナちゃんが目指すものなら、パパは何でも応援する！　ラーメンなんかどうでもいいから、楽しく生きていってほしいな」

「どうでもいいなんて言わないの。キャラ崩壊《ほうかい》してるよ？」

「もちろんパパはラーメンが大好きだよ。間違いなく、パパの生きがいだよ。人生における好きなもののランキングでは、堂々の二位に入る。もちろん一位は、我らが大事な一人娘、ハナちゃ――」

後の会話は、まったく頭に入ってこなかった。

箸を動かす手が止まってしまった日菜子に代わり、二人前の食事を平らげた兄に、背中を押されて立ち上がる。いつの間にか開店時間が過ぎていて、店は満席になっていた。

中村清隆は、こだわりの強いラーメン屋の店主に戻り、カウンター内で仏頂面のまま働いていた。けれど、彼がまとっていたはずの七色のオーラは、今やどこにも見えない。

「あ、日菜子ちゃん！　これ、助けてもらったお礼。うちのお父さんも大好きなお店なんだ」

帰り際に、忙しそうに店内を動き回っていた英恵が、明るい顔をして駆け寄ってきた。

手渡されたのは――フランス菓子の、紙袋だった。

「えーと、日菜？　落ち着け。とりあえず愚痴《ぐち》は家に帰ってから聞くから、今は――」

「もう嫌だ！　なんで！　厳しい頑固親父は、ただの演技だったの!?　人生における好きなものランキング、堂々の一位に輝くのはラーメンじゃないの!?　清隆さんには、『ラーメン屋を継ぐ婿を連れてこい。サラリーマンや公務員など絶対に認めん！』って娘に強要してめちゃくちゃ反抗されても自分の強い意思を貫き通すくらいストイックな父親であってほしかった！　それが、ぱっ、ぱっ、パティシエだなんて！」

「推しに理想を押しつけるなって。お前の首を絞めてるのは、自分の勝手な妄想だぞ」

「それにさぁ！　お礼に渡すお菓子がフランス菓子って、そんなのダメだよ！　中華料理店で修業してたんだったら、せめてゴマ団子か杏仁《あんにん》豆腐にしなきゃ！　マンゴーゼリーでもいいけど！　仕事の後は家族三人で美味しそうにマドレーヌやカヌレを頬張ってるなんて、そんな姿、知りたくなかったぁ……」

　真昼間の街中で、隣を歩く兄に思いの丈を噴射する。兄はうんざりした顔をしているけれど、これ以外のストレス解消方法を日菜子は知らない。

　前を歩く両親が、立ち止まってこちらを振り向いた。

「また失恋しちゃったのねえ。そういうときはお菓子を食べるといいわよ。あら、こんなところに、『中村家』さんからいただいたフランス菓子が」

「実はなぁ、お父さん、どうしても日菜に振り向いてほしくて、日菜が買ってきた中華鍋で本格的なチャーハンが作れるようになったんだ。だから今夜はお父さんが腕を振るって、『中村家』にも負けないチャーハンを」

「今は、どっちも要らなーい！」

頭上の太陽に向かって思い切り叫ぶ。傷ついた父を慰める兄の声が、遠くでわんわんと鳴る防災無線のように、日菜子の耳に届いた。

第五話

人間国宝に
恋をした。

人間国宝ともあろうお方が、なんと卑劣な行為に出たことか。

重要無形文化財「鉄釉《てつゆう》陶器」の保持者であるベテラン陶芸家・久次米辰治《くじめたつじ》（84）に、不穏な疑惑が持ち上がっている。

糾弾したのは、久次米の弟子の一人・大城竜之進《おおしろりゅうのしん》（32）。新進気鋭の若手陶芸家である彼がブログで告発したのは、久次米が自分の作品として展示会に出品した茶碗が、実は大城の作ったものだったという衝撃の内容だった。

盗作どころか、弟子の作品をそのまま横取りするという、絶対的な上下関係を悪用した暴挙。

いやはや、晩節を汚すとは、まさにこのことである——。

＊

ゲームに飽きて、ライトノベルを読んで、飽きて、またゲームをやって。

ベッドに寝転がり、代わり映えのしない就寝前の時間を過ごしていると、部屋の反対側から不思議な音が聞こえてきた。

パンの生地をまな板に叩きつけるような、と表現するのが一番近いだろうか。

顔を上げ、音の原因を確認する。直後、翔平は思わず苦笑した。

「どうした、急に童心に返って。何かつらいことでもあったか？」

妹が一心不乱にこねているのは、ねずみ色の粘土だった。下に敷いているのは、最近まで強盗致傷事件の証拠品として警察に没収されていた、以前日菜子が特撮俳優の足形を取るのに使った粘土板だ。

「ううん、これも『推し事』」

「粘土を……こねるのが……『推し事』？」

嫌な予感が全身を駆け巡る。

はっと身を起こすと、いつの間にか部屋中に貼られていた数々の写真が目に飛び込んできた。

工房らしき場所で土をこねている、セーター姿の老人。ろくろで粘土を成形している後ろ姿や、窯の前で焼き上がりをチェックしている真剣な表情。完成した大皿を手に持ってカメラに向けている、柔和そうな笑顔。それを取り囲む妻や子ども、そして孫たち。中には写真だけでなく、どこで手に入れてきたのか、新聞の切り抜きや工芸展のポスターまで――。

「は？　待て待て、いったい誰なんだこの人は」

「うん、人間国宝だよ」

「人間国宝ぉぉぉ!?」

「あれお兄ちゃん、知らないの？　人間国宝とは、文化財保護法第七十一条に基づき文部科学大臣が指定した重要無形文化財の保持者である個人を指す通称で――」

「いやそうじゃなくて！　白髪だし孫いるし、どう見てもおじいさんじゃん！　推しの歴代最年長記録更新か？」

日菜子が過去に推してきた男性たちを、頭に思い浮かべる。この間のラーメン屋の店主や、二か月ほど前に追っかけていた総理大臣でさえ年齢差がありすぎると思ったが、彼らはまだ四十代だ。このおじいさんの比ではない。

「記録更新かなぁ？　辰治様、まだ八十四歳だけど」

「は、八十四!?」

「認定された当時は六十三歳だったんだよ？　二十年も人間国宝であり続けているのに八十四歳って、相当若いんだよ？」

また妹がわけの分からないことを言い出した。「はいはい」と流してゲームに戻ろうとすると、いつの間に枕元まで接近していたのか、グイっと肩を引っ張られた。

「ちょっ、触るな触るな。粘土がつくだろ」

「ちゃんと話を聞いてよ。推し変をしたときは、毎回お兄ちゃんに向かって推しのよさを力説しないと、調子が出ないの。禁断症状が出るの。手が震えたり、身体がもぞもぞしたり、急に涙腺が緩んだり」

「怖いわ。そしてお前の勝手なルーティンに俺を組み込むな」

仕方なくベッドの上に胡坐《あぐら》をかき、「で？」と促す。途端に、妹の顔がぱっと晴れた。

直後、大きく息を吸い込んだ日菜子が、早送り機能がついているのかと錯覚させる勢いで語り始める。

「今の推しは、久次米辰治様、八十四歳！　今回に限って様づけなのは、人間国宝だからだよっ。重要無形文化財には能楽や歌舞伎といった芸能と、陶芸や染織などを含む工芸技術があるけど、辰治様が認定されているのは後者で、鉄釉陶器の分野！　ちなみに鉄釉陶器というのは、陶器を焼き上げるときに塗る釉薬《ゆうやく》に鉄分が含まれるもので、別名『天目《てんもく》』。有名なものには、美術界の謎の一つとも言われる、かの美しき中国の曜変《ようへん》天目もあり――」

「ストップストップ！　急ピッチで知識を蓄えたのはよく分かったから。俺は美術の講義を聴くつもりはないぞ」

日菜子は一瞬残念そうに口を尖らせたが、すぐに気を取り直して推《お》し語《がた》りを再開した。

「私が辰治様に一目惚れしたのはねぇ、つい昨日のこと」

「昨日⁉」

「テレビでやってた密着ドキュメンタリー番組を見たんだぁ！　『土を操る魔術師』ってキャッチコピーがつけられててね。いい焼き物を作るために、自分の足で中国まで行って土を探してくるとか、数々の工芸展で入賞を果たして人間国宝になってからも、昔ながらの陶芸家らしい質素な生活にずっとこだわってるとか、そのストイックさと厳しさに感動したの。それでいて、一緒に住んでる孫の前では、超優しいおじいちゃんの顔になるんだよ？　笑うと目が糸のように細くなって、目尻にしわが寄って、ふっくらしたほっぺにえくぼができて……ああああギャップ萌えも甚だしい！　それで昨日は、辰治様のあまりに神々しいお姿がまぶたの裏に焼きついて、夜眠れなくなっちゃって。結局朝方に起き出してリサーチを始めて、見つけた画像を息をするように右クリックで保存していって――」

「すでにこれだけの写真が集まってるのはそういうわけか。人間国宝や鉄釉陶器に関する知識がやけに豊富なのも」

「だって、調べれば調べるほど、生き方に美徳を感じるんだもん！　陶芸ってね、体力と忍耐力と頭のよさとデザインのセンスが、全部必要なの。朝早くから夜遅くまで、五キロや十キロの土を全身の力を使って練って、ろくろで成形して、叩いて、乾燥させて、削って……ベストな釉薬の調合方法や窯の焚《た》き方を見つけるため、科学者みたいに何度も実験を重ねなくちゃいけなくて……そうやって思い通りの焼き物を完成させるだけでも想像を絶する大変さなのに、辰治様はなんと、工房の掃除も弟子に任せないで自分でやってるんだって！　お兄ちゃんみたいな自堕落な人間には絶対にできないよね？　ああ、辰治様を推すファンとして、私も徳を積まないと！」

「さりげなく俺を貶《おとし》めるなよ」

「というか人間国宝って、どんな推しよりも限りなく神様に近い存在だよね？　ただの土から、たった二本の腕で、あの美しい焼き物を生み出すんだもんね？　私も辰治様の手から生み出されたい。ああ生まれたい。土になってこねくり回されたいし、ろくろになりたいし、釉薬になって素焼きの器に塗られたい。辰治様の手で窯に放り込まれて千二百度で焼かれた暁には、輪廻転生の輪から解脱できそうだよね。で、生まれ変わった暁には辰治様の曾孫《ひまご》になるんだぁ」

「解脱するのに生まれ変わるのか？　願望が矛盾しまくってるぞ」

暴風雨のように襲い掛かってくる言葉の矢を避けられないものかと、枕を眼前に突き出してみる。しかし何事もなかったかのようにはねのけられた。翔平の手を離れた低反発枕が、無様に床に落ちる。

「でもね、久次米辰治様を推すにあたって、非常に悔しいことがあるの」

「……何だ？」

「グッズが、買えない」

「ん？」

「一応さぁ……辰治様の新作を取り扱ってるオンラインショップを覗いてみたんだけどさぁ……一番安い湯呑みでも五万円からで、茶碗やお皿は十数万から数十万、工芸展に出品した作品に至っては数百万……」

「わーお」

「中古品なら二万円くらいからオークションサイトで出回ってたみたいだけど、それもテレビの影響で高騰中……」

「あれ、中古品には手を出さないポリシーじゃなかったっけ」

「そうなんだけどさぁ！　買うわけがないんだけどさぁ！　でも、グッズ一つにつき最低五万だよ？　推しに会いにいく合間を縫ってスーパーの試食販売員やクリスマスケーキ売りの単発バイトをやるしかない高校生にとってはつらすぎる価格だよぅ……」

「まあ、諦めろ。人間国宝の作品を買おうだなんて、十七歳のお前にはまだ早い」

「嫌だ！　辰治様のグッズ……諦めたく……ない！」

そう強がりながらも、涙目になっている。——というか、よりによって人間国宝が作る陶器をグッズ呼ばわりするのは、あまりに失礼だと思うのだが。

翔平はあえて妹を嘲るように笑い、ごろりと仰向けに寝転がった。

「いやあ、八十代の人間国宝ねえ。さすがの日菜も、今回は勝ち目がないんじゃないか？」

「何よう、勝ち目って」

「だって、人間国宝はＳＮＳやブログをやってないだろ？　美術品を買い求める層がネットに集うとは思えないから、ファン同士が繋がる術もない。せいぜい作品の販売情報が載ってるくらいだよな。お得意のネトスト技術が完全に封印されちまうわけだ」

「むぐぐ」

「推しの姿を肉眼で見ることさえ、至難の業だよな。特撮ヒーローショーやクイズ番組の観覧みたいなイベントに応募できるわけでもなし、お巡りさんやラーメン屋の店主のようにそのへんで会えるわけでもなし」

「むぐぐぐ」

図星だったらしい。日菜子はベッドの脇でがくりと膝を折り、万歳のポーズを取って、翔平の上にうつ伏せに倒れてきた。

胸のあたりで、妹のくぐもった声がする。

「たっ、たとえネットに載ってる情報が極端に少なくたって……正攻法で会いにいくことが叶わなくたって……他にも方法はあるんだからっ！」

「例えば？」

「今週末、辰治様の作品が展示される工芸展があるの。まずはそれに行って……あとは……えーっとねぇ……」

「俺には日菜の考えていることが手に取るように分かるぞ」

そう言い放ち、がばっと上半身を起こした。弾みで床に倒れ込んだ日菜子を、腕組みをして見下ろす。

「お前――工房に突撃する気だろ」

「こ、工房？　辰治様の？　南足柄《みなみあしがら》の自宅のすぐ隣にある、平屋建ての、庭から箱根や富士の山々を望むことができる、あの古き良き日本家屋風の仕事場に？　まっさかぁ」

「下調べはばっちりってわけか」

できる限り視線が冷ややかになるよう心がける。日菜子は床に手をついて立ち上がりながら、「だってぇ、辰治様との物理的な距離を少しでも縮める術はそれしかないし！」と開き直ったようにのたまった。

「南足柄って、同じ神奈川県内じゃないか。直線距離で五十キロ程度のもんだろ？　もうこれ以上無理に縮める必要はないって」

「ある！　どんなに遠くても十メートルまでは近づきたいよ。できることなら二メートル。いや一・五メートル」

「どうしても日菜が人間国宝を追っかけるというのなら、俺はまた同行しなくてはならないだろうな」

「あれ？　協力してくれるの？　私が障壁を乗り越えて、推しとの運命の邂逅《かいこう》を果たせるように？」

「果たした挙げ句にストーカー規制法違反で捕まらないように、だ」

はあ、と自然と息が漏れる。妹といると、ため息のつきすぎで酸欠になりそうだ。

「……頭がくらくらするな」

「えっ、風邪？　インフルエンザ？　絶対移さないでよ！　高熱が出て工芸展に行けなくなったら、末代まで祟《たた》ってやるんだから！」

――ああ。

もはや、言い返す気にもならない。

＊

——うわあ、吸い込まれそう。

雄大な風景だった。目の前にあるのが、写真でもなく、絵画でもないとは、すぐには信じられそうにない。

白い台に思わず近寄る。片時も離れずに隣に控えている兄が、ぴくりと肩を震わす。

——そんなに警戒しなくたって、私が辰治様の大切な作品に、皮脂たっぷりの手で触るはずがないのに。

たぶん、「日菜のことだから推しの作品に自分の指紋をつけたがるはずだ」とか、「感極まりすぎて作品をこっそり持って帰りかねない」とか、そんな失礼な勘違いをしているのだろう。『推しに迷惑をかけない』が絶対的なポリシーであることは再三伝えてきたはずなのに、これだから心配性の兄を持つと困る。

台に置かれているのは、大ぶりの茶碗だった。深海の濃い青と波の白がところどころでせめぎ合うような、複雑なグラデーションをしている。釉薬が溶けて流れ出した水滴のような跡がそのまま模様となって陶器と調和し、今まさに海の中から水面を見上げているかのような臨場感を見る者に抱かせる。

「へえ……『碧釉茶碗《へきゆうぢゃわん》』か。これだけずいぶん系統が違うんだな。久次米辰治の他の作品は、黒とか茶色とか褐色とか、地味な色ばっかなのに」

白いプレートに印字されている作品名を、兄が声に出して読んだ。作品に心惹かれていて気がつかなかったけれど、これは久次米辰治が人間国宝に認定されている鉄釉陶器の作品ではないようだ。

「地味とか言わないでよね！　鉄釉の自然な色合いや光り具合を活かしつつ、その制約の中で自然の風景をイメージした大胆な模様を描き出していくのが、辰治様の作風なんだから」

「はいはい、それは行きの電車で何度も聞いたよ」

「でも……この作品はすごいねぇ。モノクロに近い世界で勝負を続けてきた辰治様が、鮮やかな色を解禁すると、こんなに美しい作品ができあがるんだねぇ」

日菜子は改めて、久次米辰治作の『碧釉茶碗』をじっと見つめた。吸い込まれそう、という第一印象は未だ変わらない。今すぐ海に飛んでいきたくなるような、心に迫る色合いだった。

「なんだ。お前も結局、茶色の背景に黒い植物、みたいな渋い雰囲気の鉄釉陶器より、こっちのほうが好みなんじゃないか」

「どっちも好きだよ？　こういう変わり種の作品も素敵、ってだけ」

そうは言いつつも、一番心を揺り動かされたのは事実だ。久次米辰治を好きになるまで陶芸には全然詳しくなかったけれど、勇気を出して工芸展に足を運んでみてよかった、と素直に思える。

監視をすると宣言してついてきた兄も、それなりに楽しんでいるようだった。一応文学部だから、広い意味での芸術にはもともと興味があるのかもしれない（といっても社会学専攻だけれど）。

「それにしても、気合いの入った作品ばかりだな。壺《つぼ》、鉢、皿、花瓶、茶碗……一個作るのに、どれくらい時間がかかるんだろ」

「最低でも一か月かかるって、アマチュア陶芸家さんのブログに書いてあったよ」

「ってことは、ここに出展されるような作品はそれ以上か。数か月か、場合によっては年単位？　すげえな」

兄の言葉に頷きながら、日菜子は『碧釉茶碗』の前を離れた。注意深く辺りを見回しながら、会場内を歩き始める。すぐに兄が追いついてきて、日菜子の後ろにぴったりとつけた。

「お前……何を企んでる？」

「辰治様ご本人とのご対面が叶《かな》わなかったとしても、ご家族くらいはいらっしゃるんじゃないかと思って。ドキュメンタリー番組に出てたから、息子さんやお孫さんの顔は分かるし」

「おいおい、警備員につまみ出されるぞ？　こんなところでストーカー癖を発動するな」

「目をギラギラさせながら私の後をつけ回してるお兄ちゃんのほうが、よっぽどストーカーに見えると思うけどねぇ」

「何だとぉ」

怒っている兄に構わず、会場内にいる客やスタッフの顔を覗き込んでいく。残念ながら、録画したドキュメンタリー番組を何度も見て頭に焼きつけた久次米家の人々の姿は、どこにも見当たらなかった。

「よーし、そうとなったら――」

「――今から南足柄の工房に行く、か」

「あらお兄ちゃん、あんなに反対してたのに話が早い」

「俺の説得くらいであっさり引き下がるお前じゃないだろ。仮に俺が無理やり腕を引っ張って家に連れ戻そうとしたら、『この人ストーカーです』って警備員に俺を売ってでも計画を続行しようとするに決まってる」

「ひどいなぁ、そんなことしないこともないよぉ」

「やっぱりな」

工芸展の開催場所であるデパートの催物会場を後にし、エレベーターで下に降りる。一階に着くまでの間に、スマートフォンで乗換案内アプリを立ち上げ、ここ日本橋から南足柄までの経路を検索した。

銀座線で新橋に出て、東海道線で小田原まで一気に南下し、そこから伊豆箱根鉄道大雄山《だいゆうざん》線で十駅ほど進む。

所要時間、二時間。

兄は文句を言うだろう。けれど、日菜子にしてみれば、まったく苦ではない。推しに会うまでの道のりの険しさと、尊いお姿を拝見できたときの喜びの大きさは比例するからだ。

「あのさ日菜、南足柄に向かう前に、このへんで昼食を――」

「ああっ、楽しみ、楽しみっ！」

兄の提案を無視し、日菜子は地下鉄のホームへと続く階段を駆け下りた。

時は金なり、だ。申し訳ないけれど、お腹を減らしている兄には、新橋駅のキオスクでおにぎりでも買ってもらうことにしよう――。

久次米辰治が家族と営む工房は、南足柄市の中心部から少し外れた高台にあった。

箱根山、明神ヶ岳、金時山、そして天気がよければ遥かに富士山を望む立地。今日は曇りだから近くの山々しか見えないけれど、道を歩いているだけで開放的な気分になる場所だ。

「ほお、横浜とはだいぶ違うな。同じ神奈川とは思えない」

「空気がずっと綺麗な気がするよね！　辰治様が普段吸ってる空気がこれだと思うと興奮するよぉ」

「……ま、これだけ自然が多いとな。俺、将来はこういう場所に住もうかな」

「分かるぅ！　私も、辰治様の工房の徒歩圏内に家を借りたいもん」

「……俺とお前では動機が違うんだよ動機が」

目的地に近づくにつれ、心臓の鼓動が速まっていった。おじいちゃん受けがいい服装を研究し、シンプルな黒いロングコートの下に昭和レトロ風の花柄ワンピースを着てみたけれど、コーディネートはこれで本当に正解だっただろうか。せっかく都心のデパートに足を運んだのに、差し入れを買ってこなくてよかっただろうか。工房には販売所があると知っていたにもかかわらず、どうして交通費で吹き飛んでしまう程度の額しか財布に入れてこなかったのだろうか。——いつものことながら、推しに接近する直前は、自分の行動や選択に対する後悔が尽きない。

「あっ、ここだ！」

道端に立っていた『久次窯』という木の看板を発見し、足を止める。その向こうの敷地には、ホームページで見た平屋建ての建物があった。一見普通の住宅に見えるけれど、入り口が広い土間のようになっていて、久次米辰治や弟子たちによる作品が展示販売されている。一般客が入れるのはそのギャラリーまで、久次米辰治や弟子の陶芸家たちが仕事をするのは奥の工房というわけだ。

何のためらいもなく販売所へと歩いていこうとする兄に、日菜子は囁き声で呼びかけた。

「お兄ちゃん、まずは偵察よろしく！」

「は？　日菜は入らないわけ？」

「万が一販売所でいきなり辰治様と鉢合わせしたら、心臓が持たないでしょ？　その間、私は建物の周りを歩いて、工房を覗き見できる場所がありそうかどうか調査してくるから」

「バカっ、やめとけ。大人しくここで待ってろ。一歩も動くなよ。いいな？」

兄はしつこく念押しして、販売所へと駆けていった。日菜子に建物の周りをうろつく暇を与えないよう、速攻で偵察を終えるつもりのようだ。

日菜子が仕方なくその場で待機していると、兄は三十秒も経たずに戻ってきた。

「大丈夫だ。販売所にいたのは、二十代くらいの若い女性が一人だったよ」

「二十代の女性——ってことは、辰治様が可愛がっている同居中のお孫さん、二十四歳の久次米沙穂《さほ》さんだね！　平日は地元の郵便局で働いてるけど、観光客の多い土日は『久次窯』

の仕事を手伝ってるらしいから」

「怖《こえ》えよ。なんで年齢や職場まで把握してんだよ」

「だって、ドキュメンタリー番組に出てたんだもん。録画を何度も見たから覚えちゃった」

それくらい当たり前でしょ、というつもりで言ったのだけれど、兄には白い目で見られてしまった。推しの家族構成を把握するくらい、基本中の基本なのに。

兄が先に様子を見にいってくれたおかげで、肩の力を抜いて販売所に入ることができた。

「いらっしゃいませ」と声がかかり、奥からエプロン姿の若い女性――久次米沙穂が顔を出す。

小ぢんまりとしたギャラリーに、他に客はいなかった。緊張して会話ができなくなるほどではないけれど、目の前にいるのが推しのDNAを受け継いだ女性だと思うと、全身に鳥肌が立つ。

「あっ、こんにちは！　えーっと、久次米辰治さんのお孫さんですよね？」

「そうですけど……どうして分かったんですか？」

「この間のドキュメンタリー番組を見たんです！　それで、一度でいいからここを訪ねてみたいと思って」

「あら、あのテレビね。お恥ずかしい」沙穂は照れ笑いを浮かべ、日菜子と翔平を交互に見た。「お二人は、学生さん？」

「私は高校生で――」

「僕は大学生です。妹に誘われて、一緒に来てみました」

「ご兄妹なのね。今日はどちらから？」

「あ、横浜です」

「車がないってことは、電車で？　遠かったでしょう」

沙穂は兄に微笑みかけた。優しい人柄を感じさせる表情だ。その笑顔に骨抜きにされたのか、兄はだらしなく唇の端を緩ませている。

なんだか気に食わない。会話の主導権を取り戻すべく、日菜子は兄を押しのけるようにして前に進み出た。

「実はさっき、日本橋のデパートで、工芸展を見てきたんです！　こちらにいらっしゃる、久次米辰治さんの作品目当てに」

「えっ、都内まで行ってきたの？　それじゃ、余計に時間がかかったでしょう。高校生で陶芸に興味があるなんて、珍しいね」

私が本当に興味津々なのは、陶芸ではなくあなたのおじいちゃんです――という言葉を、すんでのところで呑み込む。

「特に、『碧釉茶碗』はすごかったです。海の景色を、自然に表現していて……青い色がものすごく綺麗で……なんというか、感動しました！」

語彙力が足りない自分を恨みたくなる。沙穂がほんの少し顔を曇らせたのを見て、日菜子は焦った。感想が稚拙すぎて、上手く伝わらなかっただろうか。

「あっ、えーっと……黒や茶色の鉄釉陶器だけじゃなくて、ああいう作品もあるんですね。それが意外で、見たときにはっとして！」

「ありがとう。後で、祖父に伝えておくね」

それでもなぜか、沙穂の表情は晴れなかった。棚に並んでいる陶器を眺めている兄は気づいていないようだ。

――何か、まずいことを言っちゃったかな？

この空気をどうにかしようと、日菜子は頭をフル回転させた。近くの棚にある陶器を褒めようかと思ったけれど、久次米辰治の孫を満足させられるような感想を言える気がしない。

「あっ、あのっ……ここって、工房見学とか、陶芸体験はやってないんですよね？」

「ごめんなさいね。家族でやってる小さな工房で、人手が足りないから、土日に作品の販売しかしていないの。大抵は祖父と父だけが働いてて、日によってはお弟子さんが出入りするくらいで。そのお弟子さんも、自宅にアトリエを持っていたりするから」

しい。

残念。予期してはいたけれど、一般客として合法的に久次米辰治に接触する方法はないら

「じゃあ——バイトも募集してないですか？」

「……バイト？」

「もしくは、弟子でもいいです！　私を、ここで働かせてください！」

「おいおいおいおい日菜、何を言ってるんだ」

離れたところで作品を見ていた兄が、途端にすっ飛んできた。「ちょっと失礼します」と沙穂に向かって一礼し、日菜子の二の腕を引っ張って外へと連れ出す。「痛いってば！」と騒ぐと、兄は呆れた顔をして腕を解放した。

「お前、まだ高二だろ⁉　一時のテンションで人生を決めようとするな！」

「だって、そうでもしないと辰治様に会えないみたいだし……」

「だから動機が不純なんだよ動機が。本当に陶芸家になりたいなら、まず美大や専門学校に行けばいいだろ？　それが突然弟子入りを志願するなんて」

「じゃあ私、高校を卒業したら美大に行こうかな！」

「え？　まあ日菜は手先が器用だし、向いてないことはないと思うけど、でも——」

クスクス、と後ろで笑う声が聞こえた。振り向くと、販売所の入り口から顔を出した沙穂

が、可笑しそうに目を細めていた。

「すごく熱意があるのね。陶芸家の中には、高校を卒業してすぐ、十八歳で弟子入りする人たちもいるんだよ。美大や専門学校に行くのは、必須というわけじゃないの」

「そ、そうなんですか」説教に水を差された兄が、しどろもどろに答える。

「といっても、陶芸家として食べていける人はほんの一握りだし、十代でその道に飛び込むとなったらご家族の理解も必要でしょうから、本当にその気があるのなら相談してから来てね。ただし、うちの祖父の場合は、年齢も年齢だし、相当センスがあると認めない限りはなかなか弟子を取らないから、がっかりさせる結果になっちゃうかもしれないけど」

「わあ、ありがとうございますっ！」

日菜子の情熱を笑い飛ばさず、現実的なアドバイスをくれた沙穂の優しさに感激する。そばで口をパクパクさせている兄には、ざまあみろと言いたい。

沙穂は「そうだ」と手を打ち、販売所の奥を指差した。

「わざわざ遠くから来てくれたみたいだし、ちょっとだけ工房を覗いてみる？　私の判断で仕事の邪魔をするわけにはいかないから、こっそり後ろ姿を見るだけになっちゃうけど。今なら、ろくろを回してるところが見えると思うよ」

「ほっ、本当ですか!?　それはぜひぜひ、ぜひぜひぜひですっ！」

願ってもない提案に、勝手に身体が動き出す。兄がすぐさま肩を押さえつけなかったら、その場でサンバを踊り、一人カーニバルを始めていたかもしれない。

沙穂に手招きをされ、再び販売所に入った。突き当たりにあるレジの向こう側に入れてもらい、天井から下がっている間仕切り用の紐暖簾をそっと掻き分け、奥の部屋を覗き込む。

木を基調とした、屋根の形がそのまま活かされている広い空間。

無骨な木のテーブルに並べられた、作製途中の焼き物。

奥には電動ろくろが数台並び、そのうち一台の手前に、録画したドキュメンタリー番組に幾度となく映っていた、見覚えのある人物が座っている。

暖かそうなセーターに身を包んだその背中を見た瞬間——大げさでなく、目の前にぱっと、光が差した。

「あーもう、大満足！　最高の一日だったぁ！」

夕飯を食べながら、何度も箸を持つ手を止め、今日の出来事を思い返す。あまりの幸福感に耐え切れず、日菜子が手足をジタバタさせて叫び出すたび、両親は「よかったな」「よかったわねえ」と相槌を打ち、疲れが顔に出ている兄はため息の数を一つ増やす。

これほど平和な追っかけライフを楽しんだのは、いつ以来だろう。

特撮スーツアクターの越谷充も、お巡りさんの村上恭一も、クイズ王の若月海渡も、ラーメン屋店主の中村清隆も、会いにいったその日にトラブルに巻き込まれた。兄は疫病神だ何だと日菜子をいじめるけれど、今回ばかりはそうは言わせない。

「私、陶芸の道に進もうかな！　いきなり辰治様に弟子入りは難しいかもしれないけど、美大か専門学校に行って、腕を磨いて」

「へえ、日菜が陶芸家か。かっこいい！　いつかテレビに取り上げられたりしてな」

「そういえばお母さん、このあいだ湯呑みを一つ割っちゃったのよねえ。日菜が作ってくれたら、新しいのを買わなくて済むわぁ」

「お父さんもお母さんも、もう少し真剣に考えなくていいのかよっ！」

素直に夢を応援してくれる両親と、うだうだ文句を言う兄。本当に血が繋がっているのかと疑いたくなる光景だ。

「お兄ちゃんはうるさいなぁ。私のやる気を削《そ》ぐようなことばっかり言って。そんなにネガティブだと、女の子に嫌われるよっ！」

「余計なお世話だ。というかお前は、自分の飽きっぽさを自覚しろ。どうせ、もう一、二週間もすれば別の推しを追っかけてるくせに」

「今回は大丈夫！　だって、変な事件や事故も起こってないし、辰治様やそのご家族のイメージはよくなる一方だし、心変わりする理由がないもん。高校二年生もあと三か月ちょっとで終わっちゃうし、進路を固めるのは別に悪いことじゃ――」

兄を論破しようとしたところで、テーブルの端に置いていたスマートフォンに通知が届いた。反射的に画面をタップし、メールアプリを開く。検索サイト上で、『久次米辰治』というワードを含むネットニュースが配信されたらメール通知が届くよう設定しておいたのだけれど、さっそく何かの記事が検索に引っかかったようだ。

「……え？」

メールの本文に表示されていた記事の見出しを見た瞬間、日菜子は全身をこわばらせた。

人間国宝・久次米辰治、弟子の作品を横取りか？

頭が真っ白になる。ようやく視界が元に戻り始めた数秒後、日菜子は慌てて記事のリンクをタップし、ネットニュースに目を通した。

信じられない内容だった。あの久次米辰治が、弟子の作品を自分のものと偽って、展示会に出品していたのだという。

このことをブログで激白した大城竜之進という三十代の弟子の名前は、記事を読むまで知らなかった。久次米辰治の弟子であることを元から公にしていたのなら、検索サイトやSNS上で推し関連の情報を見つけ出すことにおいて右に出る者はないと自負する日菜子が、貴重なブログの存在を見逃したはずがない。ということは、最新の投稿で師匠の名を初めて明かしたのだろう。

それがすぐさまネットニュースになるということは、ブログに書かれた内容に一定の信憑《しんぴょう》性があったということだ。

「どうした、日菜？」

向かいに座っていた兄が、流しに皿を下げるついでに画面を覗き込んできた。

「久次米辰治が横取りって……えっ？」

素っ頓狂な声を上げた兄が見守る中、ネットニュースの元ネタである大城竜之進のブログにアクセスし、『人間国宝・久次米辰治に作品を横取りされました。』と題された最新記事を読んでいった。

ぐっとこらえるべきなのかどうか、ずいぶん悩みましたが、どうにも怒りが収まらないので洗いざらいぶちまけます。

タイトルのとおりです。

人間国宝・久次米辰治に、作品を横取りされました。

僕が作った茶碗を、展示会に無断で出品されたのです。僕、大城竜之進ではなく、久次米辰治名義で。

これまでブログでは明かしていませんでしたが、僕は二年半ほど前から久次米辰治に師事していました。美大を出てから、会社員として働く傍ら、自宅兼アトリエで陶芸家としても細々と活動していたものの、一人では技術の向上に限界を感じていたのです。そこで、思い切って会社を辞め、鉄釉陶器の国内最高峰である師匠のところに、弟子入りさせてもらうことにしました。

このことをブログやウェブサイトのプロフィールに記載していなかったのは、『久次米辰治に師事』と公にできるのは三年以上経ってからという話だったからです。師匠本人がそう決めたわけではないようですが、『久次窯』に出入りしている弟子たちの間では暗黙のルールになっていました。

さて、話を戻しましょう。

現在日本橋のデパートで開催されている某工芸展（と言ったらバレバレですが）に久次米辰治名義で出品されたのは、僕が作陶した『碧釉茶碗』です。

僕はここ数年、碧釉を研究していました。銅とコバルトが入ったこの釉薬が生み出す、透明感のある美しい青色に心を奪われていたのです。陶器という小さな世界の中で、海の色も、空の色も、自在に描き出すことができます。碧釉は上手く焼くのが大変難しいのですが、挑戦する価値は十分にあると信じ、これまで試行錯誤を続けてきました。

工芸展に出品されてしまったのは、三か月ほど前に着手した作品です。ろくろ成形や乾燥は自宅アトリエで行ったのですが、焼成《しょうせい》は電気窯でなくガス窯で行いたかったので、施釉《せゆう》以降の工程は『久次窯』で行いました。

焼成が終わったのは、今から一か月半前のことです。完成した碧釉茶碗を見た瞬間、僕は心から感動しました。釉薬が溶け落ちる過程で、いくつもの波が白い飛沫《しぶき》を上げて打ち寄せるような、それはそれは美しい模様ができあがっていたのです。陶器の出来栄えには厳しい師匠も、このときばかりは手放しに褒めてくれました。

その日、僕は作品を工房に置いたまま帰宅しました。今思えば、このときすぐに持ち帰っていれば、こんなことにはならなかったのです。

翌日、師匠から電話がかかってきました。突然、工房への出入り禁止を言い渡されたのです。期間は一か月間。その理由は、僕が交際相手である師匠の孫娘と大喧嘩をしてしまったからというものでした。

僕が師匠の孫娘と付き合っていて、前の晩に関係がこじれるほどの大喧嘩をしたのは、本当のことです。とはいえ、交際の事実自体はずいぶん前に報告していましたし、仕事とは切り離して考えていたつもりでした。それが突然、会社員でいうところの停職のような扱いを受けたのです。正直、面食らいました。

師匠の公私混同ぶりに不満を覚えつつも、僕は命令に従い、一か月は『久次窯』に近寄りませんでした。そして、出入り禁止期間が明けた二週間前に、例の碧釉茶碗を取りにいったのです。

しかし、工房に到着すると、師匠が慌てて出てきて、立ち入りを拒まれました。「よくよく見てみたら粗い作りだった。大城くん、この作品は人に見せないほうがいいよ」などとわけの分からないことを言って、持ち帰らせてくれなかったのです。

僕は不信感を抱きつつ、碧釉茶碗が棚に置かれていることを遠目に確認し、自宅に引き返しました。ただ、その時点で、違和感を覚えるべきでした。工房には棚がいくつかあるのですが、僕のものではなく、師匠が手掛けた作品を並べておく棚に移動されていたのです。

そして今日、陶芸家仲間からの連絡で、初めて知ったのです。僕が作ったあの力作の碧釉茶碗が、久次米辰治の作品として、由緒ある工芸展に出品されていたことを。

師匠は八十代で、ネットに疎い人間です。僕がブログをやっていて、陶器の制作過程を写真付きで詳細にアップしていることを、まったく知らなかったのでしょう。

ここに書いた内容が作り話でないことは、過去の記事を見てもらえればお分かりいただけるかと思います。また、ウェブサイトの作品販売ページには、似た模様の器の作成に何年も前から取り組んでいた履歴が残っています。

もちろん、師匠には直接抗議しました。でも、「展示会に出す気はなかった。どれを出品するかは妻や嫁に委ねているため、間違えてしまったのだろう」などと弁解され、しまいには「出品されてしまったものは仕方ない。黙っていてくれないか」と隠蔽《いんぺい》を強要されたのです。それで堪忍袋の緒が切れ、一部始終をブログで告白するに至りました。

久次米辰治先生。今まで僕は、あなたの陶芸の腕や人柄を心から尊敬していました。人間国宝とは、いったい何だったのでしょうか。このようなことになり、非常に残念です。

「これ……やばくないか？　碧釉茶碗って、日菜が気に入ってた作品だよな？　あ、おい、日菜！」

兄の声が、だんだん遠くなっていく。骨ばった両腕に抱きかかえられ、ようやく自分が椅子から落ちかけていたことに気がついた。

その後、「最高の一日」だったはずの土曜の夜をどのように過ごしたかは、ほとんど記憶にない。

思いつめすぎて湯船の中で溺れかけたことや、階段を上っている途中に転落しかけたことだけ、断片的に覚えている。

ベッドに横たわり、布団を頭までかぶって、ネットニュースのコメント欄やSNSの投稿を読み漁った。『これはひどい』『大城さん、かわいそう』『陶芸界にもパワハラはあるんだな』『部下の手柄を自分のものにする上司的な？』『ネットに疎くてすぐにボロが出るって、人間国宝ウケる』『ゴーストライターならぬゴースト陶芸家？』などというコメントの数々が、日菜子の胸を引き裂いた。

日菜子の愛する推し——久次米辰治が、「人としてやってはいけないことをした」とコメントを出し、陶芸家引退を発表したのは、翌日の夜のことだった。

*

電車のつり革が、振動に合わせて一斉に揺れる。その様子を見上げていた兄が、窓に後頭部をもたせかけたまま大きな欠伸《あくび》をした。

「あー、帰りたい。冷蔵庫のプリンを食べて、ベッドでゴロゴロして、あったかい布団にくるまって延々とゲームをしたい」

「ひどいなぁ。まだ目的地にも着いてないのに」

「だって、今さら調査したって意味ないだろ？　今朝のニュースでも、ゲストの陶芸家がコメントしてたじゃないか。『展示会が近いのに納得できる作品が完成せず、つい魔が差してしまったんでしょうね。人間国宝にもスランプがあったということです』って」

「辰治様がスランプだなんて……そんなわけないよ。辰治様は、そんなことしないよ」

「でも、あの大城って若手陶芸家のブログに、怪しいところは一つもなかったじゃないか。制作開始から完成までの写真も全部掲載されてたし、似たデザインの茶碗は以前から販売してたみたいだし。そもそも、当の人間国宝が何の反論もせずに引退を宣言した時点で、日菜の仮説は成り立たないんだよ」

「それは……分かってるけど……」

当初日菜子が唱えていたのは、大城竜之進の陰謀説だった。陶芸家としてなかなか芽が出なかった大城が、人間国宝が制作した作品を自分のものだとでっちあげ、美術界でのし上がろうとしたのではないかと考えたのだ。

これに関しては、兄の言うとおりだった。大城竜之進のブログには、一つの綻びも見つけることができなかった。無実の罪をかぶせられているのなら、久次米辰治が「人としてやってはいけないことをした」などと言って引退する理由もない。

日菜子が口をつぐむと、兄が「まあまあ」と肩を叩いてきた。

「陰謀《いんぼう》説に固執したくなる気持ちも理解できるけどな。あの大城って陶芸家、今回のことで作品がバカ売れしてるみたいじゃないか。通販ページに掲載してた茶碗や湯呑みはことごとく売り切れ、それどころか自宅アトリエには陶器をオーダーする客が押し寄せる始末」

「そう……なんだ」

「今回の一件で名声を上げたのは確実だ。何せ、人間国宝の作品として展示会に出品されたにもかかわらず、本人がブログで激白するまで誰も見抜けなかったほどの腕前の持ち主なんだからな。……って、知らなかったのか？」

「推しを引退に追い込んだ人のウェブサイトを、せっせとチェックする気になれると思う？」

細く息を吐き、窓の外に目をやる。家々や空き地の向こうに、黒々とした山が連なっていた。もう『久次窯』が近いのだと思うと、気が引き締まる。

「勝ち目は薄いってことは分かってるよ。だけど、今日一日だけは頑張ってみたいの。何もヒントを見つけられなかったら——そのときは、潔く諦めるから」

隣の兄が、仕方ないなあ、というように頷く。

人もまばらな車内に、到着のアナウンスが流れた。日菜子は兄とともに席を立ち、冷たい北風が吹く駅のホームに降り立った。

坂を上り、高台の上にある『久次窯』に辿りつく。息を切らしている兄が、「で、プランは？」と話しかけてきた。

「……プラン？」

「わざわざ南足柄まで再びやってきたってことは、何らかの策があるんだろ。もしくは、すでにいい感じの推理ができあがってるとか？」

「ないよ。なーんも」

「え」

工房の隣には、二階建ての住居がある。ひたすらその二つの建物を見張り続け、人の出入りがあれば聞き耳を立てたり、相手を見極めた上で聞き込みをしたりする。そんな作戦とも言えない作戦を伝えると、兄はうんざりとした顔をした。それならついてこなければいいのに、「悲しみに我を忘れた日菜が何をするか分からないから」と頑なに主張するのだから、たちが悪い。

今日は、工房の入り口の扉はぴったりと閉ざされていた。久次米辰治が引退を発表したため、販売所はいったん休みにしているのだろう。

久次米家の人々や弟子たちに見つからないよう、近接して建っている工房と住居の間に身を隠した。マフラーに顔をうずめ、手をこすり合わせながら、耳を澄ませる。残念なことに、建物の中からたまに声が聞こえてくるものの、会話の内容までは聞き取れなかった。

見張りを開始したのが、午前十時。最初に動きがあったのは、十一時を過ぎた頃だった。敷地内に、白い車が入ってきた。降りてきたのは、スーツ姿の真面目そうな男性だった。人気《ひとけ》がない工房にちらりと目をやると、男性は住居の玄関へと歩いていって、インターホンを鳴らした。「あらまあ、篠田《しのだ》さん。中へどうぞ」という女性の声が聞こえ、ドアが閉まる。沙穂ではなかったようだから、沙穂の母か祖母だろうか。

三十分ほどして、篠田と呼ばれた男性が家から出てきた。「ごめんなさいね。何度も何度も」という先ほどと同じ女性の声に対し、篠田が「いえいえ、非があるのはこちらですから」と意気消沈した口調で答えている。

玄関のドアが閉まり、篠田が車へと歩き出した。その足取りは重い。

いてても立ってもいられず、日菜子は物陰から飛び出し、彼の元へと向かった。「あ、おい！」とワンテンポ遅れて、兄が追いかけてくる。

「あのっ、すみません！」

呼びかけると、篠田は驚いた顔をして振り返った。自分以外誰もいないはずの駐車場に、突然見知らぬ若者が二人も現れたのだから、戸惑って当然だ。

疑問を抱かせたら負けだと、日菜子は間髪入れずに質問をぶつけた。

「もしかして、工芸展の関係者の方ですか？」

「あ、はい、そうですけど」

どんな手品を使ったんだ——と言わんばかりに、兄が目を丸くしてこちらを見る。

これくらいは簡単だ。大城竜之進のブログに、『展示会に出す気はなかった。どれを出品するかは妻や嫁に委ねているため、間違えてしまったのだろう』という久次米辰治の台詞が載っていた。その言葉の真偽はともかくとして、玄関先で妻か嫁のどちらかに親しげに迎え入れられ、このタイミングで「非があるのはこちら」と謝罪訪問に訪れているということは、工芸展側の担当者である可能性が高い。

「やっぱり！　工房に出入りしてるのを見かけたことがある気がしたんです。私、ここの近所に住んでて、辰治おじいちゃんには昔からよくしてもらってたので、すごく心配で」

「ああ、近所の子か。そうだよね、心配だよね。マスコミは好き勝手に報道してるし」

「さっき奥さんに、『非があるのはこちら』って謝ってましたけど……やっぱり、辰治おじいちゃんが意図的に大城さんの作品を横取りしたわけではなかったんですか？」

「辰治さんはそんなことをする人じゃないよ。今回の一件の責任はこちらにある。僕は普段から、月一のペースでここを訪れて、幸江《さちえ》さんや由里《ゆり》さんと一緒に、出展する作品を選ばせてもらってるんだけど――」

篠田は顔を陰らせながら、事の経緯を語った。

事件前、彼が最後に『久次窯』に足を運んだのは、工芸展の一週間前のことだった。そのとき、棚に置いてあった例の碧釉茶碗を目にし、その美しさに引き込まれた。もともと久次米辰治自身は、どの作品をどの展示会に出すかということには無頓着《むとんちゃく》だったため、事務や経理を担当している妻の幸江や嫁の由里と相談の上、急遽《きゅうきょ》日本橋のデパートで行われる工芸展に出すことに決めた。碧釉茶碗を運び出した際、辰治はちょうど昼食休憩で隣の自宅に戻っていて、篠田と顔を合わせることはなかった。

「あれがまさか、お弟子さんの作品だったなんて……私の目は節穴だったよ。陶芸に長らく関わってきて、辰治さんが手掛ける焼き物の素晴らしさを誰よりも理解していると自負していたのに」

篠田は肩を落とし、大きくため息をついた。

「あれから何度も謝罪に訪れて、工芸展の運営側として公式に会見をしたい旨を伝えているんだけど、辰治さんはなかなか取り合ってくれなくてね。『すべて私のせいだよ。大城くんの作品をわざわざ自分の棚に置いた時点で、自分のものにしてしまおうというやましい気持ちがなかったとは言い切れない』って、僕をかばうんだ」

「辰治様……」

推しの懐の深さに感銘を受けて、思わずいつもの呼び名を口にしてしまったけれど、篠田は気づいていないようだった。

それから二三言葉を交わし、篠田と別れた。近所の住人と説明してしまった手前、いったん家に帰るふりをして敷地外に出る。篠田の白い車が走り去るのを確認してから、再び元の場所に戻った。

「いやあ、お前、ホント強心臓だな……」

何もしていない兄が、疲れたように呟く。鎌をかけたり近所の住人になりすましたりしたことを指しているようだ。

「とりあえず、よかったじゃないか。久次米辰治は、弟子の作品をわざと自分名義で出展したわけじゃなかった。大城に問い詰められた際、とっさに隠蔽しようとしたのがまずかっただけだ。めでたしめでたし、ってことで――」

「まだ帰らないよ？　今日一日はねばるって言ったでしょ？」

「えええ……」

兄がポケットに両手を突っ込み、その場で足踏みをした。服を着込んできたつもりだったけれど、さすがにずっと外にいるから、身体の芯まで冷え切っている。

　考えを巡らせながら、張り込みを続けた。駅近くのコンビニで買ってきたアンパンを食べ、二百ミリパックの牛乳を飲み干し、じっと待ち続ける。これだけ報道がされているのだから、マスコミの記者がやってきてもおかしくなさそうなものだけれど、篠田以外に工房を訪れる者はなかった。大城の激白から、もう一週間が経とうとしているからだろうか。

　紺色のミニバンが敷地内に入ってきたのは、太陽が徐々に西に傾き始めた頃だった。

「いやあ、まじでムカつくわ。『大城さんの作品は斬新なデザインが素人受けするのでしょう』とか、『正直、陶芸家としての技術はまだまだですね』とか、『久次米辰治名義で出品された例の茶碗だけが奇跡的によくできたのでは？』とか。わざわざテレビでコメントすることじゃなくね？　俺の作品がバカ売れしてることに対する嫉妬かもしれないけどさぁ」

　運転席から降りてきた男を一目見て、日菜子は息を呑んだ。騒動の発端となった、弟子の大城竜之進だ。耳にかかるほどの長さの茶髪に、無精髭。その風貌《ふうぼう》は、ブログのプロフィール写真と一致している。

　大城は誰かと通話しているようだった。会話の内容からして、気心の知れた友人か、若手陶芸家仲間だろうか。

「ま、別にいいんだけどね。あの碧釉茶碗の出来が人間国宝級だったことについては、誰も異論がないみたいだし。他の作品の受けが悪かろうが、作品を買ってくれるのが素人の客ばかりだろうが、陶芸家一本で生活できるようになりゃ御《おん》の字《じ》だし」

スマートフォンを耳に当てたまま、大股で久次米辰治の自宅玄関へと向かっていく。「じゃ、このへんで。今からめんどい話し合いだから」と吐き捨てるように言い、大城は通話を切った。

インターホンを押し、ぶっきらぼうに「大城です」と名乗る。玄関先に出てきたのは、交際相手の沙穂のようだった。「やっと来てくれたね。私の部屋で話そう」という硬い声が聞こえ、ドアが閉まる。

「なんか……印象の悪い奴だな」

兄が苦虫《にがむし》を嚙み潰したような口調で呟いた。大城が、あの人懐こそうな笑みを浮かべていた久次米沙穂の恋人であるという事実に、納得がいっていないのかもしれない。

――今から、別れ話でもするのかな？

聞こえてきた会話の内容からすると、沙穂が大城を呼び出したようだ。そもそも、大城が一か月半と少し前に工房への出入り禁止を言い渡されたきっかけは、沙穂との大喧嘩だったという。大城と久次米辰治の間で大きなトラブルが勃発した今、二人の仲はすっかり冷え切っているだろう。人間国宝に大事な作品を奪われた弟子と、その人間国宝に可愛がられている孫娘が、これからも付き合い続ける未来はないように思えた。

「で、どうするんだ？　さすがに、さっき工芸展の担当者に話しかけたみたいに、大城本人に突撃取材するわけにはいかないだろ。仮に話を聞いたところで、ブログに書いてあったことを繰り返すだけだろうし」

「うーん……」

兄の質問には答えず、考え込む。

何かが頭の中で引っかかっていた。

だけど、まだヒントが足りない気がする。

「もう少しで、繋がりそうなのに……」

こめかみを押さえ、脳内を浮遊している雑多な情報を選《よ》り分けようとした。兄の視線を感じる。きっと、きょとんとした顔でこちらを見ているのだろう。

そのとき、急に家の中から大声が聞こえてきた。

「いい加減にしろ！　こんな状況で、結婚なんかできるわけないだろ。俺はお前のじいさんに、大事な作品を盗まれたんだぞ？」

「そっちこそ、どうしてそんなに無責任なの？　私たちはもう、ただの恋人じゃないんだよ！」

大城と沙穂が怒鳴り合っている声が、頭上から聞こえてくる。日菜子は兄と顔を見合わせ、二階の窓を見上げた。

「お前が別れたくないからって、毎日のように呼び出すのはやめろ！　俺の中で結論は出てるんだ。昨日も一昨日も、さんざん伝えただろ！」

「ひどいよ！」

ガシャン、と何かが床に叩きつけられるような音がする。

「何すんだよ！　ったく、気性が荒い女だな。言い返せなくなると、そうやってすぐ物に当たる」

「あなただって、頭に血が上ると手が出るでしょ？　ほら！」

「そうでもしないと、お前がこっちの言い分を聞かないからだろ！」

「今の私を殴ったら、許さないから！」

窓を閉めているというのに、声が辺り一帯に響き渡っている。すぐそばにいる日菜子や兄だけでなく、近所の住人にも聞こえていそうだ。

「さ、沙穂さんって……見た目によらず、怒ると怖いんだな」

兄が目を白黒させている。このあいだ沙穂に優しくしてもらっただけに、ショックなのだろう。

「大城もＤＶ男っぽい感じなのかな？　喧嘩が絶えなそうだし、あんな男とは結婚しないほうがいいと思うけど……どうして沙穂さんが追いすがってるんだろ」

「もしかして、沙穂さんって……」

——どうしてそんなに無責任なの？

——ただの恋人じゃないんだよ！

——今の私を殴ったら、許さないから！

今しがた聞いた声が、耳の中に蘇る。

「……妊娠してるのかな？」

そっと呟くと、兄がぽかんと口を開け、「……え？」と声を漏らした。

日菜子が説明を続けようとすると、二階からヒステリックな声が降ってきた。

「こんなに言ってもダメなら、もういい！　私もあなたも欠点はいろいろあるけど、きちんと指摘し合って、二人で力を合わせれば、いい家庭を築いていけると思ったのに！　私はあなたの作品が好きだったから、父親が陶芸家として活躍してるかっこいい姿を、子どもに見せてあげたかったのに！　さよなら！　私はシングルマザーとして、子どもと二人で生きていくから！」

部屋のドアが勢いよく開け放たれる、大きな音がした。階段を駆け下りる足音が続き、玄関からワンピース姿の若い女性が飛び出してくる。沙穂は数歩進むと、駐車場に停まっている大城のミニバンの前に座り込み、辺りを憚《はばか》らずに泣き出した。十二月の下旬だというのに、コートも着ていない。

――どうしよう、話しかけたほうがいいかな？

妊婦があんな格好で外にいるのはよくない。日菜子が物陰に隠れたままおろおろしていると、開きっぱなしになっていた玄関のドアから、何者かがゆっくりと姿を現した。

セーター姿の老人。

あの後ろ姿は――。

「たっ、たっ！」

思わず叫び出しそうになり、兄に口を塞がれる。

久次米辰治がこちらに気づく様子はなかった。背中の後ろで手を組んで、孫娘の元へと歩いていく。

彼は、しゃがみ込んでいる沙穂のすぐ後ろで立ち止まった。孫娘の震える肩にそっと手をのせ、柔らかい声で話しかける。

「ごめん……ごめんよ。沙穂の幸せが一番だと思っていたのに……結局、私がすべて壊してしまったね」

「やめてよ。そんなこと言わないで。全部、私のせいだから。おじいちゃんの陶芸家人生を台無しにしちゃったのは、私だから……」

辰治が落ち込んだ様子で詫び、沙穂が懸命に首を横に振っている。その光景を、日菜子は固唾を呑んで見守った。

「どういうことだ？　久次米辰治は、孫の幸せを願って、あんな騒ぎを起こしたってこと……？　DV男とは別れさせるのが正解だと信じて、あの碧釉茶碗をわざと自分名義で工芸展に出し、大城を怒らせて二人の仲を引き裂こうとしたとか？　それなのに、結局沙穂さんのほうが未練たらたらで、今も結婚したくて悲しがっている……？」

兄が小声で、とんちんかんな推測をしている。

その瞬間、日菜子の脳内で、パズルのピースがはまった。

気がついたときには、走り出していた。

座り込んでいる沙穂と、その隣に立つ久次米辰治のところへ。

「あっ、あのっ！」

小石に蹴つまずいて転びそうになりながら、二人に駆け寄った。兄もびっくりして物陰から飛び出してくる。

沙穂と辰治が、同時にこちらを向いた。推しの視線をまっすぐに受け、あまりの神々しさに昇天《しょうてん》しそうになる。

――ダメダメ、気を確かに！

自分に言い聞かせながら、日菜子は仁王立ちになった。威圧感を与えるつもりはないのだけれど、そうでもしないとその場に倒れ伏してしまいそうだからだ。

幸い、沙穂は日菜子たちのことを覚えていたようだった。「あ、先週販売所に来てくれた……」と、慌てたように涙を拭き、よろよろと立ち上がる。

辰治が戸惑った顔をした。素性を訊かれる前に、日菜子は先手を打って切り出した。

「すみません。どうしても見過ごせないので、教えてください。工芸展に出品した、あの碧釉茶碗は――大城さんではなく、辰治さんご本人が作ったものですよね？」

「ちょ、ちょっと待てよ、何を言い出すんだ」

案の定、横から兄が口を挟んでくる。

「大城竜之進のブログを全否定するってのか？　あれだけ細かく制作過程が載ってたじゃないか。リアルタイムでコメントしてた人たちもいたみたいだし、後から記事を捏造できたはずがない」

「あのね、そうじゃなくて。大城さんは、確かに碧釉茶碗を完成させたよ。だからといって、大城さんが作った茶碗と、工芸展に出品された茶碗が、同一であるとは言い切れない」

「……へ？」

日菜子は、何も呑み込めていない様子の兄から、沙穂、そして辰治へと視線を移した。

「先ほど、工芸展の担当者の篠田さんと話す機会があったんです。そのとき、頭に引っかかったことがありました。篠田さんは、毎月ここを訪れて、奥さんの幸江さんやお嫁さんの由里さんと相談しながら、展示会に出す作品を選んでいるそうですね。そんな篠田さんが問題の碧釉茶碗を見つけて運び出したのは、工芸展の一週間前のことだったといいます」

でも、これって、ちょっと変ですよね——と、日菜子は辰治のセーターの胸元を見つめながら、押し出すように言った。

「大城さんのブログによると、彼が茶碗を完成させたのは、工芸展の一か月半前。それからずっと工房に置かれていたはずの碧釉茶碗の存在に、月に一度という決まったペースで顔を出している篠田さんは、なぜ一週間前になるまで気づかなかったのでしょう？」

篠田が一定の間隔で『久次窯』に足を運んでいるとすれば、工芸展の約一か月と一週間前にも、工房を訪れたことになる。

久次米辰治が手がける鉄釉陶器は、黒、褐色、茶色など、鉄本来の色を活かしているものが多い。その辰治に師事している息子や弟子たちが、かけ離れた色の陶器を日々量産しているとも思えない。工房にあの美しい碧釉茶碗が置いてあったなら、それが辰治の作品棚でなかったとしても、篠田の目に留まったのではないだろうか。ましてや、大城のブログによると、工芸展の二週間前に作品を取りにいった時点で、碧釉茶碗は辰治の棚に移動されていたという。

では、篠田はなぜ、工芸展の直前になって、碧釉茶碗を初めて目にすることとなったのか。

日菜子はいったん目をつむり、沙穂に視線を向けた。

「大城さんのブログには、工芸展の一か月半前――碧釉茶碗が完成したその日の夜に、交際相手の沙穂さんと大喧嘩をしたと書いてありました。これは間違いないですか？」

「ええ……そのとおりだけど」

たぶん、妊娠が判明し、これからのことを話し合おうとしたのだろう。けれど、陶芸家としての収入が安定しない大城は、結婚して子どもを持つことに抵抗を示した。沙穂は産みたい、大城は中絶させたい。議論は平行線のまま、大城が沙穂を振り切って帰宅したことにより強制終了となった。

先ほどの怒鳴り合いの内容を思い出す。物が床に叩きつけられる、ガシャン、という大きな音も。

「大喧嘩をした日、沙穂さんは、言い争った勢いのまま工房に向かったのではないですか？そして、手に負えないほど大きくなった怒りを、大城さんの作品にぶつけた。つまり――大城さんが完成させたばかりの碧釉茶碗を、割ってしまったんです」

日菜子がそう言った途端、沙穂の顔が青ざめた。

隣に立っている辰治が、諦めたように目をつむる。

すべてを悟りきったようなその顔を見つめ、日菜子はそっと呟いた。

「だから、辰治さんは……大城さんの作品を、完全再現することにしたんですよね。並々ならぬ思いで作り上げた碧釉茶碗を沙穂さんに割られたと知ったら、大城さんがどんな仕返しをするか分からないから。確実に二人の関係は終わり、沙穂さんがお腹の子を一人で育てなければならなくなってしまうから」

焼き物の制作には、最低でも一か月かかるという。

辰治が大城に一か月間の出入り禁止を言い渡したのは、このためだったのだ。

どうにかして、沙穂が大城の作品を割ってしまったという事実をなかったことにしようとした。まったく同じ焼き物を完成させることで、大城の目を欺き、覆水を盆に返そうとした――。

「陶芸は、玄人《くろうと》と素人《しろうと》の差がつきにくいと聞いたことがあります。大城さんには失礼かもしれませんけど、試行錯誤するうちに驚くほど完成度の高い作品が生まれるケースというのは、今回の碧釉茶碗の例で分かるように、実際に存在するわけです。だったら、何が人間国宝を人間国宝たらしめるのかな、って考えてみたんですけど……」

それは〝偶然を引き出す力〟なのではないか、と日菜子は考えた。

大城は、「たまたまできちゃった」。

辰治は、「狙ってできた」。

陶芸に限らず、美術における上達のコツは模倣だという。とはいえ、普通の陶芸家は、他人の作品を完全コピーする能力など持たないだろう。その点で、人間国宝・久次米辰治は、想像を絶する領域に達していたというわけだ。

日菜子が語り終えると、辰治は片手を後頭部に当て、困ったように笑った。

「完全再現なんて……とんでもない」

「えっ、私の推理、間違ってましたか？」

「いや、合っているよ。君が何者かは知らないが、驚くほど合っている」

辰治はゆっくりと頷き、沙穂をちらりと見た。沙穂はじっと、気まずそうに俯いている。

「訂正したかったのは、私が大城くんの作品を完全コピーしたという部分だ。あれは釉薬が自然に流れ出す現象を利用していて、模様が非常に複雑だったから……なかなか難しかったよ。完璧な模倣品を作ろうとしたのに、私の作品の癖というか、特徴がいくつか反映されてしまってね」

「大城さんのブログにあった写真と見比べても、全然違いが分かりませんでしたけど……」

「光沢や、色合いの微妙な差、釉薬のムラの有無といった、細かい部分だからね。ただ、大城くんには見抜かれてしまうかもしれないと危惧《きぐ》したんだ」

「あっ、そうか！」

それまで黙っていた兄が、突然手を打って叫んだ。

「出入り禁止期間が明けた大城竜之進が碧釉茶碗を取りにきたとき、辰治さんが『この作品は人に見せないほうがいいよ』なんて言って彼をさっさと追い払ったのは、さらに完璧なコピーをもう一度作ろうと決めていたからだったんですね！」

「そのとおりだよ。まさか、その判断が仇《あだ》になるとはね。てっきり篠田くんは私が作る鉄釉陶器にしか興味がないと思っていたんだが、あの模倣品を持っていってしまうとは……」

茶碗が棚からなくなったことに気づかなかったのは、すでに二度目の模倣品作りに着手していたからだ、と辰治は語った。制作中に参考にしていたのは沙穂が割ってしまった元の陶器だったため、できあがった茶碗は不要だったのだという。

つまり、篠田の目は節穴などではなかったのだ。「辰治さんが手掛ける焼き物の素晴らしさを誰よりも理解している」展示会担当者は、作品の中に垣間見える久次米辰治の癖や特徴を正確に捉え、「その美しさに引き込まれた」ということになる。

「私……おじいちゃんに、大変なことをさせちゃった」

じっと俯いていた沙穂が、不意に両手で顔を覆った。彼女の白い指に、涙が幾筋も伝う。

「陶芸家が一生懸命作った作品を壊すのがどんなにひどいことか、おじいちゃんが一番よく知ってるはずなのに……。そのおじいちゃんの優しさに甘えて、こんなに迷惑をかけて……。私が最初から竜之進に本当のことを話して、謝ればよかったんだよね。それで殴られるようなら、すっぱり結婚を諦めて、シングルマザーとして生きる道を選べばよかったんだ」

「いやいやいや、待ってくださいよ」と、兄が慌てた様子で言う。「今からだって、取り返しがつかないことはないですよね？　すべてを公表して、辰治さんの身の潔白を証明し、引退を撤回するんです。それで解決しますって！」

「それはできないよ」

静かに答えたのは、久次米辰治その人だった。

「というより、するつもりがないんだ。私がね」

「……どうして？」

「大城くんは今、あの事件がきっかけで注目され、陶芸家として名を上げているだろう？　作品も飛ぶように売れていると聞いた。その流れに水を差すことも、工芸展に出品された茶碗が自分の作品だと信じている彼のプライドをつぶすことも、本意ではないんだ。なんてったって、彼は私が心を込めて育てた弟子であり、大事な孫娘の夫になるかもしれない男であり、生まれてくる曽孫の父親なのだからな」

日菜子は目を見張り、背筋をすっくと伸ばして立っている久次米辰治を見つめた。

「すべては運命の悪戯だ。老いぼれは、若い者の踏み台になるくらいでちょうどいいのさ」

圧倒された瞬間だった。

人間国宝とは、内面まで国宝級に完成されているのか——。

「でも、おじいちゃん。私もう、あの人とは……」

沙穂が下唇を噛み、再び俯く。

そのとき、家の方向から、ふと声がした。

「今の話……まじかよ」

一斉に振り向き、声の主を見る。

開きっぱなしの玄関のドアの前に、虚を突かれたような顔をして立っていたのは、さっきまで沙穂と二階で言い争いをしていた大城竜之進だった。

——わっ、どうしよう！

すべて聞かれていたのだろうか。突然殴りかかってきたりしないだろうか。

「おっ、大城さん！　早まらないでください！」

日菜子は慌てに慌て、通せんぼをするように両手を広げて、沙穂と大城の間に立ちはだかった。

けれど、意外にも、大城の顔に怒りの色は浮かんでいなかった。それどころか、呆然とその場に立ち尽くし、師匠・久次米辰治をじっと見つめている。

「俺の最高傑作――碧釉茶碗を、たった一か月で再現？　しかも……あのレベルで？　人間国宝が故意にクオリティを落として作った作品が、俺のまぐれと言われている、あの……」

衝撃のためか、彼の手はぶるぶると震えていた。しばらくして、彼は打ちのめされたように肩を落とした。

「正直、調子に乗っていました。あの工芸展に出品されてもバレないくらいだから、俺もすぐに辰治さんの域に達することができるんじゃないかって。でも……陶芸の世界がそんなに甘いはずがなかったんですよね。俺がバカでした。実物をよく確かめもせずに、いきなりブログで告発するような真似をして」

彼の反応に驚き、日菜子は後ろを振り返った。辰治は「大城くん……」と絶句し、沙穂は目を大きく見開いている。

大城の中には、葛藤があるようだった。しばらくの間、彼は地面に目を落としていた。

そして、大城竜之進は、まっすぐに冬の空を見上げた。

「俺にも、陶芸家としてのプライドがあるんだ。俺のような若造の勘違いで……人間国宝の人生と名誉を台無しにするわけにはいかないだろ」

若き陶芸家の前途を祝福するかのような陽光が、雲の間から降り注いでいた。

*

あれから一夜が明けた。

平和な日曜の朝だ。——いや、もう昼か。

翔平はベッドからむくりと身体を起こした。二週連続ではるばる南足柄まで付き合わされた疲れはまだ取れない。少なくとも明日か明後日くらいまでは、大学の講義をサボって十二時間睡眠を続けたほうがいいだろう。

枕元のスマートフォンを引き寄せ、何気なく通知を確認した。『久次米沙穂』という文字が見え、慌ててロックを解除する。眼鏡をかけることすらせず、目を細めてメッセージを読んだ。

昨日は本当にありがとうございました。竜之進のブログ、見てもらえたでしょうか？

お二人が来てくださらなかったら、私は彼に本当のことを話せば何をされるか分からないと恐れ続け、祖父はあのまま意地を張って引退することになっていたと思います。お二人が第三者の立場で真実に切り込んでくれたからこそ、私や祖父は、竜之進の陶芸に対する純粋な思いや、意外なほどの素直さを知ることができました。心から感謝しています。

あのあと竜之進と話し合い、出来損ない同士ではありますが、生まれてくる子どもの親として頑張っていくことを決めました。もともと彼があの場に現れたのは、直前に喧嘩した際に私が言った「あなたの作品が好きだった」という台詞が胸に引っかかり、このまま別れるのが正しい選択肢なのかどうか、もう一度冷静に考え直そうとしていたからだそうです。「陶芸家である自分の一番の理解者は、やっぱり君だ」と、彼は改めて言ってくれました。

そういう意味では、お二人の手助けがなくても、竜之進と自然に仲直りをして結婚することはできたのかもしれません。ただ、現役の陶芸家にして人間国宝という素晴らしい曽祖父の姿を、数か月後に生まれてくる子どもに見せることができるのは、間違いなくお二人のおかげです。

四歳年上の彼女から届いていたメッセージは、幸せにあふれていた。

なぜだろう。風に舞った花びらをつかもうとした瞬間、手を握った風圧で吹き飛ばしてしまったような、一抹の寂しさが胸によぎる。

『竜之進のブログ』というのは、昨夜彼が投稿した最新記事のことだった。

大城は、真実を包み隠さずブログで発表した。その内容は瞬く間にネットニュースとなり、日本中を駆け巡った。弟子に無断で模倣品を作ったことに対する批判はあったものの、日菜子が望んだとおり、人間国宝・久次米辰治の汚名は雪《そそ》がれることとなった。

また、『自分はとうとう人間国宝に肩を並べたのだと、一瞬でも勘違いした自分が恥ずかしい』と猛省する文章を書いた大城には、『陶芸のことは分かりませんが、これからも大城さんの作品を購入して応援します！』というような好意的なコメントが相次いで寄せられた。

沙穂のメッセージを読む限り、すべてがいいほうに転んだようだった。

きっと、彼女の幸せは、今回の事件における当事者三人のすれ違いや思い合いがあったからこそ、もたらされたものなのだろう。


最後になりますが、祖父が妹さんのことを大変気に入ったようで、ぜひとも昨日の提案を真剣に考えていただきたいそうです。妹さんの意向にもよるかと思いますが、私自身、『久次窯』でまた会えることを楽しみにしております。

沙穂からのメッセージは、こんな言葉で締めくくられていた。

——そうだ、あいつ、どうするんだろ。

ようやく身体を起こし、学習机の端に置いてあった眼鏡をつかんで、共有部屋を出た。今日、『推し事』や単発バイトの予定があるとは聞いていない。ここにいないということは、妹は階下にいるはずだ。

眼鏡をかけながら階段を降り、リビングに入る。案の定、日菜子はダイニングチェアに腰かけ、ぼんやりとテレビを見ていた。夫婦で仲良く買い物にでも出かけたのか、両親の姿は見えない。

「沙穂さんから、お礼のメッセージが来てたよ。で、辰治さんがお前のことを気にしてるってさ」

妹に声をかけながら、昨日のことを思い出す。

日菜子が推理を披露し、大城が真実を公表する決意を固めた後、大変遅ればせながら——かつ恥ずかしながら——翔平と日菜子は、三人に対し、改めて自己紹介をすることになった。

その際に、一週間前に展示販売所で接客してくれた沙穂が、「そういえば、おじいちゃんに弟子入りしたいって言ってたよね？」と、日菜子の無謀すぎる希望を辰治に伝えた。すると辰治は、「だったら、ちょっと試してみるかい？」と、翔平らを工房に招き入れてくれたのだった。

そうして翔平と日菜子は、なんと人間国宝の手ほどきを受けながら、非公式の陶芸体験をすることとなった。不器用すぎて陶器の形が上手く作れない翔平とは反対に、日菜子は素人のわりに呑み込みが早く、「筋がいいねえ」とひたすら褒められていた。

――日菜子さんはすごいね。もし陶芸を本気でやりたいのなら、ぜひうちにおいで。高校を卒業してすぐでも、美大に行ってからでもいい。私が必ず、弟子にしてあげるから。

別れる間際、久次米辰治は日菜子の肩に手を置き、そう言った。

愛する推しである人間国宝が、将来を約束してくれたのだ。そのときの日菜子の顔は、南足柄の山々の間に見えた夕焼けと同じくらい、真っ赤になっていた。

「お前、高校を卒業したらどうするんだ？　これはあくまで俺の考えだけど、いきなり辰治さんのところに弟子入りするよりは、大城さんのように美大を出ておいたほうがいいと思う」

思えば、日菜子ももう高校二年生だ。あと三か月半も経てば、三年生。そろそろ、進路を決めなければならない。

「この間は反対したけど……昨日、一晩考えてみたんだ。もし日菜が本気で陶芸家を目指したいなら、俺は応援する。予備校や美大の学費が高そうだけど、社会人になり次第、できる限り援助もする。だから――」

「もう、恋なんて冷めたよっ」

ダイニングテーブルに頬杖をついている日菜子が、テレビに視線をやったまま、投げやりに言った。

一瞬、何を言っているのか分からなかった。

その意味を理解した瞬間、翔平は妹に駆け寄り、華奢《きゃしゃ》な肩を両手でつかんで揺すぶった。

「……な、なんでだよ！　いつの間にそんなことになったんだよ！　昨日、陶芸体験までさせてもらって、筋がいいって褒められて、顔を真っ赤にしてたくせに！」

「顔が赤くなったのは、怒ってたからだってば」

「怒ってた、だとぉ？」

翔平は思わず仰け反った。例のごとく、妹の思考回路はまったく理解できない。

日菜子がこれ見よがしに、大きなため息をついた。「普通に考えたら分かるでしょ？」と、無理難題を押しつけてくる。

「だって、私なんて、辰治さんがわざと他人のものに似せて作った作品を、一番いいとか思っちゃったレベルの人間だよ？　辰治さんが丹精込めて作ったオリジナル作品がたくさん並んでる中で、あの模倣品の碧釉茶碗にうっかり惚れちゃったんだよ？　その程度の審美眼《しんびがん》しか持たない、私のようなダメ人間を弟子として迎え入れようだなんて、人間国宝としてのプライドが感じられない！　公私混同！　いくら私の推理に感謝してたとしても、そこは私を突っぱねるくらいの気概があってほしかった！」

「ええええええ⁉　いやいや、俺の目から見ると、日菜子は本当に才能がありそうだったぞ！それに、美術品の価値を見極める能力と、優れた作品を生み出せる能力はまた別――」

「私に陶芸の才能なんかあるわけないでしょ？　私の美術の成績、知ってる？　3だよ？」

「それはお前が推しにかまけてて、定期試験のための勉強を一切しないからだろ！」

「とにかく、私の恋心は無残に壊れたの。粉々になってしまったの。そう、まるで沙穂さんが怒りのあまり割ってしまった、オリジナルの碧釉茶碗のように――」

はっとして、踵《きびす》を返す。リビングを飛び出して、階段を駆け上がった。

共有部屋に飛び込み、四方の壁を見回すなり、翔平は頭を抱えた。

さっき起きたときは、眼鏡をかけていなかったから気づかなかったのだ。

いつの間に作業をしたのだろうか。部屋中に貼られていたはずの久次米辰治の写真が、綺麗さっぱり消えている――。

真っ白な壁との感動のご対面、のはずなのに。

どうして、心にぽっかり穴が開いたような気分になるのだろうか。

「ああ！　何だよ！　俺は沙穂さんにどう返事すればいいんだぁぁ！」

翔平の叫び声が、家中に響き渡った。


――そして、その夜。

夕飯を食べ終え、風呂に入ろうと廊下に出た翔平の耳に、リビングでお笑い番組を見ているはずの妹の声が届いた。

「あああああ！　嘘でしょ！　可愛さの極み！　この人誰なの、むりむりしんどい、えええまだ二十二歳？　最高！　天使！　落ち着け私！」

ああ、安寧《あんねい》も束の間。

わがままな妹に振り回される日々が、また始まりそうだ――。

この作品は書き下ろしです。原稿枚数457枚（400字詰め）。

またもや片想《かたおも》い探偵《たんてい》　追掛日菜子《おいかけひなこ》

辻堂《つじどう》ゆめ

令和2年10月10日　初版発行

発行人——石原正康
編集人——高部真人
発行所——株式会社幻冬舎
〒151-0051東京都渋谷区千駄ヶ谷4-9-7
電話　03(5411)6222(営業)
03(5411)6211(編集)
振替00120-8-767643
印刷・製本—中央精版印刷株式会社
装丁者———高橋雅之

幻冬舎文庫

ISBN978-4-344-43028-0　C0193　つ-12-2

幻冬舎ホームページアドレス　https://www.gentosha.co.jp/
この本に関するご意見・ご感想をメールでお寄せいただく場合は、
comment@gentosha.co.jpまで。